古典文獻研究輯刊

十　編

潘美月・杜潔祥　主編

第 13 冊

洪邁生平及其《夷堅志》之研究（下）

王 年 双　著

國家圖書館出版品預行編目資料

洪邁生平及其《夷堅志》之研究（下）／王年双著 — 初版 —
台北縣永和市：花木蘭文化出版社，2010〔民99〕
目 4+192 面；19×26 公分
（古典文獻研究輯刊 十編；第 13 冊）
ISBN：978-986-254-151-7（精裝）
1.（宋）洪邁 2.傳記 3.志怪小說 4.文學評論
857.252　　　　　　　　　　　　　　　　99001881

ISBN - 978-986-254-151-7

9 789862 541517

古典文獻研究輯刊
十　編　第十三冊　　　　　　ISBN：978-986-254-151-7

洪邁生平及其《夷堅志》之研究（下）

作　　者　王年双
主　　編　潘美月　杜潔祥
總 編 輯　杜潔祥
企劃出版　北京大學文化資源研究中心
出　　版　花木蘭文化出版社
發 行 所　花木蘭文化出版社
發 行 人　高小娟
聯絡地址　台北縣永和市中正路五九五號七樓之三
　　　　　電話：02-2923-1455／傳眞：02-2923-1452
網　　址　http://www.huamulan.tw 信箱 sut81518@ms59.hinet.net
印　　刷　普羅文化出版廣告事業
初　　版　2010 年 3 月
定　　價　十編 20 冊（精裝）新台幣 31,000 元　　　版權所有・請勿翻印

洪邁生平及其《夷堅志》之研究（下）

王年双　著

目次

第七章　《夷堅志》之內容思想分析

　　《夷堅志》現有卷帙，雖僅及原書之半，已難探其全部內容，然就此半部書中，仍擁有大量篇章，加以其書原以「記錄異聞」為意，凡異即錄，內容十分雜駁，實有必要就其內容加以分析，以見其書梗概。

第一節　殊方異物

　　《夷堅志》專以鳩異崇怪為志，其所以為「怪異」者，概括而言，乃平時不常見，耳目所不及之事物，其中包括知識所不及，見聞所未廣者，及其有所見、有所聞，錄以為書，斯乃成為志怪之作，是以志怪書原已具有增益知識，廣博見聞之功能也。

　　我國幅員遼闊，地大物博，草木鳥獸蟲魚之屬，有不能盡知者，而聖人勉人以多識，《禹貢》與《山海經》為我國早期記錄各地山川名物之作，雖多神怪變異之象，然全出於巫術思考，並非意圖聳人動聽者，其後亦有專記遠國異人之作，自民智漸開，乃入地志之列，而其神奇部分，乃為志怪書所擅有，《夷堅志》所載，亦不可謂不多矣。

一、奇禽異獸

　　以天地之大，宇宙之廣，在自然界中，本即充斥大量奇異之事物，倘能以科學實踐之精神，對自然、生物等之特殊現象，忠實予以記載，實亦符合志「怪」之要求，然則由於：（一）志怪所記錄之「異」事，均得之於耳「聞」，耳聞之事，難於避免「失真」，因而即使記錄者抱持存真之態度，其內容仍多誇大不實之情節。（二）就認知之方法而言，對客觀存在事物作主觀之理解，本將產生認

知上之偏差。（三）先邏輯性之思考，往往將事物之因果相混淆，其所產生之結論，往往與事實相差甚遠。此類差異，原本存在於說故事者，而洪邁又以尊重其事之態度記錄之，於是遂使原本眞實存在者，成爲變形之事物。

（一）罕見而存在之動物

在前人志怪書中，擁有大量關於宇內海外珍禽異獸之記載，但在交通不發達之情況下，頗多出自人類之想像，然而洪邁之撰《夷堅》，抱持存眞之態度，非眞有其國，絕不記載，故海外珍奇，便有所限制，由於宋代海上交通之通暢，商旅往來頻繁，見聞亦廣，實不容如《山海經》一般，對遠國異人大作文章，惟仍有見聞所不及，日常不易見之珍禽異獸，可資記錄，如《甲志》卷七〈海大魚〉條：

> 漳州漳浦縣敦照鹽場在海旁，將官陳敏至其處，從漁師買沙魚作線。
> 得一魚，長二丈餘，重數千斤。剖及腹，一人偃然橫其間，皮膚如
> 生，蓋新爲所吞也。又紹興十八年，有海鰌乘潮入港，潮落，不能
> 去，臥港中。水深丈五尺，人以長梯架巨舟登其背，猶有丈餘。時
> 歲饑，鄉人爭來剖肉。是日所取，無慮數百擔，鰌元不動。次日，
> 有剚其目者，方覺痛，轉側水中，旁舟皆覆，幸無所失亡。取約旬
> 日方盡，賴以濟者甚衆，其脊骨皆中米臼用。

鰌通鰍，本泥中物，原爲尺寸之物，而此海鰌者，乃爲龐然巨物，按其敘述，當即《左傳》之「鯨鯢」也，蓋當時海民亦不習見，故不用其專名，祇以外形類鰌，而名曰海鰌，對於聞見所未及者，以「高梯丈餘」、「取肉百擔」及「脊中米臼」，狀其龐大，即可駭人動聽，此爲眞實存在之禽獸，而說者錄者亦忠實傳說記載者，以此方式之記載，《夷堅志》中並不多見，蓋事本不怪，少見多怪，往往失其趣味所在，如《支景》卷一〈京山鹿寨〉條，記巨鹿成群，環圍成寨，勃跳傷稼，禾苗一空，次日引去，而獵人逐之，各有所獲。其事過於平淡，實不知有何趣味也。

（二）傳說而不存在之動物

龍爲傳說中之動物，事實並不存在，惟《夷堅》書中，則爲習見，如《甲志》卷一〈阿保機射龍〉、〈冷山龍〉、〈熙州龍〉等三則〔註1〕均是，前二則中，

〔註1〕此三則又見洪晧《松漠紀聞》，而《夷堅志》乃以之爲篇首，而未註其出處，可概見洪邁當時寫作《夷堅志》之動機也。

龍均已死，行文之際，似無誇大情事，然實際上已售欺矣。如〈冷山龍〉條：

> 冷山去燕山幾三千里，去金國所都五百里，皆不毛之地。紹興乙卯
> 歲，有二龍，不辨名色，身高丈餘，相去數步而死。冷氣腥焰襲人，
> 不可近。一已無角，如被截去；一額有竅，大如當三錢，類斧鑿痕。
> 陳王悟室欲遣人截其角，或以為不祥，乃止。先君所居，亦曰冷山，
> 又去此四百里。

敘述雖平淡，然亦足以駭聽。而〈阿保機射龍〉條，記黑龍中箭而墮，相去
已千五百里者，則較誇張，然龍本非實際存在，因而其變形，顯較自由，但
亦非漫無限制。蓋有傳說為依據，其變形仍受傳說所限制。

（三）罕見動物之變形

罕見之動物，經過敘述之後，在《夷堅志》中，仍可透過變形之方式，
再現神奇，如《支戊》卷九〈海鹽巨鰍〉條：

> 紹興二十年四月，秀州海鹽縣並海之民，未曉將趨縣。忽聞海中歌
> 謳之聲，歡沸盈耳。驚而東望，遙睹大舟從橫波間來，皆竚立凝俟。
> 既近，見大鰕數十枚，各長丈許，策翼兩傍，隨之而進。少頃抵岸，
> 則元非舟艫，群鰕亦散。但一巨鰍困閣沙上，時時揚鬐撥刺，巍然
> 而高，殆與縣鼓樓等，長百丈不啻，額上有竅徑尺，其中空空，傾
> 邑傳聞，爭來聚觀，接踵于道，以為怪物，不敢輕犯。經日，始有
> 架梯躡其背者。久而知無它異，競鬻其肉。又兩日，尚能掉尾轉動，
> 遭壓死者十人。或疑為謫龍，雖得肉，弗敢食。一無賴子先夤嘗之，
> 云極珍美。於是厥價陡貴，至持入州城，每斤為錢二百，涉旬乃盡。
> 吾鄉祝次騫，時為縣宰，命取其目，睛大如桃，光采可鑑，儼然雙
> 明珠也。凡數日，水滴盡而枯。頷骨長二丈五尺，縣後溪闊二丈，
> 祝遣人輿致，用以為梁。每脊一節，堪作白搗米；祝之宗人在彼，
> 攜數白以歸，至今猶存。識者謂鰍居鯨淵中，必嘗為人害，故神明
> 誅之云。……甲志所書漳浦崇照場大魚，正此類也。

巨鰍實即海鰌，所謂「海上歌謳」、「群鰕策翼」、「目光可鑑」、「掉尾壓人」
及「頷骨為梁」等情節，以及神誅之插敘，其事顯然已被誇張而變形矣。

（四）一般性動物之變形

一般習見之動物，其外形之大小、色澤及其生活習性，在知識發達之時

代，大多能被人概括，因而此類動物如欲展現神奇，亦惟有透過變形之方式，乃能表達故事之趣味。如《甲志》卷二十〈融州異蛇〉，頭如斗大，雖被捶死，然不見其體，必須「注目尋索」，方能見其體，「僅如細繩，纏檳桶數十匝」，此頭大身細之蛇，顯然是就常識上「頭小腹粗」之特徵作反置性之變形。

　　綜上所見，《夷堅志》有關外形特殊之奇禽異獸，現實存在者並不多見，有者多經特殊之變形，變形之方式雖來自原始，然其動機，顯然逐漸趨向於趣味矣。

　　此外，《夷堅志》與前代志怪相較，寫實意味亦漸濃厚。如《夷堅志》中奇禽怪獸，遠者不過鄰國海外，然祇一二數，和前朝志怪漫無天際，有無之國相較，自不可道理計。就變形而言，雖均出於虛幻，然六朝志怪之寫東海大魚：「行海者，一日逢魚頭，七日逢魚尾，其產，則三百里為血。」〔註2〕豈海鹽巨鰍之長百丈所能及，而《博物志》中割肉不盡之越嶲牛，〔註3〕亦非旬日可盡之海鰡可比，雖然《夷堅志》之動物變形，仍有頗見創意者，然終不及前朝之浪漫。

二、奇花異卉

　　洪邁於淳熙七年嘗以瓊花事罷歸，與伯兄往來酬酢於盤洲、野處之間，〔註4〕斯地奇花異卉甚繁，大多形諸篇詠，惟《夷堅志》中記載甚少，如《支癸》卷一〈曹家蓮花〉條：

> 鄱陽義仁鄉車門，一大聚落也，曹氏環而居之，至數十百家。有曰曹廿一者，慶元元年中夏，住屋內平地上忽踊出白蓮一朵，闊七八寸，其高二寸餘，四畔煥如繪畫雲彩，花粲然居中，芬香豔好。傳聞來觀，充塞門巷，皆以為其家且有吉祥。識者曰：「水花陸處，亦非佳兆。」明日，已化作菊花，半開半蘤，越三日不變，舉室疑怪。圍薪然火以焚之，其後按堵如初。

其事之發生，近在鄱陽，稽之不難，或真有此異卉，除水花陸產外，亦無他異，而《夷堅》錄之，蓋精麤不檢故也。然洪邁博識草木之名，或說者不敢

〔註2〕見《玄中記》（《古小說鉤沈》），《金樓子・志怪》謂：「海燕飛七日方盡。」更為神奇。
〔註3〕見《博物志》卷三。另《玄中記》日反之牛，及《神異經》之不盡鮓均是。
〔註4〕見第一章第二節。

售欺，因而對此花木之異品，較少記載也，有則涉及祥瑞凶徵或精怪。

三、寶器珍玩

宋代工藝發展，一方面普遍走向商品化，另方面亦由於繪畫之進入工藝領域，遂由實用分離出以欣賞為主之產品，[註5] 是以當時工藝作品，乃有實用與欣賞分立之現象，此一現象，亦反映於《夷堅志》中。

（一）實用性之器玩

《夷堅志》中，以器玩為主題之故事，多強調其實用性，然此實用性之成為怪而足書者，並非止於一般性之飲食、衣著及燕寢之用，而必須有特殊實用價值。

1. 質料特殊，功能顯著

> 孫儔家藏寶劍絕異，夜置庭下暗處，則星象皆燦列其上。襄陽前軍統制趙嚴者，亦自北來，為予弟景裴言：「頃遼主天祚在位日，有星隕於燕，光徹禁廷。既入土，猶熒熒然。召太史訊其占，對曰：『其下必有異。』立遣掘視之，深入七八尺，得鐵鑛一塊，其重百餘斤。命付入作司，鑄作十劍，欲試其利鈍，喚獄中一死囚出，被以厚甲三重曰：『我今赦汝。』因喜而拜謝。即舉劍斫其腰，並三甲皆斷。其堅利如是。嘗以一與駙馬都尉，孫君蓋得此云。」裴弟屢求觀，力拒之，曰原未嘗有，其意畏人奪取之耳。裴時官襄帥幕府。（《支景》卷二〈孫儔寶劍〉）

孫儔嘗仕金國為千戶長，紹興末歸正得官，時為京西兵馬副都監，景裴求觀而不得，姑不論物之有無，其劍既以隕石鑄成，其有不凡之處，劍用以斷割，故強調其功能之堅利。

2. 設計精心，表現意匠

> 徽廟有飲酒玉駱駝，大四寸許，貯酒可容數升。香龜小如拳，類紫石而瑩，每焚香，以龜石承之，煙盡入其中。二器固以黃蠟，遇遊幸必懷以往。去室蠟，即駝出酒，龜吐香。（《甲志》卷一〈酒駝香龜〉）

其器經人精心設計，有特殊之功能，故徽宗寶愛之。惟《志補》卷二一〈鐵

〔註 5〕 田自秉《中國工藝美術史》第八章〈宋代的工藝美術〉，第 315～316 頁。

鼎甌〉條，記乾道三年，北人東路總管李邦也遣間僕持異物數種至楚州，託統領陳涉貨易，一鐵鼎，容一斗，口廣七寸，狀甚粗拙，一鐵甌，形類瓦鼎，其底廣與鼎口等，口廣一尺七寸。二物之高皆尺有五寸，甌底有竅，以透濕氣。需錢五千緡。涉問其所以異，曰：「三伏內炊物於中，經一月不餿腐。」命蒸飯二斗試之，信然，莫知為何代物。然於用不甚急，無肯售者，復攜歸。其物雖不切急用，然其設計頗具意匠，此意匠，亦屬「怪異」者也，故《夷堅志》亦錄之。

3. 功能神異，亦切實用

經過神異化之實用性器物，頗能表現駭人聽聞之功能，故《夷堅》亦錄之。《甲志》卷十五〈伊陽古瓶〉條：

> 張虞卿者，……居西京伊陽縣小水鎮，得古瓦瓶於土中，色甚黑，頗愛之，置書室養花，方冬極寒，一夕忘去水，意為凍裂。明日視之，凡他物有水者皆凍，獨此瓶不然，異之。試注以湯，終日不冷。張或與客出郊，置瓶於籃，傾水瀹茗，皆如新沸者。自是始知祕惜。後為醉僕觸碎，視其中，與常陶器等，但夾底厚幾二寸，有鬼執火以燎，刻畫甚精；無人能識其為何時物也。

其物雖奇，亦祇切於實用而已。

（二）欣賞性器玩

宋代在藝術成就上，有劃時代之發展，主要是受書畫藝術之推轂，普遍提高時人鑒賞能力，同時也刺激收藏之慾望。其收藏對象，亦隨鑑賞範圍之擴大，而增益其內容，加上徽宗皇帝本身在藝術上即有不凡的造詣，而受蔡京「豐亨豫大」說之蠱動下，崇尚奢侈淫靡，大興土木，搜刮古董及花木奇石，以供御苑園林之翫，上有所趨，下有所好，對士大夫影響更大，於是欣賞性之器玩，備受觀迎，而為人搜求，洪邁及其父兄，均有收藏，因而《夷堅志》中，對此記載較多。其中：

1. 有自然渾成者

自然物中，有形狀特殊，可以啓人想像者，此類珍玩，以石頭為多，姑不論其美感具否，形狀則奇，如《夷堅・支丁》卷五〈醉石舞袖〉條：記許先之（幾）尚書知東平時，得一奇石，高闊三尺，宛如酒家壁所畫仙人醉後奮袖坐舞之狀，蹺其右足，輦歸鄱陽而置於堂上，其宅後為汪丞相（俊廷）

所有，委諸牆角，為洪邁求得之，「以入草堂供翫」、「甚可觀也」。蓋受徽宗花石綱之役影響，洪邁亦有此好。石本不奇，其形狀為奇，由於類似奇石本無品種之別，故祗需形狀異者，多有可書，如《丁志》卷十六〈龜鶴小石〉，惟其物之有無真偽，亦莫可辨詰，如《志補》廿一〈石中龜〉條：記桂陽書吏溫恭有一青石，高六七寸，廣半之，清潤光瑩，如試金石。主人對客注水滿一盆，置石於中，俄有小龜從石腹緩行而上，時時矯首顧盼。主人戒客勿逼近，恐為人氣所襲。教授獨不信，趨而前，龜即隱伏不見。覆水尋覓，石原無穴罅，莫竟所以然。〔註6〕由於折射關係，水中現物，固有可能，「時時矯首顧盼」，未免欺人，然亦出奇想，故洪氏錄之。

2. 有質料特殊者

在珍玩中，有材料本身之特殊，作成器物，更見奇特者，如《夷堅・支景》卷三〈水精環〉條：記錢子東所藏水精條環，表理瑩徹，中有生葉一片，該條另引《邵氏聞見錄》所載洛陽楚氏所寶水精枕，其間有半開杏花一枝。均為特定材料中所間有之奇異也

3. 有識而有價者

在珍玩中，有本蘊奇質，在特定鑑賞標準下，乃有價值者，是以前述醉石雖奇，汪丞相尚委諸牆角，而洪邁寶之，可謂愛憎由人，《丁志》卷十九〈建昌犀石〉條，更就其價值由人之處強調之。

> 建昌縣富民有不肖子，常亡賴縱飲。因大醉臥路旁，既醒，見一石如盌大，嶄嵓可愛，日光射其中，有物焉。審視之，則犀牛也。不甚以為貴，持往江州。德安潘氏者奇之，餉錢十萬，取其石。後其父聞而索之，已無及矣。

職是之故，其巧黠者，亦有以人為之方式，得以售其欺也。《志補》卷二十一〈鳳翔道上石〉條：

> 趙頌之朝散，自京師挈家赴鳳翔通判……一婦以妊身，用四兵荷轎……為石所蹙失肩，婦墜于外。有乳媼……就石捫摩，少焉稍定……婦適愛此石，欲攜去為搗衣砧，……舁以行。趙還京日始見之，亦以石體細膩，取置書室。它日，玉工來售絛環，偶見之，諦翫不釋手。石之闊一尺，厚寸餘，長尺有半。工曰：「是可解為兩屏，

〔註6〕器物在水中出視神異，出水即消失之故事，前人屢書，本條故事後引《春渚紀聞》潭心鶩及硯中鯽均是，惟較六朝志怪盆水致魚龍（《異苑》卷九）為近實。

－433－

能以一見與則可。」許之。喚匠攜鋸，功治幾月，中分焉。玉質瑩
潔，卓然可寶也，雲林泉石，飛鴉翹鷺，漁翁披簑棹舟，境象天成，
絕類王右丞、李將軍畫山水妙處。工取一歸，又陰析為二，先持外
邊者示貴璫。璫包裹入獻徽宗，大喜，命闕為硯屏，答賜甚厚。工
復言所從來，詔索之於趙，趙不敢隱，亦獻之。兩屏相對，列于便
殿燕几，他珍器百種皆避席。居數月，工徐出其所祕，詣璫曰：「向
兩者固盡美矣，奈不過各得一偏，若反覆施之，則為不類。今吾此
物面背如一，略無鑱削點注之功，非歸之天上不可也。」璫具奏所
以，賞費巨萬，而頌之用此得提舉常平官。

惟《丁志》卷五〈荊山莊甕〉，其甕實為眞金，陳氏以之盛米泔飼猪，偶為劉
穩發現，遂償直以獻秦檜，事又不同也。

《夷堅志》中之寶器珍玩，雖有強調作工之識物，然鮮有就其技巧加以描
述者，蓋所重在器而不在人，同時，其為珍玩，功用多落實到「實用」及「欣
賞」之層面，與前代志怪專事神異，而忽略現實功能者，實異趣矣。〔註7〕

四、靈禽義獸

禽獸之有靈性，源自於原始動物崇拜，其時往往將人性與獸性混為一談，
其後人文主義逐漸興起，動物之靈性逐漸被賦予新一層面之意義。

（一）禽獸有知

荀子曰：「水火有氣而無生，草木有生而無知，禽獸有知而無義，人有氣
有生有知亦且有義。」（〈王制〉）知，楊倞注謂：「性識」也，就一般而言，
知並不包含智慧，故具有智慧之禽獸，亦以異待之，《夷堅・乙志》卷十七〈馴
鳩〉條：記鹽官慶善寺明義大師了宣退居邑人鄒氏庵，隆興元年春，晨起行
徑中見鳩雛墮地，攜以歸，躬自哺飼，兩月乃能飛，日縱所適，夜則投宿屏
几間。是歲十月，其徒惠月復主慶善寺，迎致其師于丈室之西偏。逮暮鳩歸，
則闃無人矣，旋室百匝，悲鳴不止。守舍者憐之，謂曰：「吾送汝歸老師處。」
明日，籠以授宣，自是不復出，馴狎左右，以手摩拊皆不動，他人近之輒驚
起。此鳩不但能辨識主人，而且一旦有異常之情境，即不敢復出，就交替學

〔註7〕　前代器玩多誇示鏡、劍之神異功能，如《廣異記》載破山劍故事，其威力可
以破寶山，但唯可一用，用畢即劍光頓盡，無復有用，較之孫儔寶劍，雖不
能破山，然終可保持銳利，在現實性與實用性上均較為具體而明顯。

習而言，亦屬具有高智慧者，《丁志》卷十〈潮州象〉條，記象圍惠州大守，人負稻穀以救之，初不顧，俟積滿乃解圍往食之，惠守乃脫，以言「象以計取食，故攻其所必救。」此未免過於高估動物智慧矣。

（二）禽獸忠義

《容齋隨筆》卷八：「禽畜之賢，則有義犬、義鳥、義鷹、義鶻。」《夷堅志》中之靈性禽獸，多以「義」爲主題，禽獸之義，在基本上，多與人發生關聯，而表現在其主人身上，可以忠義當之，惟忠之爲德本在於君臣，今就廣義而言之。

1. 以死殉主

禽獸戀主者，《夷堅志》多有之，如《支乙》卷六〈復州防庫犬〉即是，由戀主而至於死殉，如《支景》卷四〈陸思俊犬〉條，主人夫婦相繼死亡，其犬不食長號以斃，可謂奇矣，至於《志補》卷四〈孫犬〉條，山陰能仁寺長老知策，將寺猴遺總管夏侯恪，策每訪恪，猴認轎乘，則跳躑掣頓不已，恪憐之，復以歸策，策辭去不得，一日拂早而遁，猴覺境象不類常時，竟以生殉，未午而死，此更奇矣。

2. 救主報恩

《夷堅志補》卷四〈義犬救主〉條，顏氏女溺水，其犬救之，此世之所常見，而《支庚》卷七〈向生驢〉條，記向生與田僕衝突，僕揮斧向之，急跨驢而走，因傷墜地，驢舉兩足觝僕，又人立齧之，且逐行數十步，僕既逸，乃還護向，人或過其前，輒蹄觸之，無敢近者，復唧草覆向體，迨暮，芻秣者至，始嘶鳴往迎，引以視向，遂得脫，誠爲異也。另《甲志》卷十五〈黃主簿畫眉〉條，畫眉夜中以鳴聲驅盜，亦屬救主報恩也。

3. 破案報仇

主人被殺，義獸引人前來，戳破凶案，爲主報仇，如《支甲》卷三〈劉承節馬〉及《志補》卷四〈李大夫庵犬〉均是，至於《支乙》卷九〈全椒貓犬〉條，記全椒縣外二十里有山庵，一僧居之，養一貓一犬，凶盜乘虛殺僧，犬隨盜至市，追逐哀鳴，市人叩盜而破案，貓則護其屍，使鼠不敢加害，貓犬分工，破案護主，亦甚奇也。

（三）禽獸特殊行為

《夷堅志》所認爲動物之特殊行爲而足書者，尚有數端：

1. 描寫哺育之情者

以人類哺育之情視之禽獸，固有異之足道者。《夷堅志補》卷四有兩則情節相反之故事，〈李氏貓〉記兩牝貓各產四子，更迭出入，交相爲哺，一牝爲犬所噬，另一則啣死者之子置己窠，雖乳力不能周，仍哺之至其能自食乃已。而〈張氏燕〉則記兩燕各營巢，其一群雛皆長而飛去，其一則數子待哺而母爲物所搏，張氏憐其悲鳴，爲徙空巢，意其同類認爲己子而飼之，不意竟爲新燕所殺。一禽一獸，行爲正相反。

2. 描寫俠義者

有禽獸助人，似人之有俠義者，如《甲志》卷五〈義鶻〉條有二則故事，蛇殺鸛，鶻引鶻爲其報復，以驗杜詩義鶻行之信而有證也。另觀念中虎爲義獸，不妄殺人，亦屬俠義之行者也，如《甲志》卷十四〈鸛坑虎〉條，記孝婦以「省侍耶娘」及「無冤讎」之理由，諭虎使去，《乙志》卷十二〈章惠仲告虎〉條亦同。而《志補》卷四〈李姥告虎〉條，李姥則以「願代孫死」之理由，使虎慚悔而去。

3. 描寫自力報復者

禽獸由於讎恨在心，而採取報復行動，亦可書以爲戒也。如《丙志》卷六〈長生牛〉條，記犯禁屠牛，以致凶性大發，入城狂奔，觸人幾死，而《志補》卷四〈李大夫莊牛「條，則記莊農售牛於屠，而爲牛所觸，《支甲》卷二杜郎中驢條，則記杜醫虐待其驢，其股爲驢所食，傷重而死。《志補》卷四〈龜山孝犬〉條，記母犬爲虎所食，稚犬怒啣虎尾，不肯脫口，虎以是係累，奔逸稍遲，爲人追及，死於刃下，其復仇之情不一，而均能如願。

4. 聽經坐化

此原爲佛家靈驗，而應在鳥獸者也，老龍雄雀聽經而化，自唐小說以來多有之，《丁志》卷十〈瑞雲雀〉亦然，惟《支癸》卷三〈大聖院蝦蟆〉條，記呂辯老之母晨興即誦金剛經一卷，而蝦蟆從古井躍出聽經，歲餘而坐化，目光如生，可怪也。

洪邁在《夷堅志》中，鮮有插入式或後述式之評語，惟對此靈性動物，則多有之。如：

> 鳴呼！孰謂畜產無知乎？（《乙志》卷十七〈馴鳩〉）

> 尨然異類，有智如此，然爲潮之害，端不在鱷魚下也。（《丁志》卷

十〈潮州象〉)

一禽之微，懷哺養之恩而知所報如此，人蓋有愧焉。(《甲志》卷十
五〈黃主簿畫眉〉)

蠢動含靈，皆有佛性，此又可信之。(《支乙》卷九全椒貓犬)

乃知一念起孝，脫於死地，專爲母故也，異類知義如此，與夫落陷
穽不引手而擠之下石者遠矣，可以人而不如虎乎！(《乙志》卷十二
〈章惠仲告虎〉)

如是洪邁藉靈性禽獸，以寓鑒誡者，明矣。

第二節　徵異術數

徵異與術數爲原始宗教之一部分，自古以來，即異常發達，在《夷堅志》
之內容中，實佔重要之地位，究其來源，當始自於原始先兆觀念。

原始先兆觀念，來自於人類認識事物之方法，即先認識事物發展過程之
前期現象（先兆），以預知未來可能發生之事情，此一以前期現象爲認知之方
法，即爲先兆觀。〔註8〕

一、徵異迷信

徵異故事，即在相信任何事物之發生均有其先兆（微）可尋之基礎下發
展，但作爲事物發展之前期現象——前兆，有時亦能正確掌握事物因果律則，
正確之先兆觀並不易產生故事，在《夷堅志》所見之徵異故事，大多屬於錯
誤之先兆觀。

錯誤之先兆觀來自錯誤交感學習，將毫不相關或偶然巧合之現象，視爲
事物發生之前後過程，而且此一前後過程發展並無二致。〔註9〕

此一觀念形成之後，在認識事物時，一方面即專門注意特殊之先兆，認
爲特殊之先兆，必有特殊之後果，另方面亦認爲凡有特殊之事故，必然有相

〔註8〕 朱天順，《中國古代宗教初探》，第117頁。

〔註9〕 榮格《古代人》第162頁，及朱天順《中國古代宗教初探》第118頁，均同此
說，榮格認爲由某種超人力量所引起的可怕變動現象，而朱氏特別強調：「錯誤
的前兆觀是先兆迷信的認識上之基礎，而鬼神迷信是錯誤的前兆觀轉化爲前兆
迷信的前提。」基本上，鬼神參予並非重要，榮格謂某種超人力量較近是，朱
氏將前兆觀與前兆迷信分成二期觀照，事實上亦忽略二者可以同時存在。

對特殊之先兆，特殊（異）之先兆（徵），即爲異徵，而所導致之特殊結果，
即爲徵應。

（一）徵　應

《夷堅志》有關徵應之故事，有：

城子塘水獸（《三辛》卷七）、巴陵血光（《三辛》卷四）、南京龜蛇（《丁志》卷七）、聶伯茂錢鴆（《三壬》卷二）、劉氏柱吼（《三壬》卷二）、水鬥（《乙志》卷十五）、光州墓怪（《甲志》卷十六）、孫福異禽（《三辛》卷七）、賈思誠馬夢（《甲志》卷十五）、星月之異（《三辛》卷八）、鳳池山（《甲志》卷六）、花果異（《甲志》卷九）、夜見光景（《三壬》卷三）、建昌寺塔影（《三壬》卷四）、成都鬼哭（《志補》卷二十一）、朱僕射（《丙志》卷十五）、房梁公父墓（《丙志》卷十四）

在《夷堅志》中，徵異故事有吉徵與凶徵二種，吉徵乃以功名仕進爲多，亦有豐年之兆者（如〈花果異〉），而凶徵則以死亡爲多，間有門戶衰落、家庭不寧（〈水鬥〉）或久病不愈等災禍。

能夠產生異徵者，有天文、氣象、山河、生物、傳說及變形怪等，天文、氣象、山河及生物等徵兆，在長時間之發展下，或有成爲傳說者，如〈夜見光景〉之九頭鳥即是，〔註10〕是謂傳說性徵兆，而變形怪物在《山海經》時代，即已成爲吉凶之徵，更遑論《白澤圖》也，但《夷堅志》中，仍然掌握其變形原則，而大加發揮，故在所有徵兆中，現實不存在者居多，蓋「無雲而雷」、「無雲而雨」等自然存在之現象，久之亦無人信其爲「起兵天下大亂」之兆也，必需如〈巴陵血光〉之兆而成爲鍾相、楊么之亂之徵應，「妖沴之氣，上干星象，歷七年乃息」，乃能駭人聽聞，因而即使現實可能存在之龍捲風激水相纏（〈水鬥〉），亦必須在水「鬥」之後，誇張爲「北水各散歸田，南水循舊路入井中」。至於塔影之說，實爲日光折射之理，〔註11〕亦不至如〈建昌寺塔影〉，「日雖偏室隱戶僻陋之所，太陽未嘗及者亦然」，因而凡作爲異徵者，在《夷堅志》中，多誇大其事，而作爲所驗之事，則並不需渲染，蓋現實原

〔註10〕　出郭景純〈江賦〉，《嶺表錄異》載之，《茶香室叢鈔》卷十九有考；另參見朱介凡《九頭鳥傳說》。

〔註11〕　沈括《夢溪筆談》卷三：「陽燧照物皆倒，中間有礙故也……如窗隙中樓塔之影，中間爲窗所束，亦皆倒垂，與陽燧一也。」洪邁亦知，大抵物之影仗日影以成。

本即無關乎過於虛假之先兆故也。

「徵」和「應」在故事中，可以表現其相關性，如〈朱僕射〉，豫章居民連夕聞呼朱僕射，已而州守朱僕死。然而亦可以完全無關，如〈星月之異〉：「應在千里之外，當兆兵沴之禍。」

有同「徵」而異「應」，如〈城子塘水獸〉，朱七田水塘，一物起其中，麟甲照日光輝，蓋龍也，而次年春，朱氏一門病疫，不遺噍類；反之〈涂氏井龍〉，井中一物頭角嶷然，亦龍也，且微覺腥穢，然又一年，二子皆及第，並終於朝奉郎，父受官封，四子續亦登科第。

有一「徵」而分「應」，如〈水鬥〉中，程伯高本以富雄其里，自是浸衰，未幾遂死，田疇皆為他人有，另程聰明與弟訟分財，數年始定；亦有數徵共一驗，如〈花果異〉中，池州建德縣定林寺，桑樹生李，栗樹生桃，極甘美異常，而鄱陽石門民張二公僕家竹籬上，生重台牡丹一枝甚大，洪邁家佃人汪二十一家，鑊內現金色蓮花，有僧人立其上，而且自彭澤至石門民家，鑊多生花，但無僧，是年雨澤及時，鄉老以為大有年之祥。

有誤為吉兆而實為凶兆者，如〈建昌寺塔影〉中，一切目所睹者，布現不殊，以為佛示大吉祥，必有興盛之兆，已而寂然，越三年，乃有州倅權叛卒之厄；有假吉徵而真應驗者，〈鳳池山〉所記福州鳳池之異，實出於附會，而先後二守元絳與溫益游此，其後均參大政。

有凶徵而可以化為吉徵者，如〈南京龜蛇〉中所見之穿龜與大赤蛇，均為朱勝非所遣去，而城受敵半年，竟不能陷；亦有凶徵而雖欲救贖而不得脫者，如〈劉氏柱吼〉劉佽遭柱吼之異，雖招精於佛會者二十人，繞而誦《金光明經》，仍喪其子，且無孫。

（二）災　祥

災異祥瑞說出於感應觀念，感應之觀念，在人類解釋徵兆之現象時，自覺在徵兆之背後，必有神秘而超人之力量在焉，在《書・洪範》之庶徵中，雨、暘、燠、寒、風、時等自然變化，顯然與人類行為之肅、乂、哲、聖（善）及狂、僭、豫、急、蒙（惡）有關，當此自然現象被解釋為有一能「令風」、「不令風」及「令雨」、「不令雨」之天帝支配時，〔註12〕則人類行為即會影響自然變化，由於該現象由人類行為感應於天所造成者，故為「感應」，但感

〔註12〕陳夢家《殷墟卜辭綜述》謂：「卜辭中上帝有很大的權威，是管理自然與下國的主宰。」

應而成之現象，另在同一能「降禍」、「降若」之天帝運作下，往往又被視爲天帝賞罰之徵兆，此徵兆在〈洪範〉中有「休徵」與「咎徵」之別，經董仲舒整理爲「災異」與「符命」之後，〔註13〕在漢代特別流行，對象多針對國君與人臣而言，以此休咎證構成之故事，六朝有之，在《夷堅志》並不多見，尤其符命瑞應幾無所見，有則多未明言應在何事，〔註14〕而其爲災異者，如〈僞齊咎證〉（《甲志》卷一）、〈童貫咎證〉（《志補》卷二十一）及〈邢大將〉（《乙志》卷十四），除〈邢大將〉故事曾約略言其「以不仁起富」外，〈僞齊咎證〉與〈童貫咎證〉均未提及產生咎徵之惡行何在，蓋以劉、童惡蹟，人多耳熟目詳耶？由於關於災祥之故事多必需具有此類言外之意，因而視之爲徵應亦無不可。

（三）夢　兆

人體徵應，如嚏、耳鳴之類，在《夷堅志》中均已消失，惟夢兆迷信，其來既古，而訴之志怪，久久不衰。

《夷堅志》之夢兆，有廣義與狹義之別，就廣義而言，除異界遊行與鬼神託夢者外，均可謂夢兆，夢中所見，即爲其徵，而寤後勢必有「應」，故爲「徵應」之一種，寤後之應，亦如「徵應」有吉凶二種，如此，廣義之夢兆，實包羅廣泛矣，狹義之夢兆，則應將所有鬼神說事者排除在外，蓋鬼神直陳未來之事，實無兆可稽。

在夢中出現之鬼神，如直接視之爲鬼神，則當爲鬼神故事，若祇具象徵意味者，則可視爲夢兆，《甲志》卷三〈鄭氏得子〉條記李處仁妻夢至高山下，有綠衣小兒戲于顚，急抱取得之，遂寤，已而有姙，生男，年十八，一舉擢第，其後盜入其邑，重親皆死焉，「鄭夢亦非吉也」。綠衣小兒非鬼非神，驗在生男擢第似吉徵，及重親皆死，終爲凶徵。不論吉凶均爲夢兆也。其他夢兆有：

胡克己夢（《甲志》卷四）、王彥楚夢中詩（《甲志》卷八）、李邦直夢（《甲志》卷十一）、盧熊母夢（《甲志》卷十三）、傅世修夢（仝上）、許顗夢賦詩（《乙志》卷四）、梓潼夢（《乙志》卷五）、蔡確執政夢（《支癸》卷十）、信

〔註13〕李師威熊《董仲舒與西漢學術》，第184～190頁。
〔註14〕《夷堅志・支庚》卷三〈黃州寧氏兒〉，記一小兒，爲雷所擊，有朱書在其背：「天下太平慶元年。」凡半月始沒而不見，兒如常，時慶元二年四月二十二日，似爲國家瑞應，而未明言。

州鹿鳴燕（《支丁》卷七）、邵資深詩（《支庚》卷七）、朱南功（《支戊》卷十）、余氏夢松竹（《三己》卷十）、傅子淵虎夢（《三辛》卷八）

夢兆故事與一般徵應不同者，在夢兆顯現之前，往往敘述個人應夢有關之事物，如〈胡克己夢〉故事，發生在其應鄉舉時，揭榜後乃知夢應在名次。

夢兆與夢應之關係，亦較一般徵應為明顯，經常有象徵意味較重之事物在焉，以表明其關係，諧音較常見，如〈李邦直夢〉之鞋，即諧義，應在婚姻，而〈盧熊母夢〉之棺，即為官之象徵，與仕宦有關。

在夢兆中，往往不出現自然、天文、山河及變形怪物等兆象，而詩讖則常而易見，如〈許顗夢詩賦〉、〈邵資深詩〉、〈王彥楚夢中詩〉均是。

故事人物誤會夢徵者甚多，如「信州鹿鳴燕」，余秀才夢人告其鹿鳴燕不成，以為有禍，其後乃知市火而罷燕；誤吉徵為凶徵較少，而誤凶徵為吉徵則有，如〈梓潼夢〉，羅彥國類試第一，以為甲門之兆已驗，而不知終病死於閘口鎮。他如〈傅子淵虎夢〉、〈余氏夢松竹〉條均然。

（四）讖　語

讖語始自於上古童謠，自春秋以來，多被認為童謠之中，含有占驗之意在焉，《漢書·五行志》謂之「詩妖」，由於作者多屬含有怨謗之無名作家，每多不幸而言中，故往往被認為上天之旨意在焉，因而亦應屬「災異」或「徵應」之一種。其後，無意巧合之語言文字多為人所留意，尤其凡有吉凶之事，往往就其應驗者或相關人士中，尋找答案，是為讖語，《夷堅志》有關讖語之故事，多簡潔明白，而其巧合，亦若符節然，無不應驗。在《太平廣記》中，讖語與謠言同在讖應類，惟謠言在《夷堅志》中不一見，即有亦當屬徵應之一種。

讖語中以詩讖為多，凡人有災難，而於其詩歌近作中，早有跡象可尋者，即被視為不祥之詩讖，其象徵意味以「死亡」居多，如〈馬遂良口占〉（《三壬》卷六）馬喪其長子，悲愴傷足，久不親筆硯，一日忽口占數詩授孫，有句「今朝是暮春」，時方二月，不得為暮春，人以為不祥，後二日，果終於寢，顯為詩讖也。

其不關乎死亡者，如〈胡邦衡詩讖〉（《支戊》卷九）記黃師憲因胡邦衡取其程文而魁省闈，謝啟有「難久居」之句，後胡謫福州，黃致酒餉之，胡報詩有「一瓶女酒敵新州。」未幾，胡再謫新州，黃亦不至達官，二句皆仕途偃蹇之先讖。惟《夷堅志》中亦有吉讖者，如〈侯元功詞〉（《甲志》卷四），

有輕薄子畫侯蒙形於紙鳶上，引線放之，蒙見而大笑，作臨江仙詞，有句「當風輕借力，一舉入高空。」後一舉登第，而爲執政。

至於〈僞齊咎證〉（《甲志》卷一）告天祝版，吏誤書靖康年號，作紙交子，右語「過八年不在行用」者，均應敗亡之徵也。

詩讖多屬後屬，在故事中鮮有誤吉爲凶，或誤凶爲吉之情節。

二、占卜術數

徵異與占卜均出於先兆迷信，但二者之間亦有所不同，其不同之處，在於：

1. 徵異是自發而偶然出現者，人類原先並無設想及其出現；而占卜則是迷信可以用特定之方式請求鬼神現示徵兆，前者多出於自然，而後者必須人爲。

2. 徵兆所預告之內容範圍多非期待性者，而占卜則可以依據人類所欲預知之事項，祈求鬼神以兆象現示。〔註15〕

就概括而言，徵異係在人類無目的、無意識之時出現，而占卜則爲有目的、有意識之行爲。

我國占卜術數在長期發展過程中，不外以（1）理論與人爲操作趨向繁複，（2）理論與人爲操作方式相互兼併，（3）理論與人爲操作趨向簡化，（4）維持原有形式等原則轉變，其中自《周易》以來文字因素之導入，是趨繁趨簡之原因。

宋代占卜術數理論之繁複，可就《宋史・藝文志》覘之，〔註16〕而其在《夷堅志》展現者，固不一二見，然而《夷堅志》所見者，亦非純在理論之內也。

（一）多樣之占卜術數

《夷堅志》中占卜術數大致有下列數種：

1. 卦　影（軌革）

宋代費孝先卦影最知名，〔註17〕其術先以易卦推演（《支甲》卷八〈朱諷

〔註15〕《宋史・藝文志》天文類著錄一三九部，五三一卷；五行類八五三部，二四二〇卷；著龜類三十五部，一百卷；曆算類一六五部，五九八卷。

〔註16〕見朱天順《中國古代宗教初探》第 143 頁，惟朱氏所言均爲原始先兆與占卜之不同，與在志怪書之表現有所不同。

〔註17〕高文虎《蓼花洲閒錄》。干寶《搜神記》卷三誤收費孝先事，蓋費乃熙寧間人，

得子）），筮之則可得影象（《志補》卷十八〈侯郎中〉），其畫乃據卦爻而作（《三壬》卷三〈劉樞幹得法〉），或得卦語，其卦或有韻《志補》卷十八張邦昌卦影，或無韻，祇得卦而無影象，或祇得影象而無卦（《丁志》卷一〈僧如勝〉），或併有之（《甲志》卷十三〈狄偁卦影〉），若是，則影象與卦語多有相關性，如狄偁所畫者，作巨舟泛澄江，舟中載歌舞婦女，上列旗幟，導從之屬甚盛，岸側一長竿，竿道幡腳獵獵從風靡。其詩則云：「水畔幡竿險，分符得異思，潮迴波似鏡，聊以寄君身。」其詩寫其象。

卦影與軌革占或有相關，《甲志》卷十七〈沈持要登科〉條，記沈從占軌革者筮得震卦，而畫一婦人，病臥床上，一人趨而前，旁書「奔」字，其詞有「龍化」之語，占者言其甚吉，大抵亦同卦影無二致，二者當爲一事也。〔註18〕

卦影亦可作流年狀，嘗有人以三十千問二十年休咎（《三壬》卷二〈楊抽馬卦影〉），亦有人同以三十千問平生（〈劉樞幹得法〉），每年下均有詩卦。

有卦有影，融合易占、圖讖，對士人與庶民皆便於理解，可謂占術之改革，在宋代流行一時，故《夷堅志》所見甚多。

2. 拆　字

以字之形體、結構分解而成占驗是也，《夷堅志》不多見，所見則《志補》卷十九〈謝石拆字〉、〈蓬州樵夫〉及〈朱安國相字〉等三則，共十事，三則之中，前後二者爲洪邁及其伯兄所親見，前二則皆言謝石事，後一則爲來郡陽之卜者。石以拆字名噪一時，《春渚紀聞》嘗錄其事，謂石以拆朝字爲十月十日大貴人之故得官，而在〈蓬州樵夫〉中，則言其拆徽宗手書「問」字，爲「左爲君，右爲君，聖人萬歲。」是以得官，南渡後，爲利路一尉，有道人亦以「問」字占，拆作：「門雖大，只有一口。」蓋彼所住觀，無他黃冠也，後書一「器」字使他人往，則得：「人口空多，皆在戶外。」石恃術書「石」字示之，姑曰：「爲名不成，得召卻退，逢皮則破，遇卒則碎。」其後石爲王將所累，坐縣配，乃知進乃南皮人，起於卒伍，悉如姑言。

3. 聲　卜

聲卜又名響卜，在宋代亦流行，預先設想卜求事項，聽人無意中言語，

《東坡志林》記其事。
〔註18〕軌革亦見瞿兌之《中國社會史料叢鈔甲集》，第442～444頁。惟引《宋史·藝文志》五行類、著龜類所收軌革之書，謂軌革之所由來久矣，然費孝先軌革是否即前人軌革大有問題，想藉其名以命其術也。

第一句即爲兆象。容肇祖〈占卜的源流〉所謂「鏡聽」，當屬其法。〔註19〕

由《夷堅志》中有關聲卜之記載，如〈羅春伯〉（《支乙》卷一）、〈婆惜響卜〉（《支景》卷十）、〈黃師憲禱梨山〉（《支戊》卷六），可知其術原未必如容肇祖所言，限定在元旦之夕，亦不需置杓於水，隨杓所指，懷鏡出聽，〔註20〕但事先設定在某地（如橋上），或某人，祇要聽其無預期之第一句即可，如欲卜之人數較多，則互約得第一句爲誰，第二句爲誰，如是而已，較後世納入民俗儀式爲便捷，是爲雜占卜也。

4. 杯 珓

杯珓，又名作盃珓，六朝已有，盛行於唐宋間，《夷堅・丙志》卷十四〈黃鳥喬〉、《丁志》卷二〈富池廟〉、卷五〈威懷廟〉均載之，一俯一仰爲聖珓，皆俯陰珓，皆仰爲陽珓，聖珓爲吉，陰陽珓皆不便，三擲而吉凶定矣，多施於廟中，以表示神之旨意。

5. 骰 卜

《支丁》卷一〈夏氏骰子〉即是，先祝後擲，以決吉凶。

6. 求 籤

神祠以詩爲籤語，禱者得之以占吉凶，宋初已有之，〔註21〕《支戊》卷十〈金谷戶部符〉條，《丙志》卷九〈上竺觀音〉條，前者赴舉之初，往當地（湖洲）祠山寺求籤得詩，〔註22〕後者在上天竺，三籤皆不吉。〔註23〕

7. 風水相墓

風水相墓之學，其來久矣，〔註24〕盛行於魏晉六朝，《夷堅・支戊》卷二〈禮丞相祖宅〉、〈陳魏公父墓〉均載之，而《三壬》卷一〈賴山人水城〉條之水城之學，則有專業色彩，此外《乙志》卷十一〈劉氏葬〉、《丙志》卷四〈蜀州紫氣〉、卷九〈應夢名人〉、卷十五〈房梁公父墓〉、卷十九〈宋氏葬地〉、《支景》卷一〈朱忠靖公墓〉、《支乙》卷四〈焦老墓田〉、《支景》卷四〈王雙旗〉、〈金雞老翁〉、卷十〈姚尙書〉、《支丁》卷四〈楊九巡〉等均是。

〔註19〕容肇祖〈占卜的源流〉，收在《傳說與迷信》，第64～65頁。

〔註20〕同前書。

〔註21〕瞿兌之《中國社會史料叢鈔甲集》，第444頁。

〔註22〕祠山籤詩有一百二十八首，見《十駕齋養新錄》卷十九引《祠山事要》。

〔註23〕鄭振鐸輯有《天竺靈籤》，可一覘南宋時天竺寺籤詩之風貌。

〔註24〕《周禮・春官》：「冢人，掌公墓之地，辨其兆域而爲之圖。」其與吉凶是否有關，不得而知，惟東漢以降，其說已大盛。

8. 體　相

從個人身體特徵而作各種解釋之占卜，其來較晚，春秋時已有，其後並未特別開展，至宋重新盛行，極為普遍。〔註25〕

惟觀察人體在部位上有所不同，固以面相為多，如《丁志》卷五〈三士問相〉及卷六〈和州老人〉、〈王文卿相〉、《支甲》卷七〈徐防禦〉、《支景》卷二〈蜀中道人〉等均是。然亦有相手紋（《丙志》卷五〈葉議秀才〉）及相骨等（《丙志》卷十五〈岳侍郎換骨〉），當為體相之分化。〔註26〕

9. 夢　占

《周禮》太卜掌三夢之法，又有占夢之官，以日月星辰占六夢之吉凶。夢兆與夢占，在行為上有所不同，前者可謂不期而遇，後者則得自於祈禱之途徑，雖則祈禱無處不可，然在宋代禱之於寺廟者特多，並有專門為士人祈夢之廟宇，袁州宜春仰山二王廟最為著名，〔註27〕其次邵武廣祐廟〔註28〕亦然，由於靈驗特著，其遍布於各地之行祠，亦具有相同之功能。

在無祈禱形式下所出現之夢兆，亦有為人圓夢之術者解說之，見《三辛》卷十〈梅溪子〉、《三壬》卷二〈兩黃開登第〉，惟非專業性者。〔註29〕

10. 扶　箕

或作扶乩，扶箕之術常見於原始各民族，在魏晉時即有扶箕降筆之記載，惟將扶箕納入志怪體中，當以蘇軾〈子姑神記〉為最早，時扶箕之術已和紫姑神結為一體，紫姑原為廁神，附箕以與人溝通，漸次變為扶箕術之代號，能附箕之鬼魂，皆為紫姑，〔註30〕其不以紫姑為名者，亦有「大仙」等稱謂，〔註31〕至於縉雲鬼仙英華，則是地方性之紫姑。〔註32〕

《夷堅志》關於扶箕之記載甚多，其有關占卜者，如《支乙》卷二〈吳虎臣卜夢〉、《支景》卷六〈西安紫姑〉、《支戊》卷二〈方翥招紫姑〉、《三壬》

〔註25〕李亦園〈說占卜〉，收在《信仰與文化》，第92～93頁。

〔註26〕相骨、相手紋在漢代已行分化，見瞿兌之《中國社會史料叢鈔甲集》，第403～404頁。

〔註27〕《支甲》卷五〈龔輿夢〉、卷七〈湯省之〉及《支乙》卷二〈王茂升〉等均是。

〔註28〕《支乙》卷十一〈明主簿〉。

〔註29〕《容齋續筆》卷十五〈古人占夢〉：「今人不復留意此卜，雖市井妄術，所在如林，亦無一個以占夢自名者，其學殆絕矣。」

〔註30〕許地山《扶箕迷信底研究》。

〔註31〕《支乙》卷八〈徐南陵請大仙〉。

〔註32〕《丁志》卷十九〈英華詩詞〉。

卷三〈沈承務紫姑〉等均與紫姑有關。

11. 星歷五行

星歷與五行在春秋五行家漸次開拓下，〔註33〕至漢代已成泛濫之狀態，經長時期之發展，轉相附益，乃衍生各種不同型態，在理論基礎上，發揮預知之功能，由於所使用之符號，有干支、陰陽、五行、五音以及數字等，各有所偏，因此風貌不一，常見者如遁甲即是，《甲志》卷二〈張彥澤遁甲〉及卷三〈邵南遁甲〉即其術也，可以擇日時並斷人何時升遷。

此外，在開元寺賣卜者所推之「五行」（《丙志》卷九〈上竺觀音〉）、張淡道人傳授徐逢原「凡人生死日時與什器、草木、禽畜、成壞、壽夭，皆可坐致」之「軌析算步」之術（《乙志》卷十八〈張淡道人〉）、戈陽稅戶易生與徐謙所論之「歷法」（《三辛》卷九〈蕭氏九姐〉）、日者蔣堅所推之「六壬」（《支甲》卷十〈蔣堅食牛〉）、浮梁村落術士所精通之「禽課」（《支庚》卷二方大年星禽）、為世俗日者託書自附之「林開三命」（《支戊》卷九〈黃師憲嘉兆〉）等均屬星歷或五行之術。

12. 易　占

由易占發展而來者，在理論配合下以人工操作之方式，求得卦辭，以之決禍福吉凶，如《丁志》卷一〈王浪仙〉、《支乙》卷二〈王茂升〉等均是。

13. 相　船

《丁志》卷八〈宜黃人相船〉：「宜黃人多能相船，但父子相傳眼訣，而無所謂占書之類。」觀其術謂雌船得雄，是雜以陰陽之說者也。

14. 氣物聲占

《漢志》云：「形法者，大舉九州之勢以立城郭室舍形，人及六畜骨法之度數、器物之形容以求其聲氣貴賤吉凶。」後者似為《夷堅志》中之聽氣物聲之占法：《甲志》卷十一〈何丞相〉條，記術者「聽物聲知吉凶，聞譙門鼓角聲」即知有角聲之祥，當有貴人，其後驗在何執中。又《支庚》卷二〈余聽聲〉條：「三衢余山人，善相氣色，又工聽氣物聲」，或嘗試其術，使立戶外，而自登廊上鼓梯，執兩椎敲擊數四，乃呼入問之，即云「鼓有雙聲」，當應兩弟子喜慶事，後果然，惟二者均自鼓聲言之，《甲志》卷十三〈惠兵唶聲〉條，則自從吏聲唶，知吉凶，均其術也。

〔註33〕王師夢鷗《陰陽五行家與星歷及占筮》第527頁。

以上諸術，祇是概略，由於理論、操作之不同，且占卜之方式，有自占或他占之異，在《夷堅志》中，各現風貌。

（二）幾種占驗之故事類型

1. 占無不驗

在易占及星歷五行屬理論附屬性強，而操作複雜者，其來已久，因而在《夷堅志》多未描繪其數如何施展，問者多士人，由術者主動以直接之方式點出卦象，吉多於凶而必驗。

卦影、籤詩、拆字、聲卜等理論附屬性不強，而以語言文字之卦象為特色，因而在「兆現→應驗」之過程中，有如解謎之遊戲。

體相之術，理論附屬性不強，但無語言文字為媒介，其過程則一如星歷五行，由術士直接點明，除非占卜之後有陰譴，否則吉凶亦多能驗。〔註34〕

2. 屢擲不下

盃珓為設於廟中，涉及人神之溝通，占者多以可否設辭，在《夷堅志》諸例中，神以不允者居多，在兆象現示後，雖有三擲之限制，然亦有百擲不下，必欲得神允諾者，如〈富池廟〉馬進以屠城為請，神不允，馬怒之，神珓竟爾自立，甚為神怪。骰占亦近乎盃珓，較無對立情節，在《夷堅志》祇有〈夏氏骰子〉一則，夏卜科第，願十擲中賜之「渾花」，一擲而得，再投皆然，乃知神佑，果於異年登第。

3. 曲折應驗

夢占最原始，亦最為普遍，其中以士人為多，所問無非科第官途，因為夢本身乃不期而至，故在故事中，全無直接現示前途者，必曲折見義，至有完全相反者，如〈龔輿夢〉（《支甲》卷五），龔禱夢於仰山，夢兆為「龔輿不得」，及中第，乃知為「龔輿一個得」也，非由其作夢時眼誤，蓋小說寓以天機不可洩露之意也。

4. 因夢改名

因夢改名，唐人不多見，范攄《雲溪友議》有之，〔註35〕至《夷堅志》

〔註34〕《丁志》卷五〈三士問相〉條，黃崇因殺異母弟，非但喪失原有登科之兆，且難逃一死。

〔註35〕《廣記》卷二八七：宋言，原名獄，夢有人報云：「秀才頭上戴山，無因成名。」又不可名獄，乃併二犬而去之。註出《雲溪友議》，此今本所無。

則過度泛濫矣，如〈金谷戶部符〉，金谷夢報榜人云：「金堪得。」後改名堪乃中第。〈兩黃開登第〉記南城士人，祈夢大乾山，得詩：「一枝丹桂高高折，兩朵黃花曄曄開。」惟當地已有名黃開者，累舉免解，士子竟亦名開，兩人同年唱第，均不祿而亡。

5. 得失參互

扶箕在宋代特別流行，由於藉箕直接與紫姑溝通，較夢占為具體，惟所降紫姑本非正神，故以之卜事，其判為凶固無大惡，判而為吉則未必是彰顯，〈方翥招紫姑〉，記方翥將赴秋試，降神問題，神先云：「天機不可泄。」禱請數四，乃書「中和」二字，翥遂遍行搜索，凡可作題，悉預為之，及試，其賦作前題曰「中興日月可冀」，後題曰「和戎國之福」，始悟所告，試前題而魁選，次年登科，以後蹭蹬三十年，才秘書省正字而已，蓋有得於此，則有失於彼也。

6. 墓師之咎

風水之說，久蒂人心，鬼神之說，莫或之信，而風水擇葬，多慎重其事，得吉則福祚緜緜，得凶穴，則禍且上身，故莫敢忽視，《夷堅志》中，術者所擇，以吉穴居多，有重至天子之穴，而人不敢居者，〔註36〕其穴特吉者，往往有神靈守護之說，〔註37〕實與民間禁忌有關，擇地稍偏，沾壙略深，擇時不當，均犯忌而致大患，惟積於故說，此患多加於術士，而卜葬者多無所損，如《乙志》卷十一〈劉氏葬〉條，劉延慶祖喪，卜穴之後，或謂墓師懼不利己，隱而不言，遂於啟壙時略有改易，墓師即知葬後不百日將死，但仍請延慶善視其家，而為之擇時以報，葬後墓師果死，而延慶位至節度使，子光世至太傅楊國公。此類故事，多不免殘忍性，如〈胡宏休東山〉（《支庚》卷六），死者十六人之多，祇為成就一吉穴也。

綜合以上六種故事類型，《夷堅志》中有關術數之故事，在結構上，乃是由兆至驗之過程，而以兆之必驗為前提，其故事之趣味，則在祈求事項經過兆而驗之相互變動之中，在此術士往往代表先知之「智慧老人」（the wise old man），卜問事項本身代表一種「追求」（quest），占驗則為「啟蒙」（Initiation），從追求至啟蒙之經過，原即宗教儀式之過程，在《夷堅志》中，主角（祈求

〔註36〕《丙志》卷十九〈宋氏葬地〉。
〔註37〕《丙志》卷九〈應夢石人〉，記徐翁欲葬其父，已得穴，夜夢金甲大神持梃逐之。

者）經過此種最粗糙之儀式過程，或由於信而得以救贖，或由於不信，而遭致應有之失敗，均不能逃離此結構也，但由於描述此一結構之方式過於原始，因而多祇能在人物心理及情節上「加力」，而呈現以上特殊之形式。

第三節　民間信仰

上古氏族社會，宗教屬於公共事務而非個人事務，有國家信仰而無民眾信仰，巫之地位，既高且崇，及至戰國時代，封建社會逐漸解體之後，方士與巫逐漸應貴族與民眾之需要，從民間自然產生，於是乃有民間宗教信仰。

自六朝以來，民間信仰在佛道二教嚴密而組織化之優勢下，實際上仍潛在相當之實力，祇是不時受政治干預或社會動亂等人為因素影響，始終難以掌握其實際情況。

惟歷來在太平盛世，即使政治干預，民間信仰實際上亦如雨後春草，絕無法根治也，宋代即是如此。

一、祠廟信仰

宋代祠廟之數，必然超過佛道二教，政和元年正月九日，詔開封府毀神祠一千三百三十八區，〔註 38〕祇開封府非法神祠即有此數，可謂驚人，事實上，所謂祠廟信仰，應包括合法與非法在內，合法者為正祀，非法者為淫祠。

正祀與淫祠分別之標準，當即《禮記‧祭法》所謂：「夫聖王之制祭祠也，法施於民，則祠之；以死勤事，則祠之；以勞定國，則祠之；能禦大菑，則祠之；能捍大患，則祠之…及夫日月星辰所瞻仰也，山林川谷丘陵，民所財用也，非此施也，不在祀典。」事實上，亦非盡然，「祀典」之有無，祇要經過政府再認（賜額、重修）、升格（封號、賜額）、新認可（建廟、封號）三種形式之一者，即為正祠也，反之，則為淫祠。《夷堅‧支甲》卷十〈褒忠廟〉條：

> 乾道元年六月，郴盜李金、黃谷犯道州，破寧遠縣，焚官民居室皆
> 盡。湖南安撫使檄衡、道、郴、桂四州都巡檢使王政會合他將兵討
> 捕，至邑下，寨柵未立，政出於軍中，恃勇輕敵，單騎馳鬥挑戰，
> 遂為所擒。初欲活之，政肆罵不屈，乃斬首，棄屍路旁。方盛暑，
> 同死者血肉狼藉，臭穢腐爛，政屍獨不壞，蠅蚋螻蟻亦不集。然雖

〔註38〕見《宋會要輯稿》禮二。

營營擾擾，勢若欲前，如爲物所驅，莫能進。死處距其官舍二百里，
所乘馬奔而歸。家人疑有變，走問之，收拾遺骸，當猶可識。帥以
忠義之節上於朝。詔贈廣州觀察，推官其親屬五人。就戰地立廟以
祀。賜額曰「襃忠」。

此顯然爲「以死勤事」之忠義祠廟，有「襃忠」賜額，必在祀典之中。

在《夷堅志》中，被政府列爲「祀典」之正神，大略有臨安廣利王（《乙志》
卷四趙士藻）、梓潼英顯武烈王（即張相公廟，《甲志》卷十八〈席帽覆首〉、《乙
志》卷五〈梓潼夢〉、卷九〈歌漢宮春〉）、豫章順濟王（《乙志》卷十〈湖口龍〉）、
平江陽山龍母（卷十一〈陽山龍〉）、休寧英濟王（卷十七〈宣州孟郎中〉）、京
師二相公（卷十九〈二相公廟〉、《丙志》卷十二〈吳德充〉）、成都江瀆神（《丙
志》卷三〈王孔目〉、卷四〈小溪縣令妾〉）、成都靈顯王（《丙志》卷四孫鬼腦）、
建昌梨嶽李侯（《丙志》卷十五〈黃師憲禱梨山〉）⋯⋯等均是。其中英濟王即
二郎也，興元、閬州均有行祠（《丙志》卷十七〈靈顯眞人〉、〈興元夢〉），據《宋
會要輯稿》禮二〇所列山川祠，即有 1211 之數。〔註39〕

在此大量神祇之中，原先有屬於動物崇拜、植物崇拜、自然崇拜、鬼神
崇拜及圖騰崇拜等之分別，但流傳既久，亦習焉而不察。

不論正祠淫祠，其構成因素均應包含神話、象徵物、祭禱儀式、祠廟組
織等，其中以神話爲最主要之因素，蓋（1）祠廟之列爲「祀典」與否，端在
神話之合於國家標準否。（2）神話爲吸引民眾瞻拜之原因。《夷堅・支甲》卷
二〈九龍廟〉條：

潼州白龍谷陶人梁氏，世世以陶冶爲業，其家極豐腴。乃立十窰，
皆燒瓦器，唯一窰所成最善，餘九所每斷火取器，率窳邪不正，及
粥於市，則人爭售之。凡出盡然，固莫知其所以也。谷中故有祠曰
白龍廟，蓋因谷得名，靈響寂寂，不爲鄉社所敬。梁夢龍翁化爲人
來見曰：「吾有九子，今皆長立，未有攸處，分寄身於汝家窰下。前
此陶甄時，往往致力，陰助與汝。」梁曰：「九窰之建，初未嘗得一
好器物，常以爲念，何助之云！」龍曰：「汝一何不悟，器劣而獲厚
利，豈非吾兒所致耶？」梁方竦然起拜謝。龍曰：「汝苟能與之創廟，

〔註39〕見中村治兵衛〈北宋朝の巫〉，《中央大學文學部史學科紀要》二三，第76頁。
惟《宋會要輯稿》爲清徐松自《永樂大典》輯出，已不完整，如據宋元地志、
《文獻通考》祀考統計，絕不止此數。

異時又將大獲福矣。」許之而覺。即日呼匠治材，立新祠於舊址，

設老龍像正中坐，東西列九位以奉其子。迨畢功，居民遠近和會，

瞻禮歡悅。其後以元陽禱祈雨，不移日而降。梁之生理益富於昔云。

原本靈響寂寂之白龍廟，因助人窯變致富，於是居民遠近和會，瞻禮歡悅，即是一例。

　　因而祠廟神話實關乎祀廟之存在，神話之內容，即為神祇之威靈，此神祇之威靈，實亦《夷堅志》之重要內容也。

（一）祠廟神話

　　在大量祠廟之中，則有大量之神話以維繫之，有在創廟之初，即有神話，如前引〈褒忠廟〉所謂「屍獨不壞，蠅蚋螻蟻不集」即是，惟《甲志》卷二十〈義夫節婦〉條則更神異矣，范旺夫婦及子死於范汝為之亂，亦屬「以死勤事」者，其後「旺死處甄上隱隱留尸跡，不少斁，邑人相與揭其甄，聚而祠之，已又圖象於城隍。紹興六年，建安人吳逵通判州事，以其事聞，詔贈承信郎，許立廟。」順昌丞蘇灝領役，夢旺具簪笏進謁，具謝董督之意，而縣領黃亮妻蔡氏亦夢之，若是，地方官員言其靈異，是祠廟信仰益篤矣。至如《丙志》卷四〈廬州詩〉：

　　廬州自酈瓊之難，死者或出為厲，帥守相繼病死。歷陽張晉彥（祁）

　　作詩千言，諷邦人立廟祀之，廬人如其戒，郡治始寧。

鬼作厲帥守，官員諷邦人立祀，均不免太過矣，惟神威更為具體，類此，均屬「創廟神話」也，在創廟神話中，尚可見其原始崇拜之內容，但如儒者所強調之忠義性祠廟，靈異多不彰。

　　祠廟神話並不止於創廟，祠廟任何舉動，均必須賦予神話，如廟神攀親帶故之增位祭祀，《支甲》卷八〈絳州骨堆泉〉條：

　　絳州骨堆有龍女祠，其下泉一泓，方數丈，可灌民田萬畝左右。農家恃以為命，歲時祭享甚謹，不敢微有媟汙。由是每經大旱，未嘗憂饑凶。女真人菩察為郡守，以絳地形穹崇，艱於水利，思欲導泉入圍。博議雖久，竟以高下勢殊，不能遂，乃敬謁祠下懇禱。其夕夢神告，使速浚渠。菩察寤，併力治役，渠成，水終不可致。又夢之曰：「吾有三子，今皆成人而未有血食，已敕令守渠運水，以成使君美意。」菩察許為立祠，神喜謝而去。比曉，圍吏來曰：「昨夜三更後，水從新渠入圍矣。」菩察即率僚屬往祭其廟，以報神惠，為三子立祠，且

奏請虜廷，爵之爲伯。一郡遂賴其利。

此乃增位之神話，〔註40〕與前引〈九龍廟〉同，惟菩察立祠之後，且奏虜廷，爵之爲伯，地位更顯重要。

其最有名之「新廟神話」，爲《支景》卷九〈林夫人廟〉條：

> 興化軍境內地名海口，舊有林夫人廟，莫知何年所立，室宇不甚廣大，而靈異素著。凡賈客入海，必致禱祠下，求杯珓，祈陰護，乃敢行，蓋嘗有至大洋遇惡風而遙望百拜乞憐見神出現於檣竿者。里中豪民吳翁，育山林甚盛，深袤滿谷。一客來指某處欲買，吳許之，而需錢三千緡，客酬以三百，吳笑曰：「君來求市而十分償一，是玩我也。」無由可諧，客即去。是夕，大風雨。至旦，吳氏啓戶，則三百千錢整疊於地。正疑駭次，外人來報，昨客所議之木已大半倒折。走往視其見存者，每皮上皆寫林夫人三字，始悟神物所爲，亟攜香楮，詣廟瞻謝。見群木多有運致於廟塲者，意神欲之，遂舉此山之植悉以獻，仍輦原值還主廟人，助其營建之費。遠近聞者紛然而來，一老吁家最富，獨慳吝，只施三萬，衆以爲太薄，請益之，弗聽。及遣僕負錢出門，如重物壓肩背，不能移足，惶懼悔過，立增爲百萬。新廟不日而成，爲屋數百間，殿堂宏偉，樓閣崇麗，今甲於閩中云。

林夫人即今「媽祖」也，是時其廟宇屋數百間，而甲於閩中，殆亦無數神話累積而成也，〔註41〕此可謂其自力助役之「新廟神話」。另《支景》卷一〈峽州泰山廟〉條，一夕大風雨，如發洪水，浮出巨材千數，民共告郡新廟，而成夷陵壯觀，與此正同。至於更換新袍，修補神像均有神話在焉，可謂不一而足矣，〔註42〕在此新廟神話中，原始崇拜內容，均已被新神話之靈異沖淡甚至消失。

〔註40〕陳淳〈上趙寺丞論淫祠〉云：「既塑其正鬼之夫婦，被以衣裳冠帔，又塑鬼之父母，曰聖考聖妣，又塑鬼之子孫，曰皇子皇孫，一廟之迎，動以十數像，群輿於街中。」（《北溪大全集》卷三）據《宋會要輯稿》禮二〇，廣德山張王神祠經政府之封賜，上及張王之祖父祖母，又王妃一、貴嬪二、子媳各五、王弟九、王女一，皆有封號，而賽神之時，除王之奴婢部屬外，共有三十七位，可謂濫矣。

〔註41〕見李獻章《媽祖信仰の研究》，宣和五年始封靈濟，紹熙間封爲靈惠妃，丁伯桂〈廟記〉：「神之祠，不獨盛於莆，閩、廣、浙、甸皆祠也。」（《咸淳臨安志》卷七三引）。

〔註42〕《支乙》卷七〈勸善大師〉及〈潘璋家僧〉均是。

此外，在原有祠廟神話逐漸褪色時，乃有新神話以取代之，在此，有甚至在本質上有所變動，如《丁志》卷十四〈白崖神〉條：

> 梓潼射洪縣白崖陸使君祠，舊傳云姓陸名弼，終於梁瀘州刺史，今廟
> 食益盛。政和八年十月七日，蜀人迪功郎郭時自昌州歸臨邛，過宿瀨
> 川驛，夢爲二吏所召。行數里，至官府，極宏麗，廳事對設二錦茵，
> 庭下侍衛肅然。頃之，朱紫吏十輩擁一神人，紫袍金帶，引時對立。
> 時睊眙未及言，神顧曰：「且易服。」乃退如西廡。吏云：「王自言與
> 君有同年家契，當受君拜，曷爲不言？王甚不樂。」時曰：「王爲誰？」
> 曰：「射洪顯惠廟神，昔年瀘南安撫使英州刺史王公也，其子雲，今
> 爲簡州守。」時始悟與雲實同年進士，甚懼，曰：「然則欲謝不敏，
> 且致拜，可乎？」吏曰：「可。」再揖至茵次，通敘委曲，因再拜。
> 神喜，跪受勞問，如世間禮，遂就坐。神曰：「吾入蜀踰二紀矣，曩
> 過陸使君廟，留詩曰：『瀘州刺史非遷謫，合是龍歸舊洞來。』一時
> 傳誦，指爲警策。暨以言事得罪，棄官謝世，獲居於此，獨恨王氏族
> 人無知者。藉子之簡州，告吾兒。」時敬諾。窹後六日，至簡池，謁
> 太守弗獲，不得告。明年，過資州，復夢神召見，責其食言，時愧謝，
> 神曰：「是行必爲我言之，吾近數有功於民，不久亦稍增秩禮命矣。」
> 時既覺，兼程至簡，以手書達所夢。太守感泣，訪手澤於家而得其詩。
> 王公名獻可，字補之，自文階易武，仕至諸司使英州刺史知瀘南而卒。
> 豈非代陸公爲白崖神乎？龍歸洞之事，見於廟記。宣和七年，宇文虛
> 中與雲同在河北宣撫幕府，爲作記云。

所謂「陸使君祠」，原本爲紀念性祠堂，其後則成爲概念性之白崖神，日久習而不知立祠之旨，而爲嘗過祠賦詩之王獻可所取代，一如陽間地方官員之更代。此乃「換神神話」，在此，原有崇拜內容，可謂蕩然無存矣！此事在宣和七年時，宇文虛中嘗爲之作記，疑此篇即本於該文，事實上，此類故事，原先後從各廟廟記轉化而來，《支戊》卷七〈蒼嶺二龍〉更爲明顯，該文出自陸岐之手，洪邁就廟記改寫之，而《支丁》卷一〈南康神惠王廟碑〉，事實上亦據陸蘊所賣廟碑而作也，由二篇篇末洪邁尾記可知也。

（二）眾神威靈

祠廟神話不論以何種形式出現，神之威靈，必然加以強調，各民族之神祇，一般均包含善意及惡意之性格，而且可以各自獨立，有降福不降禍者，有降禍

不降福者，端視信徒所賦予之性格而定，宋代神祇之性格，則多屬於有條件之降福者，〔註43〕其所以有條件者，蓋出於「報」之觀念，但由於多神信仰之故，亦非絕然統一。

在祠廟信仰之中，神所降之威靈，就善意福祉而言，有公共性與個人性之別，其共同性者，即所謂「保境平安」，《夷堅志》中有以下數例：

1. 避免戰亂：《丁志》卷二〈富池廟〉條：甘寧神不許巨寇馬進屠城，保護興國全境生命安全。〔註44〕

2. 驅逐瘟疫：《乙志》卷十七〈宣州孟郎中〉，英濟王不准瘟鬼行疫，維護休寧人民之健康。

3. 調適雨暘：《支甲》卷二〈野牛灘〉條，群蛟興風作浪，大雨不止，爲龍神所逐，使民免遭沈溺，《丙志》卷十四〈宜都宋仙〉條，宋仙降雨解旱，百里霑足。

以上三種威靈，有一共同性之特色，即均表現社區性之功能，而非全國性者，蓋無全國性之神祇也。跨越社區之祠廟祭禱儀式，並不能眞正存在，如《支甲》卷五〈雷州雷神〉條：

> 淳熙丙申，桂林連月不雨。秋冬之交，農圃告病，府守張欽夫栻遣駛卒持公牒詣雷州雷王廟，問何時當雨。既至，投牒畢，宿於祝官之家。是夜駛、祝同夢神令具報云：「明年上元前三日方有微雨。」……
> 至正月十二日，果得小雨，僅能洒塵，於沾丐殊無補。

張栻遣卒從桂林至雷州，祇是問雨，而非祈雨，其所得之洒塵之微雨，是神之預知，其能爲戲謔，亦足表雷神之威靈在，跨越性之宗教活動，亦僅止乎此，雖有公牒，亦祇成爲郡守個人之願望。

〔註43〕人類對超自然存在之態度，可分：
  一、神是保佑賜福於人的：
    （一）無條件。
    （二）有條件。
      1. 虔敬服從。
      2. 做儀式祭祀。
        （1）巫術性的強迫儀式。（2）祈求禱祝的儀式。
  二、神是懲罰作祟人的：
    （一）無條件的。
    （二）有條件的。（見李亦園《信仰與文化》，第 13 頁）
〔註44〕《三巳》卷八〈富池廟詩詞〉亦載此事，並言其事實出劇賊李成。

　　祠神所給予之個人性之福祉，包羅廣泛，如預示前途、助風順濟、治病愈疾、保佑平安，在祈禱活動中，其有個人之願望，實即公共之願望，如祈雨、驅瘟等，但亦有純屬個人性者，其中以預示士人科第最常見。公共性福祉，包括祠神主動與被動之賜予，而個人性之福祉，多屬被動性，此亦說明祠廟信仰之社區性大於個人性，《夷堅志》不得不如此反映於其結構之中。

　　祠廟信仰下，神所降示之惡意行為，均屬譴責性者，而非出於本性，其一現象之產生主要是在於人所認定神性本非惡意，因而對於不能符合社區祭禱儀式行為者，乃有所懲罰，對神而言，均屬於被動性者。

　　人類具體不合儀式行為，就《夷堅志》所見，有不敬神祇、言行褻諜、過時不祀、誦經含糊、粢盛不潔、章奏不謹等，均可視為對神祇威靈之輕慢，輕慢行為有來自祭司及一般民眾，所獲之懲罰，在《夷堅志》中亦特別明顯予以區別，《支甲》卷一〈宋中正〉條，宋氏家富而狠戾，出遇神祠，未嘗加敬，或指而詈侮，結果住屋煨為灰燼，《支乙》卷八〈湯顯祖〉條，湯氏與神抗禮而不敬，是夜，暴風飆起，山水溢溢，縣治大半入水，後為人所按罷去，皆慢神而獲責譴也，至於《三壬》卷八〈集仙觀醮〉條，則為道士不識字而獲譴者也，均屬不合於社區性行為者。

　　同時，由《乙志》卷四〈趙士藻〉及卷十〈湖口龍〉二則故事中，均為非社區之人，舟行而過祠不拜，而遭溺水之咎。可見社區性神祇亦擁有地盤之壟斷也。

（三）淫祠邪神

　　淫祠之定義，誠非易事，以宋朝政府之立場，端在祀典之有否為認定，然士庶對此仍存極大之差異，一般而言，所謂「非所祭而祭之曰淫祠」，可以作為共同之觀念，惟就實際而言，由於個人見解之不同，「非所祭」之認定，便有不同，甚至亦有「正祠亦不免於淫祠」之說法。〔註45〕在此僅就《夷堅志》而論之。

　　《夷堅志》所見祠廟神祇，凡列為國家祀典者，均具有正神之特色，已如前述，而非國家祀典者，亦多視之為正神，如《丙志》卷二〈宜都宋仙〉條，洪邁外舅張淵道禱雨於峽州宋仙祠，而有百里霑足之靈，惟不知其神為誰，其後考諸圖經，問於父老，皆無所適從也，旋淵道亦「未及請廟額而去」，

〔註45〕見陳淳《北溪大全集》卷三〈上趙寺丞論淫祠〉。

可見其廟原非祀典所有，其後亦未列爲祀典，然其威靈固同於正神，《丙志》卷十四〈忠孝節義判官〉條亦然。

《夷堅志》之淫祠，大致有下列三種：〔註46〕

1. 山精木魅之祠：地方性傳說中之山精木魅，如五通、木客、山魈、罔兩、七姑子、木下三郎等。〔註47〕

2. 供奉動植物木石之祠：如《乙志》卷五〈南陵蜂王〉、《支戊》卷三〈錢林宗〉之施菩薩、《三辛》卷九〈石牌古廟〉均是。

3. 名號荒唐之祠：如《三己》卷八〈台嶺錢王廟〉、《志補》卷九〈苦竹郎君〉、卷十五〈百花大王〉等均是。〔註48〕

以上各類淫祠，固亦有升格爲正神之機會，主要亦在時人之認定上，《三己》卷十〈吳呈俊〉條，記德興五顯公加封事，狀申江東運司，在法，須遣他州官覈實，然後剡奏，上饒丞吳呈俊奉檄而至，甫謁廟下，恍然憶省少年時嘗夢入大祠，見神王五位，乃詳其感異本末，復于漕台，於是五神得加封，然此五神，實即五通也，而其認定，則爲少年時夢，實亦主觀也。

淫祠諸神，亦有其威靈，《夷堅·丁志》卷十九〈江南木客〉條言之詳矣。

> 大江以南地多山，而俗機鬼，其神怪甚佹異，多依嚴石樹木爲叢祠，村村有之。二浙江東曰「五通」，江西閩中曰「木下三郎」，又曰「木客」，一足者曰「獨腳五通」，名雖不同，其實則一。考之傳記，所謂木石之怪夔罔兩及山獵是也。……變幻妖感，大抵與北方狐魅相似。或能使人乍富，故小人好迎致奉事，以祈無妄之福。若微忤其意，則又移奪而之他。遇盛夏，多販易材木於江湖間，隱見不常，人絕畏懼，至不敢斥言，祀賽惟謹。尤喜淫，或爲士大夫美男子，或隨人心所喜慕而化形，或止見本形，至者如猴猱、如尨、如蝦蟆，體相不一，皆趫捷勁健，冷若冰鐵。陽道壯偉，婦女遭之者，率厭苦不堪，羸悴無色，精神奄然。有轉而爲巫者，人指以爲仙，謂逢

〔註46〕見《丁志》卷十七〈江南木客〉、《甲志》卷七（七姑子）、《乙志》卷七〈汀州山魈〉、《三己》卷八〈五通祠醉人〉。

〔註47〕見拙作《南宋文學中之民間信仰》，第143～147頁。

〔註48〕張邦基《墨莊漫錄》卷八：「予每憤南方淫祠之多，所至有之，陸龜蒙所謂：有雄而毅、黝而碩者，則曰將軍，有溫而愿，晢而少者，則曰某郎，有媼而尊嚴者，則曰姥，有婦而容者，則曰姑，而三吳尤甚，所言之神不一，或曰太尉，或曰相公、或曰夫人、或曰娘子……。」

忤而病者爲仙病。又有三五日至旬月偃臥不起，如死而復蘇者，自
言身在華屋洞戶，與貴人騶狎。亦有攝藏挾去累日方出者，亦有相
遇即發狂易，性理乖亂不可療者。所淫據者非皆好女子，神言宿契
當爾，不然不得近也。交際詑事，遺精如墨水，多感孕成胎。

淫祠之神，固不止此數端，惟其威福，大略盡之矣。其與正神之不同者，有
下列數端：

1. 其性格爲介於有條件與無條件之間之惡意降祟者。從〈江南木客〉之
   好淫人婦女可知。

2. 其降福均屬個人性而非公共性，能使人乍富，但微忤其意，則又失之
   矣。如《志補》卷七〈豐樂樓〉即如此。

蓋其本性屬惡，故福福多相倚，《志補》卷十五〈奉化三堂神〉爲典型之
例。

奉化縣大姓家，率於所居旁治小室事神，謂之三堂，云祀之精誠，
則能使人順利。然歲久多能作禍，縣之下郝村富民錢丙，奉之尤謹，
每三歲必殺牛羊豕三牲，盛具祭享，享畢，大集親鄰，飲福受胙，
若類姻禮。丙以壯歲死，當除服之月，適與祭神同時，侍妾阿全者，
忽爲物所憑附，作主公聲謂其子曰：「我本未應死，蓋三堂無狀，錄
我去，強爲奴僕。晝則臂鷹出原野，夜則涉歷市井，造妖作怪，經
二年，略無一霎休息。不堪其苦，宛轉告假，得訴於東嶽，……乃
具告三堂困害事。如食頃，片紙從內飛出，轉盼間神已攝至庭下，
不見有繫縛者，而神踽蹐屏氣，求哀甚切。復有片紙飛出，旋繞神
身數匝，化爲烈火爇之，立成灰燼。我拜謝而出。汝可遍告鄉人，
自今宜罷此淫祀。」語漸微，阿全方蘇。

此爲《夷堅志》常見之主題，地方官落敗者有之。如前引〈湯顯祖〉及《丙
志》卷二〈舞陽侯廟〉均是，而戰勝邪神者，則更爲常見，如《支戊》卷三
〈張子智毀廟〉即是。

在祠廟信仰中，民眾所依賴之正神，其社區性權威隱然爲一社會力量，
群眾必須屈服於其規範之中，則福禍亦在於屈服之主題下，隱然獲致合理之
結果，而在淫祠信仰中，邪神則隱然爲一個別性勢力，福爲表徵，禍爲本質，
趨福而致禍，短利之民奉之，實引狼而入室，而邪神與地方官員對立性格，
一如土豪鄉紳之於州縣，如是，則《夷堅志》中祠廟性格具矣。

二、巫覡

巫覡在民間信仰中，占有重要之地位，原始巫覡身兼醫巫星卜等身份，其後民智漸開，地位日微，即使醫、卜等工作已有分工專攻之情事，然巫覡仍保持原有功能，而爲人所需求。

就人類學之考察，宋代之巫覡，無疑擁有薩滿（shaman）、禁厭師（sorcerer）、驅邪師（exorcist）、巫醫（witchdoctor）等身分，雖然亦可以單獨身分出現，然當時在漳、泉等閩地所流行之童乩，〔註 49〕實足以涵蓋所有巫覡之法術能力，洪邁本人及長子樗，岳父張淵道，先後在福州任上，交游頗眾，所聞亦多，對此有相當之認識及迷信，自不待言。

巫覡是溝通人神之靈媒（medium），降靈附體是其重要溝通之方式，降靈附體之觀念，來自「強魂憑依於人」之說法，前已明之矣，古人認爲匹夫匹婦之有病祟，主要是爲鬼魂主動憑附所致，此即鬼魂附體之能力。巫覡之能力，除能夠和此附體之鬼神間接對話外，更能化被動爲主動，使鬼魂直接附體於人，以瞭解或傳達其旨意，在此，是必經過降靈之儀式，在儀式中，被指定爲鬼神附體之對象，在靈魂侵入之時，亦必如同強魂附體之受害者一般，生理或心理均異於常時，而在精神恍惚下，完成儀式過程。此一宗教現，學者名之爲薩滿信仰（shamanism），蓋西伯利亞土著稱其巫師爲薩滿，該地區之薩滿，明顯是在失神狀態（ecstatic state）中傳達鬼神旨意，與我國之巫覡正同。

《顏氏家訓・歸心》云：「世有魂神，示現夢想，或降童妾，或感妻孥，求索飲食，徵須福祐，亦爲不少矣。」胡寅〈崇正辨〉云：「世傳死人附語，大抵多是婦人及愚夫，其所憑者，又皆蠢然臧獲之流耳。」被鬼神憑附之人，多屬地位低下之童妾僕婢，前已言之矣，而在宗教意義中，女子、兒童及精神異常者，則多被認爲薩滿之最佳人選，兩者之間，必有相關，惟我國爲多民族國家，其爲薩滿者，可以是巫覡本身，亦可以另使人爲之，此人大多爲童子，即所謂童乩也。

（一）通靈附體

《夷堅志》中，巫覡之爲鬼神附體者，有以下二種類型。

1. 通靈以達意

鬼神主動降附於人，多涉及到果報或崇屬等各方錯綜情事，惟其降於巫

〔註49〕見拙作《南宋文學中之民間信仰》，第 109～126 頁。

者，則必有旨意欲傳達者，如《支癸》卷二〈昌田鳴山廟〉：

> 鄱陽昌田，舊有鳴山小廟，積以頹敝。慶元二年九月，鄉人議毀之。
> 一巫為物憑附，猖狂奔走，傳神命告里中曹秀才，使主盟一新。廟
> 之始建也，曹之祖有力焉，故復致請。……（曹）自詣廟下，工役
> 爭盡力，亦不取庸雇之直，它處富室各施財米，……今遂成社廟矣。

此叢祠之神欲新其廟，主動附體於巫覡，使在猖狂奔走之情況下，傳達旨意，
此一現象，前人志怪較常見，〔註50〕惟多不言其失神狀態。

2. 通靈以預知

鬼神主動附體以表明意圖，在《夷堅志》中較不常見，或因現實案例不
多之故，然巫覡之為人所需求，主要仍在其能解決問題也。《支景》卷五〈聖
七娘〉條：

> 建炎初，車駕駐蹕揚州。中原士大夫避地來南，多不暇挈家。淄川姜
> 廷言到行在參選，以母夫人與弟孚言已離鄉在道，久不得家書，日夕
> 憂惱，邦人盛稱女巫聖七娘者行穢跡法通靈，能預知未來事，乃造其
> 家，焚香默禱。才入門，見巫蓋盛年女子，已跣足立於通紅火磚之上，
> 首戴熱鏊，神將方降，即云：「迪功郎，監潭中南嶽廟。」姜跪問母
> 與弟消息，「更十日當知，又三日可相見。」姜聞語敬拜，積憂稍釋。
> 恰旬日，果得書。又三日，家人皆至。姜悲喜交集，厚致錢往謝。一
> 切弗受，唯留香燭幡花而已。姜後為工部侍郎，每為客道此。

女子通靈，為原始宗教常見之現象，《周禮·春官》即有女巫之職，女巫降靈，
史不絕書。〔註51〕故事中，鬼神顯然在女巫聖七娘作法之下，被動降附，而
為人稽疑解惑，儀式之功能，一如占卜，而占驗之明確，則有過之，類此能
稽疑解惑之鬼神，大多專屬於巫覡一人，《甲志》卷十一〈五郎鬼〉條，即記
錢塘女巫四娘為五郎鬼所憑，而能知休咎，酬對如響。惟對其降靈時是否為
失神狀態，則多未詳明，雖《三己》卷三〈支友璋鬼狂〉條，言其「發言狂

〔註50〕《搜神記》卷五全椒丁姑以自經死，死後有靈響，聞於民間，嘗「發言於巫
　　　　祝」，曰：「念人家婦女，作息不倦，使避九月九日，勿用作事。」即降靈附
　　　　體，以宣示旨意也。
〔註51〕兩漢書及《晉書》均有之，見瞿兌之《中國社會史料叢鈔甲集》第398頁，
　　　　據李豐楙《魏晉南北朝文士與道教之關係》，第五章第四節〈魏晉南北朝仙說
　　　　之演變〉，第438頁，早期女仙多帶有女巫之性格。在宋代遠近奉祀之天妃林
　　　　夫人，原亦為女巫之身分，見李獻璋《媽祖信仰之研究》。

易，全如喪心」，一如巫覡，然支友璋本人，並非巫流也。

由於民眾需求而使鬼神降附巫覡之身，有實際之功能，故此類故事，《夷堅志》較佔多數。

（二）降靈附體

前述巫覡均屬直接使鬼神附體，而具有薩滿之特色，在《夷堅志》中，另有巫覡本身不具薩滿性格，但在形式上，仍另驅人（童子）為之者，此則類似今日童乩與法師之關係，〔註52〕宋人稱之為「穢跡金剛法」，而被附體之童，或稱「聖童」（《支戊》卷五〈任道元〉），或稱「仙童」（《三辛》卷二〈百步仙童〉）。

1. 附體考召

古人對疾病之認識，往往視之為鬼神附體，巫覡直接向患者施法，即達到治療之目的，惟疾病本身若屬精神異常性者，視之為「遭祟被屬」，或令人明白易知，類似故事，精怪靈鬼故事特易見之，亦均以巫覡為救贖性人物，而巫術救贖，亦以被患者為對象，直接考召，然如生理性之疾病，精衰氣痿，固不易以「遭祟被屬」當之，惟有間接透過靈媒乃能知之，惟有利用童乩，以為人神、巫覡與患者之媒介。《支丁》卷五〈潘見鬼理冥〉條即是一例：

> （庖婢慶喜因食物為貓竊食，遭主母責罵，憤而殺貓，竟致冤報——見《支景》卷四〈慶喜貓報〉。）慶喜既死二十二年，當紹熙壬子夏，其主母得水蠱疾，日就危困。幹僕王富云：「嘗聞天井巷開茶店錢君用二郎說：『艮山門外潘先生，善理幽冥間事，俗呼為潘見鬼。』試往禱之。」王遂拉錢造其居。潘焚藝楮鍰，施手帕於所事神像前，燈上正見一婦人、一貓對立。潘云：「俱有冤枉，吾亦不解其由。」二人持帕歸，為主母道所以。母大驚曰：「往歲實怒責此婢。然其死也，自因損傷，非我隕厥命，何緣作祟如此？」復使往見潘。乃命童子附體考召，即作婦人聲曰：「我名慶喜，以死於非命，到今未得託生。固非主母殺我，但卻自渠而發。向者其福未衰，故等守多年耳。」潘許以齋醮經卷，皆不應。而作貓叫數聲，童即昏睡。及覺，不能略省。潘牒城隍，令收置酆都宮，且呪棗治水與病者服，似覺小愈。才數日，復沈篤，竟不起。

雖然治療失敗，然透過潘巫利用童子附體之方式，乃知主母罹患水蠱之病，

〔註52〕見董芳苑〈台灣民間的神巫——童乩與神師〉，收在《台灣民間宗教信仰》。

乃出於鬼魂作祟也。童乩固能神奇，主導力量仍在巫覡本人，在故事中，明顯可見。

2. 附體除祟

巫覡利用童乩，使童乩在儀式上占有重要之地位，除能加以考召外，更有直接除祟之神異傳說，如《丙志》卷六〈福州大悲巫〉條：

> 福州有巫，能持穢跡呪行法，爲人治祟蠱甚驗，俗呼爲大悲。里民家處女，忽懷孕，父母詰其故，初不知所以然，召巫考治之。才至，即有小兒盤辟入門，舞躍良久，徑投舍前池中。此兒乃比鄰富家子也，迨暮，不復出。明日，別一兒又如是。兩家之父相聚詬擊巫，欲執以送官。巫曰：「少緩我，容我盡術，汝子自出矣，無傷也。」觀者踵至，四繞池邊以待。移時，聞若千萬人聲起於池，眾皆辟易。兩兒自水中出，一以繩縛大鯉，一從後箠之。曳登岸，鯉已死。兩兒揚揚如平常，略無所知覺。巫命累瓶覆於女腹上，舉杖悉碎之。已而暴下，孕即失去，乃驗鯉爲祟云。

此巫覡利用童子，直接治祟除妖也，而童子雖非專業童乩，然在巫覡主導下，亦「舞躍良久」，類於薩滿而爲童乩也，此事與《三辛》卷二〈許寶文女〉近似，惟該故事中，村僧董伸師所用之童子，多達六人。

3. 附體求物

附體治祟是童乩參予儀式所發揮之普遍功能，另童乩在附體後，亦應有鬼神預知能力，而且在預知之同時，有時更能主動達成任務，如《甲志》卷十九〈穢跡金剛〉條：

> 漳泉間人，好持穢跡金剛法治病禳禬，神降則憑童子以言。紹興二十二年，僧若沖住泉之西山廣福院，中夜有僧求見，沖訝其非時。僧曰：「某貧甚，衣袱纏有銀數兩，爲人盜去。適請一道者行法，神曰：『須長老來乃言。』幸和尚暫往。」沖與偕造其室，乃一村童按劍立椅上，見沖即揖曰：「和尚且坐，深夜不合相屈。」沖曰：「不知尊神降臨，失於焚香，問欲見若沖何也？」曰：「吾天之貴神，以寺中失物，須主人證明，此甚易知，但恐興爭訟，違吾本心。若果不告官，當爲尋索。」沖再三謝曰：「謹奉戒。」神曰：「吾作法矣。」即仗劍出，或躍或行，忽投身入大井，良久躍出，徑趨寺門外牛糞積邊，周匝跳擲，以劍三築之，瞥然仆地。踰時，童醒。問之，莫知。乃發糞下，見一

埠臬兀不平，舉之，銀在其下，蓋竊者所匿云。

此利用童乩而得失物也。若沖雖爲僧人，然所持穢跡金剛法，仍爲童乩之術也，〔註53〕失物之僧所求，不過卜其失物耳，而童乩不但知其所在，且主動找尋失物，顯較術士含糊之卦象爲實際，亦且文士降箕所不能。

巫覡在宋代社會仍然爲人需求之原因，主要由於宋人錯誤之鬼魂觀。認爲鬼神普遍參予人間世物，凡人事之順窒，一以鬼神當之，而惟有巫覡能致鬼神，於是民眾遂從而瞭解之、溝通之，進而驅使之，而在鬼神參予之迷信下，巫覡其實給予信徒之依恃感，無疑又在醫卜之上，巫覡雖未必能如醫者眞正指明致病之因，然在鬼神迷信下，強調人際關係之因果律，又非醫者所能。〔註54〕再者，巫覡除能如醫卜指出病源，預知未來，然在眾目睽睽之下，除妖治祟，尋找失物，此一「神道傳說」，顯然足以迷惑信徒，而爲之傳誦不已，在同一信仰之下，人多信以爲眞，《夷堅志》所見，多其案例，是即今所謂「桌頭」也，〔註55〕部分篇章，實爲桌頭靈驗故事，惟洪邁嘗對同術而異名之「仙童術」作如下之評語：「仙童之爲術，最名幻妄，獨是事彰灼如是。」所謂幻妄，乃不易理解之意，非但不直斥其僞，且言其彰灼也，有此觀念，無怪乎《夷堅》之言穢跡者，較他書爲詳而多也。

三、法　術

人類對於自然之反應，經由象徵性交換行爲之後，即產生巫術之觀念，認爲可以利用神秘方法，影響宇宙萬物之各種現象。英人弗累則（James George Frazer）歸納人類之巫術行爲，認爲有二大律則，（一）類似律或象徵律，即同類相生和同類相剋，（二）接觸律或傳染律。前者爲模擬巫術，後者爲接觸巫術，由於均經交感學習而來，故亦稱交感巫術。〔註56〕

巫術在原始宗教中，佔有極重要之地位，在我國亦然，惟自東漢以來，巫術大量被道教所吸收，予以教理化、儀式化，尤其在教團組織之宣揚推廣

〔註53〕《乙志》卷十四〈全師穢跡〉，亦爲僧人行童乩降靈之法。

〔註54〕有關民眾對童乩依賴之心理，即在今日醫療水準提昇下，仍然爲人需求之原因，見李亦園〈是眞是假話童乩〉，收在《信仰與文化》，第 110 頁，今人皆不免有此想法，況古人哉？

〔註55〕董芳苑以爲法師又名覡桌頭，另無名氏〈童乩桌頭之研究〉，則認爲桌頭爲筆生或法師之謂，就所瞭解，桌頭亦可作案例解。

〔註56〕見林惠祥《文化人類學》第五篇第九章〈魔術禁忌及占卜〉，第 313～314 頁。

下，使巫覡即使在顯現原始通靈附體能力時，亦必須附會於宗教儀式（如穢跡金剛、靈寶大法等），更遑論其他法術矣。

在《夷堅志》中，流行於當時之道教法術，有五雷法、天心正法等，事實上，不但道流行之，巫覡假之，上至宗室官員，下至走卒庶民，〔註57〕亦未嘗不有通曉熟習者，有關此類教團道術，另在下節宗教靈驗中敘述，在此僅就《夷堅志》中以巫術為主題之故事，就其功能性質而加以歸納分析。

（一）建設性之巫術

巫術為人類控制事物之企圖，固然要以「厚生利用」為主，能夠以此為目的之巫術，可謂之建設性之巫術，〔註58〕或謂之「白巫術」（white magic）。

在宋代道術優勢下，巫覡除依附於道術之外，尚存在部分特殊性巫術，此類巫術大多因應需求而存在，具有建設性之功能，如《志補》卷二〈陳俞治巫〉條所記之巫術治療即是，但對此一功能，洪邁多持否定之態度，惟有村巫小術，《夷堅志》則言之彰灼。如《支乙》卷三〈周狗師〉即是：

> 岳州崇陽縣村巫周狗師者，能行禁禱小術，而嗜食狗肉，以是得名。
> 最工於致雨，其法以紙錢十數束，豬頭雞鴨之供，乘昏夜詣湫洞有
> 水源處，而用大竹插紙錢入水，謂之刺泉。凡以旱來請者，命列姓
> 名及田疇畝步，具于疏內，不移日，雨必降，惟名在禱疏者得雨，
> 他或隔一塍越一塹，雖本出泉處，其旱自若。村民方有求時，先持
> 錢粟為餉，未能者至牽牛為質，及應感，則齎錢贖取之。周所獲不
> 鮮，然但以買酒肉飲啖，所居則茅屋一區而已。其所刺泉穴，或源
> 水即時乾竭，懼為彼民所抑，故必夜往。邑宰常苦旱，並走群祠，
> 了不響答，呼周使禱。周曰：「請知縣與佐官皆詣某所，須攜雨具以
> 行，恐倉卒沾濡，無以自蔽。」宰勉從之。施法甫畢，雨大至。……
> 刺泉之法，方策不載，他處亦未之有。

以刺泉致雨，屬於接觸傳染巫術，章疏禁禱，雖不免假借道術，惟此術顯然具有建設性也。

〔註57〕宗室之行天心正法者，如趙子舉（《乙志》卷六〈趙七使〉），貴游子弟習之者，
如李士美丞相長子衡老（《乙志》卷七〈天心法〉），而庶民之習法者，聚財眩
惑，固不在少數。

〔註58〕文化人類學家 K.Firth 將巫術行為分為建設性的、保護性的及毀滅性的三種（陳
國均《文化人類學》第 216 頁）。

（二）破壞性之巫術

破壞性巫術，即所謂「黑巫術」（black magic），《夷堅志》對於建設性之巫術之宣揚，並不常見，然對破壞性之巫術，著墨甚多。

甲、南法妖術

宋人稱破壞性之巫術為妖法，由於當時少數民族實際存在駭人動聽之毀滅性巫術，故亦稱之為「嶺南妖術」，簡稱「南法」，久之，即以南法概稱一切破壞性之巫術。〔註59〕

關於南法之內容，《志補》卷二〇〈董氏子學法〉條有概略之敘述：

> 信州貴溪龍虎山，世為張天師傳正一教籙之地，而後山巫祝所習，
> 謂之南法，乃邪術也。能使平地成川，瓦石飛擊，敗壞酒稼，鼓扇
> 疾疫，其餘小伎作戲，更多有之。

由於「其餘小伎作戲，更多有之。」故洪邁《夷堅志》中，有關記載，亦頗豐富。

以妖術為中心之故事，在《夷堅志》中，可以歸納下列三種類型：

1. 要脅勒索之術

有妖術之人，挾術逞惡，魚肉鄉民，稍有不遜，則妖法待之，使人隨時處在恐懼之中。如《丁志》卷十〈鄧城巫〉條：

> 襄陽鄧城縣有巫師，能用妖術敗酒家所釀。凡開酒坊者皆畏奉之。每
> 歲春秋，必遍謁諸坊求丐，年計合十餘家，率各與錢二十千，則歲內
> 酒平善，巫亦藉此自給，無飢乏之慮。一歲，因他事頗窘用，又詣一
> 富室有所求，曰：「君家最富贍，力足以振我，願勿限常數。」主人
> 拒之甚峻，曰：「年年餉君二萬錢，其來甚久，安得輒增？寧敗我酒，
> 一錢不可得。」巫嘻笑而退，出駐近店，遣僕回買酒一升，盛以小缶，
> 取糞污攪雜，攜往林麓，禹步誦呪，環繞數匝，瘞之地，乃去，適有
> 道士過，見之，識其為妖，而不知事所起。巫還店，喜甚，俄道士亦
> 繼來，少憩，訪酒家，見舉肆遑遑憂窘，問其故，曰：「為一巫所困，
> 今酒甕成列，盡作糞臭，懼源源不已，欲往尋跡，哀求之。」

其妖術本質即〈董氏子學法〉故事中所謂「敗壞酒稼」者也，為典型接觸傳染之巫術，妖巫以此勒索例錢，鄉人畏奉，無敢稍緩。如《志補》卷二十〈桂

〔註59〕見拙作《南宋文學中之民間信仰》，第96頁，南法之謂，其來有自，史傳中
楚巫、越巫、粵巫多被視為妖巫，其間固有民族偏見在焉。

林秀才〉，向十郎行販茜杯至桂，即有妖人以「捐贈」十之一爲要脅，不果，而曝茜盡欲腐，亦屬挾妖害人者，他如《支癸》卷八〈麗池魚箔〉，漁者不能滿足妖巫需索，魚雖以萬計，然終一無所獲。

2. 侮惑婦女之術

以妖術侮惑戲弄婦女，不分輕重，在《夷堅志》常見，如前引〈董氏子學法〉條，敘述董氏子少年輕浮，往求侮惑婦女之術，得一呪訣，能使婦人自脫衣裳，喜而歸，呼其妻驗之，其妻「便覺遍身奇癢，又若蜂蠆入懷，爬搔拂撮，無可奈何，亟脫上衣，已而袴履皆自墮，遂登榻仰臥。」可謂驚人。又如《丁志》卷十九〈玉女喜神術〉條：

> 邵武人黃通判，自太平州秩滿，寓居句容縣僧寺。寺與茅山接，一女未出適輒有孕，父母疑與人爲姦，然女常日不出，亦無男子往來其家者。密詰之，女泣曰：「兒實非有遇，但每睡時，似夢非夢，必爲一道士迎置靜室中，邀與飲宴，且行房室之事，以至有身。久負羞恨而不敢言也。」父意茅山方士所爲，乃託故具齋，悉集十里內道流，使女自帷中窺之。果某觀中道士，頎然秀整，類有道者。擒問之，具伏，遂縛致于縣。縣令考其跡狀，曰：「某所行蓋玉女喜神術也。」命加械杻，囚諸獄。道士高吟數語，未絕聲，黑霧四塞，對面不相睹。少頃霧散，唯五木狼藉于地，道士不見矣。

所謂「玉女喜神術」，從睡夢中招致婦人，以遂其淫欲，較之古人房中陰道，更爲卑劣。另《丁志》卷八〈鼎州汲婦〉、卷十二〈謝眼妖術〉，均以妖術，調戲婦女者。

3. 解禳反服之術

在宋代南法傳說中，其最特殊者，當爲解禳反服之術，一般性之解禳之術，並無反服之說，而在南法之迷信中，凡人爲妖術所害，則需以妖術解禳，解禳之後，主人反受其殃，是乃反服之說也。《志補》卷二十〈沈子與僕〉：

> 沈點……以進取不利，入蜀謁親，因留十年，雇一僕使令，喜其解事，挈之東行，道經巴東，過村市，詣店買麪，坐良久，店傭供他客食竟，而故不及沈，其僕怒，且慮其有他志，白沈作計捨去，行數里，腹忽微脹，僕曰：「已墮他術中，當且住，作計解禳。」乃買錢索十餘條，使沈緊繫其腰，僕亦如之，久焉，索皆斷，脹亦隨消。僕賀曰：「我無事矣，彼賊即當奔來告我矣。」復前進，可二十里，

果有男女相續，汗喘而至，呼拜乞命，曰：「恰不合妄觸尊官，丐恩
垂慈赦罪。」沈固不知也，無以答。僕語之曰：「爾家竈已是壞了，
不可用。」其眾復哀祈，乃就地捻土一塊與之，皆巽謝而云。旋以
問僕，僕云：「彼家習妖法，不謂我亦能之，既不獲害我，當自受其
殃，蓋自索斷後，彼竈不復可然火，雖終日加薪，不能熱。一竈之
費須三四千錢，聊以困之，其家正被病，竈復不然，唯有死耳。得
吾土屑服之，乃可定耳。」沈屢以話人，道路之難，有如此夫。

沈氏主僕未食而墮妖術，其僕則以錢索繫腰為解禳，前者為模擬象徵之術，
後者為接觸傳染之術，主人反服壞竈，奔而乞命，僕又捻土為之解，全在象
徵律之運作之中。惟較技鬥法之後，敗者反服，則有生命之憂，祇有勝者能
為之解服也，斯亦南法傳說之重要內容也。同卷〈梁僕毛公〉條所載略同：

福唐梁緄，居城中，嘗往其鄉永福縣視田，一僕毛公操舟，半途值暮，
望遠岸民家，男女雜沓，若有所營。毛語梁曰：「彼方賽神，當往求
酒肉來獻。」即蒧茅抛之，微作叱咤，良久，寂無應者。毛窘怖失措，
亟入舟中，舉一盤覆其首，俄，風雲晦冥，異響嘈嘈，小舟搖趕如舞，
一物鏗然有聲，墜盆上，若刀劍之臨。已而響止風息，盆碎為四五片，
但有半破蘆管在焉。毛喜而出曰：「彼伎倆極矣，本只是寄個消息去，
戲覓祭餘酒食，不料他便起惡意，反要相害。今殺之不難，不欲為官
人作業，且當小報之。」乃拈亂稈一把，置煻火焉，其居應時烟起焰
合，轉盼間，焚室廬幾半。主人率徒侶十餘輩，攜酒一壺，豚蹄一雙，
奔造水次，見毛遜謝曰：「若早知是毛公，自當祇奉，何意卻成激觸，
願恕其罪，納此微物。」毛為撲滅稈烟，彼家炎炎方熾，隨手頓息，
但已焚者，不可救耳。永福人大約好奉妖術，而毛技最高，故勝之也。
兩下皆洞曉，若外人遇之，危矣。

此毛公與習妖民鬥法，生死以之，解服所獲之代價為酒一壺，豬蹄一雙，一
似今人厭勝之法也。從兩則故事中，可見均運用相同之妖術傳說也。而所用
解禳之術，全為接觸律則為一大特徵，其結構如下：

客：（1）施法 　（4）反服→（5）求解
　　　　↓　　　　　↑　　　　↓
主：（2）受法→（3）解禳　（6）解服〔註60〕

────────────────

〔註60〕在此結構下，如《丁志》卷十〈鄧城巫〉條，並未致人於死，（3）以後之情

在此，鬥法之勝者，多屬素能安貧者，如前述二僕及《支癸》卷九〈魯四公〉皆是，亦一特色也。

在解禳之後，如不獲解，亦惟死而已。前述〈桂林秀才〉，在受南法之後，老僧傳以解禳之法，取丹書小符一紙付之，曰：「汝歸，就暴茜處，以大釘釘之，勿令盡，彼若來悔伏，則取而縱之。」用其說，果然，又慮其報怨，益懼，奔詣老僧，僧謂：「若果爾，宜重釘此符，令沒入地，除妖以寧一方。」符纔落地，外間爭傳秀才暴斃矣，是反服之重，有如此者，類此「妖術較法」為主題之故事，對後世「神魔鬥法」之小說，有重大影響也。〔註61〕

乙、隱形變化

隱形變化傳說，為六朝仙道故事之主題，乃神仙化禽化獸，隨心所欲，其或源自於上古巫術，〔註62〕惟此一傳說，在《夷堅志》中，以較現實之形式，現於妖人故事之中，如《支庚》卷八〈黎道人〉條：

> 黎道人者，溧陽人，少落托去家，足跡遍秦魏。……宣和間，到邢磁村落，聞四畔哭聲相續，扣店嫗，嫗曰：「此中有野狗為暴，夜至人家，搏食孩稚。」黎曰：「然則我為殺之。」他夕，宿一處，正聞哭聲。其家叫云：「狗來也。」黎持梃追逐。狗行甚疾，走渡水，黎亦渡水，狗穿岡，黎亦穿岡。約百餘里，然只旋轉此一村。東方漸明，狗窘甚，奔古窖喘息。黎大呼傍近居人，壞窖取之，乃一老嫗，煤面裸身。眾有識之者曰：「是某村某婆也，有子、有婦、有孫。」眾擊之百數，不作聲，唯口吐涎沫。執以赴郡，郡逮其子婦。婦至，詬之曰：「累向阿家道，莫作這般相態，今果了不得。」郡使婦具言之，曰：「不知其他，但見每夜黃昏，必至竈前以火煤塗面，脫下衣裳而出，天曉復還。」郡積其宿怨斬之，狗禍遂絕。

節，乃以敗禾傷稼之報應為說，而《丁志》卷四〈沅州秀才〉條，其故事一如〈桂林秀才〉，未向妖巫繳納例錢，亦不覺其異，但首蒙袈裟，誦《楞嚴經》以避禍，是乃強調經咒靈驗，在（4）以後，妖巫不得其解，惟有暴斃一途，其主題顯不在妖術之中。

〔註61〕元劇如〈桃花女破法鬥周公〉（《元曲選・己集下》）、話本如〈楊謙之客舫過俠僧〉（《古今小說》卷十九）、小說如《封神演義》均有解禳反服之說也。

〔註62〕隱形變化之謂，據李豐楙《魏晉南北朝文士與道教之關係》，第七章第三節〈魏晉南北朝神通變化說〉。

煤面裸身,化狗搏人,是屬接觸巫術也,惟妖人之變形,亦屬權變之暫時現象,然並不得頃刻立變,仍必須經過儀式也。如《志補》卷二十〈潘成擊烏〉,記潘成販香藥如成都,方食,有大鳥自外飛入,見人不懼,舒徐就器中攫食,急擊之,鳥突起,翱飛而去,離地只數尺,終不能高舉,約二十里,力乏墜地,化為老嫗。雖變形為禽獸,能力終不彰顯,非比神仙。

丙、挑生施蠱之術

挑生、施蠱與南法相同,均為流行於南方少數民族之巫術,南法為妖術之泛稱,在宋人觀念中,其流行地區,已突破原有範圍,而挑生、施蠱則在有限地域之內。

1. 挑生法

挑生法,又稱挑氣法,沈括《夢溪筆談》卷十一及彭乘《墨客揮犀》卷六,及周去非《嶺外代答》卷十均載其事,流行在雷州一帶,似為咒術之一,沈括因錄其咒語也。《三壬》卷四〈化州妖凶巫〉條:

> 邊察德明終於化州守,其子嵊縣主簿沂,⋯⋯嘗談化州之俗:妖民
> 善咒生,逢人食肉而咒之,則滿腹皆成生肉,食果菜而咒之,則皆
> 生果菜,徐徐腹塞必死,雖守貳或不免。故一歲之中,公會絕少,
> 動輒折送,然懼其禍者亦可解。及咒婦人生產,則無法可防。倘食
> 牛肉而就蓐,則生牛兒。有持訟於州,指名某凶所為,邊命捕逮禁
> 鞠,凶子答款曰:「人不應生牛,是其家不積陰德,為惡神所譴爾。」
> 遂妄供數家,獄官知其為而無可奈何。

利用咒術為之,則應屬象徵模擬律之運用,事實上,亦有呪生肉使人食之,而致命,則又屬接觸傳染者,無論如何,均能令人產生對食物之恐懼,以此為主題者,《丁志》卷一〈挑氣法〉及〈治挑生法〉,均述陳遍在德慶府理官任內所見,雖言其治療方法,而所表達之食物恐懼則一。

2. 施蠱法

蠱毒之傳說,史不絕書,惟名義雖一,內容則有不同,〔註63〕《夷堅志》所見,則多在福建境內,外地惟有川蜀一例而已。〔註64〕

《夷堅志》以蠱毒傳說為主題之故事,有《三壬》卷四〈漳士食蠱蟲〉

〔註63〕 見瞿兌之《中國社會史料叢鈔甲集》第 513～525 頁,在此專流行在南方屬於病理性者,惟亦不免涉及厭勝之說。

〔註64〕 六朝時代,畜蠱家多在我國西南一帶,見呂思勉《讀史札記》第 981 頁。

及《志補》卷二十三〈黃谷蠱毒〉、〈林巡檢〉、〈解蠱毒呪方〉等，以〈黃谷蠱毒〉言之最詳。

> 福建諸州大抵皆有蠱毒，而福之古田、長溪爲最。其種有四：一曰蛇蠱，二曰金蠶蠱，三曰蜈蚣蠱，四曰蝦蟆蠱，皆能變化，隱見不常。有雌雄，其交合皆有定日，近者數月，遠者二年。至期，主家備禮迎降，設盆水於前，雌雄遂出於水中，交則毒浮其上，乃以針眼刺取，必於是日毒一人，蓋陰陽化生之氣，納諸人腹，而託以孕育，越宿則不能生。故當日客至，不暇恤親戚宗黨，必施之，凡飲食藉餌皆可入，特不置熱羹中，過熱則消爛。或無外人至，則推本家一人承之。藥初入腹，若無所覺。積久則蠱生，藉人氣血以活。益久則滋長，乃食五臟，曉夕痛楚不可忍，惟啜百沸湯，可暫息須臾。甚則叫呼宛轉，爬刮床席。臨絕之日，眼耳鼻口涌出蟲數百，形狀如一。漬於水暴乾，久而得水復活。人魂爲蟲祟所拘，不能託化，翻受驅役於家，如虎食倀鬼然。死者之尸雖火化，而心肺獨存，殆若蜂窠。淳熙二年，古田人林紹先母黃氏遭毒，垂盡，其家人曰：「若是中蠱，當燒床簀照之，必能自言。」黃氏遂云：「某年月日，爲黃谷妻賴氏於某物內用其所事之神，今尚在谷房廚中。」紹先即告集都保，入谷家開廚，得銀珂鎖子、五色線環玦及小木棋子，兩面書「五逆五順」四字，盛以七孔合，又針兩包，各五十枚，而十一枚無眼，率非尋常人家所用物。既告官，捕谷，訊鞫則佯死，釋之則蘇，類有鬼相助。會稽余靖爲主簿，府帖委治此獄，其奸態如在縣時。靖無以爲計，懼其幸免，不勝憤訶，係于庭下，礪刃斷其首，貯以竹籃，持詣府自劾。府帥陳魏公具以狀聞，詔提點刑獄謝師稷究實，謝與丞尉親到谷家，蜈蚣甚大，出現，謝曰：「此明證也，攝賴氏還司自臨考之。」三日獄具，亦論死。所謂順逆棋者，降蠱之時所用以卜也，得順者客當之，逆者家當之。針之無眼者，以眼承藥，既用則去也，蓋所殺十一人矣。五色線，凡蠱喜食錦，錦不可得，乃以此代。銀珂鎖者，欲嫁禍移諸他處，置道傍，冀見者取之也。谷之罪惡，上通於天，余靖爲民去一凶，士大夫作詩歌者甚眾。

其數大抵爲少數民族利用寄生蟲之迷信，附會以勾攝與驅役鬼魂之觀念，〔註65〕
而成爲實際存在之特殊巫術信仰，《夷堅志》在敘述此一主題時，仍然存在恐懼
之意識，雖〈漳士食蠱蠱〉及〈林巡檢〉均敘述有人負氣勇壯，食蠱而無害，
〔註66〕事實是，與〈黃谷蠱毒〉、〈解蠱毒咒方〉所提供之去蠱藥方一般，均爲
庸人自擾者也。

丁、其他厭勝之術

　　傳統破壞性巫術，有所謂厭勝之術，其術始見漢武時巫蠱之禍，蓋旋術
於紙人木偶以害人者，其後或以蠱爲名，惟稽其實，與病理之蠱有別，故又
或以厭勝稱之，〔註67〕爲人類最普遍之巫術，在宋代未嘗不有，《丙志》卷十
〈常熟圬者〉條：

> 中大夫吳溫彥，德州人，累爲郡守，後居平江之常熟縣。建第方成，
> 每夕必夢七人，衣白衣，自屋脊而下。以告家人，莫曉何祥也。未
> 幾，得疾不起。其子欲驗物怪，命役夫升屋，撤瓦遍觀，得紙人七
> 枚於其中，乃圬者以傭直不滿志，故爲厭勝之術，以禍主人。時王
> 顯道爲郡守，聞之，盡捕群匠送獄，皆杖脊配遠州。吳人之俗，每
> 覆瓦時，雖盛暑，亦遣子弟親登其上臨視，蓋懼此也。吳君北人，
> 不知此，故墮其邪計。

此模擬象徵巫術，與漢武晝寢夢木人數十者不異，存在當時吳俗之中，後世
傳說尤盛，瞿兌之搜集明清木工厭勝甚多，〔註68〕均與匠者有關，可謂居室
之恐懼也。

　　又《丙志》卷七〈蠅虎報〉，記秉義郎李樞妻之乳媼，好以消夜圖爲博戲。
每於彩繪時，多捕蠅虎，取血和筆塗之，欲使己多勝之也，亦以厭勝術爲名，
則洪氏所謂厭勝，又不僅紙人木偶也。

〔註65〕周去非《嶺外代答》謂挑生殺人能役死者之魂，而於蠱毒則未言及，可見南方
　　　　少數民族對挑生或施蠱殺人之宗教意義，存在部落性差異，惟其用以害人則爲
　　　　一致。

〔註66〕類似故事，亦見於王闢之《澠府燕閒錄》記池州進士郤闥事。

〔註67〕厭勝之名，見《漢書・王莽傳下》：「鑄作威斗……欲壓勝眾民。」《後漢書・
　　　　清河孝王慶傳》：「因誣言欲作蠱道祝詛，以菟爲厭勝之術。」初與巫蠱術同，
　　　　惟魏晉時則有與厭劾、厭禳同義者，見《顏氏家訓》第六：「晝瓦書符，作諸
　　　　厭勝。」惟後人仍以此名巫蠱祝詛者。

〔註68〕見瞿兌之《中國社會史料叢鈔甲集》，第578至582頁。

（三）防衛性之巫術

防衛性巫術即厭禳之術，用以袪除個人性災禍，在宋代亦處在道教優勢之下，以符咒爲厭劾最爲常見，但在鬼神迷信之下，仍有特殊性之厭禳之術存在。如《乙志》卷五〈司命眞君〉條，載余嗣入冥歸來，使者教以厭禳之術：「公到家日，取門上桃符，親用利刃斫碎，以淨籃貯之。至夕二更，令人去家一里外，於東南方穴地三尺埋之。」行法之目的，則在避邪延壽也。

厭禳延壽在屬於北辰信仰之內容，[註69] 早已納入道教迷信之中，《丙志》卷十五〈周昌時孝行〉之禱北斗即是，《乙志》卷十〈巢先生〉條，記眉山巢谷在特定之日時，即靜室步北斗，而被髮臥魁星下，得以免去生死大厄，逃避冥司催命，亦與北斗信仰有關。

其他厭禳之術，尚見於《丙志》卷六〈范子珉〉條，記成閔接見凶人，有生命之虞，游方道士取其衣袴，焚香誦咒，并紙錢焚之，爲之厭禳，《乙志》卷十六〈韓府鬼〉，方士命取大竹一竿，掛紙錢於其上，使童子執之，令病者噓氣，以口承之，吹入竹杪，然後汲水嘆其竿，童力不能勝，與竹俱仆，病者遂起。均出於厭禳之術。

四、禁　忌

禁忌 [註70] 在民間信仰中，範圍極爲廣大，存在於日常生活之間，在我國亦然，但由於日常生活禁忌，均已和道德、法律、習俗相配合，因而在志怪書中，並不明顯已知爲主題，如食牛之禁忌，普遍存在於果報觀念之中。《夷堅志》以禁忌爲主題之故事，有下列兩類。

（一）方隅禁忌

方隅禁忌即所謂犯土，源自於相對於歲星（土星）之太歲信仰，以爲對應於太歲運行之方位，不可以觸犯，犯之則有凶死之事，及至宋代又創九梁星之說，《支乙》卷九〈九梁星〉條：「陰陽家有九梁星煞之禁，爲當其所值，不可觸犯，或誤於此方隅營建，則災禍立起，俚俗畏之特甚。」凶惡略同，以爲此星某歲值某方，凶惡不可犯，民俗爲之星煞，或簡稱「煞」，在當時金神七煞亦有名，如《支庚》卷六〈金神七煞〉條：

[註69] 《搜神記》卷三有「南斗注生，北斗注死」之說，故延壽則禮北斗。
[註70] 禁忌（taboo），或稱消極性巫術（negative magic），見陳國均《文化人類學》，第 218 至 219 頁。

　　吳楚之地，俗尚巫師，事無吉凶，必慮禁忌。然亦有時而效驗者。
如居舍脩營，或於比近改作，必盡室邊避，謂之出宮。最所畏者金
神七煞之類，各視其名數以禳之。俟家人出竟，乃誦咒施法，用七
鴨卵從外擲之堂中，視其在亡，以應占訣。樂平一富家，以築室方
隅之禁徙出，徑日而歸，七卵在地，但餘破殼而已，大鼠死於傍。
蓋室內無人，群鼠謀食，遇卵焉，各啖其一，故犯禁而隕，考其厭
禱之理，疑若以物數相代然。予叔父中造牛欄於空園，術士董猷見
之，曰：「欄之一角犯九梁煞，當急解之。」呼巫焚紙錢埋桃符以謝。
既而言：「人可以免，恐牛當有災。」後一月間，相繼斃其五，而三
牸有胎，一牸雙犢，正合九數云。

是犯星煞亦有解禳之法，然其爲居室之恐懼，則爲一致。另在當時民俗傳說
中，星煞亦往往以禁神之形象出現，如《支乙》卷四〈李商老〉條之土宿小
神，作白衣老翁騎牛狀，而卷五〈顧六耆〉條之金神七殺，則爲一金甲偉人，
至今仍爲凶神惡煞也。〔註71〕

（二）儀式禁忌

　　原始宗教之禁忌，最常見於儀式之中，其中又以齋醮之禁忌最多，如《丙
志》卷十〈黃法師醮〉條，神將籍黃籙醮現形，言神位近庖，燒香老卒衣服
不潔，汲水之衣患疥癘，小兒敖戲聖位之前，道童看經不慎，均犯不潔不敬
之禁忌，另《三壬》卷八〈集仙觀醮〉條，兩道士胡亂看經，亦犯禁忌，犯
忌，則不但功德大減，且有殺身之禍也，其功能在維護儀式之嚴謹爾。

　　此外「死有歸煞」（《顏氏家訓・風操第六》）之說，亦屬禁忌也，歷六朝、
唐、宋迄今而不衰，〔註72〕《乙志》卷十九〈韓氏放鬼〉條：

　　江浙之俗信巫鬼，相傳人死則其魄復還，以其日測之，某日當至，
則盡室出避于外，名爲避煞。命壯僕或僧守其廬，布灰于地，明日，
視其跡，云受生爲人爲異物矣。鄱陽民韓氏嫗死，倩族人永寧寺僧
宗達宿焉。達瞑目誦經，中夕，聞嫗房中有聲嗚嗚然，久之漸屬，
若在甕盎間，蹢躅四壁，略不少止，達心亦懼，但益誦首楞嚴呪，
至數十過。天將曉，韓氏子亦來，猶聞物觸户聲不已，達告之故，
偕執杖而入，見一物四尺，首戴一甕，直來觸人。達擊之，甕即破，

〔註71〕見劉枝萬〈閭山教之收魂法〉，第253頁。
〔註72〕見王利器《顏氏家訓集解》，第104～106頁。

乃一犬拗然而出，蓋初閉門時，犬先在房中矣，甕有穚，伸首唯之，

不能出，故戴而號呼耳。諺謂「疑心生暗鬼」，殆此類呼。

故事雖以「疑心生暗鬼」爲主題，惟布灰以驗死者之迹，《夷堅志》不一見，《支乙》卷一〈董成二郎〉及《支庚》卷八〈李山甫妻〉均有記載，前者得二鵝足跡，後者雞跡四五，皆以墮畜類爲疑，顯然與受生轉世之說結合，與《原化記》煞鬼，《稽神錄》殃煞之說不同。

五、殺人祭鬼

祈禱犧牲爲民間信仰之主要內容，在宋代除道、佛教特有形式之外，祠廟祭祀亦有所講求，不但烹羊擊豕，廣德祠山廟必以牛爲獻，灌口二郎神祠則宰羊以祭，均有所規定，〔註73〕惟以殺人祀鬼最爲特殊。

殺人祭鬼爲實際發生於宋代少數民族之宗教祭儀，〔註74〕大抵從荊湖兩路西部地帶（今土家族聚落區），向東部蔓延，以歸峽兩州較爲人所注意。

殺人祭鬼爲人體犧牲祭之一種，而作爲犧牲者，不拘職業，除老者不用外，男女兒童均有，其來源或選部落社區之人充之，或向外獵取，如屬於後者，則有專人負責「採牲（生）」，在法，兩者均懸諸禁令，而時人所關注者，厥在「採牲」一端，《夷堅志》亦以是爲主題。《三壬》卷四〈湖北稜睜鬼〉載之較詳。

殺人祭祀之姦，湖北最甚，其鬼名曰稜睜神。得官員士秀，謂之聰明人，一可當三；師僧道士，謂之修行人，一可當二；此外婦人及小兒，則一而已。建安劉思恭云：「福州一士，少年登科，未娶。鄉人爲湖北憲使，多齎持金帛，就臨安聘爲婿。士之父以貨茶笈爲生，只有此子，聞之大喜，即從之。子歸拜親，而鼎卒八人，車乘已至，乃迎而西。入境之日，午炊於村店，忽語其家僕曰：『此處山水之美，吾鄉里安得有之！』因縱步游行，見古木陰森之下，元設片石，若以憩行人者，即坐其上。瞻觀咨嘆，喜其氣象殊絕，不忍捨去，又

〔註73〕 見拙作《南宋文學中之民間信仰》，第 132 頁。
〔註74〕 今人研究宋代殺人祭鬼之俗者，有：
　　1. 台靜農〈南宋人體犧牲祭〉，《宋史研究集》，第二集。
　　2. 澤田瑞穗〈殺人祭鬼〉，《天理大學學報》第 43 號，1964。
　　3. 澤田瑞穗〈殺人祭鬼補證〉，《中文研究》第 5 號，1965。
　　5. 宮崎市定〈宋代にぉける殺人祭鬼の習俗について〉，《中國學誌》第 7 號，1973。

顧僕曰：『我在歇涼正愜適，爾且先反，候飯熟而來。』僕還至店，
飯已熟，急趣之，已失所在，叫呼良久，無應者。走報轎兵，仍挽
店主人以俱，主人變色搔首，急往冥搜，得諸深山灌莽之間，縻之
以索，既剖其肝矣。八卒兼程報憲，憲驚痛，下令補凶盜，杳無端
由。自店主人及鄰里，皆送獄訊掠，多有至死者，獄不竟，未忍白
其父母，累月後始知之，同日自縊死。」此風浸淫被於江西撫州，
村居人遣妻歸寧，以所饋微薄，不欲偕行，而相去不過百步。道深
山然後出田間，出則望見婦家矣，夫俟之久而不出，心疑其與男子
姦，疾走物色，見岐徑鮮血點滴，新殺一婦人，斷其頭，去其肝，
衣服皆非所著者。又趨而進，遇兩婦人，面色倉惶，正著己妻之衣。
執而索之，得妻頭於籠內，告於官，鞫之，其詞曰：「本欲得其肝爾，
首非所用也，將棄之無人過之地而滅跡焉。」遂窮其黨，悉伏誅。
此類不勝紀。今湖北鬼區官司近已除蕩，不容有廟食。木陰石片，
蓋其祀所也。

採牲之人，趁行路不備，殺人取肝，以爲犧牲，手段殘忍。其中作爲犧牲之
人，有聰明人、僧道、婦孺三等，與《墨客揮犀》中〈彬州秀才〉所載「儒
生爲上祀，僧爲次，餘人爲下」同，至於所祀之「稜睜神」，即眞宗大中祥符
三年二月二十五日所禁「荊南界殺祭稜騰神」（《宋會要輯稿》刑法二），爲區
域性神祇，《丁志》卷十〈秦楚材〉條謂之「獰睜神」，均一音之轉也。

秦楚材，政和間自建康貢入京師，宿汴河上客邸，既寢，聞外人喧
呼甚屬，盡鎖諸房，起穴壁窺之。壯夫十數輩錦衣花帽，跪拜于神
像前，稱秦姓名，投盃珓以請，前設大鑊，煎膏油正沸。秦悸慄不
知所爲，屢告其僕李福，欲爲自盡計。夜將四鼓，壯夫者連禱不獲，
遂覆油于地而去。明旦，主人啓門謝秦曰：「秀才前程未可量，不然
吾輩當悉坐獄。」乃爲言：「京畿惡少子數十成群，或三年或五年輒
補人漬諸油中，烹以祭鬼。其鬼曰獰睜神，每祭須取男子貌美者，
君垂死而脫，吁其危哉！」顧邸中眾客，各率錢爲獻，秦始憶自過
宿州即遇此十餘寇，或先或後迹之矣。

此述殺人祀鬼之情形。採牲者物色人選之後，尾隨蹤迹，伺機下手，時烹之
以祭神，雖在京師重地，亦無所諱避，可謂肆無忌憚，秦梓之免禍，其神祐
也歟？所祀神同，惟祀所、偶像籍殺牲方式，均與〈湖北稜睜鬼〉不同，可

見當時殺人祭鬼之俗，流傳各地之後，已有所變化也，固然亦不排除傳說與實際上之差異。

殺人祀鬼之傳說，亦有個別性者，如《志補》卷十四〈莆田處子〉條：

> 紹興二十九年，建州政和縣人往莆田買一處子，初云以為妾，既得，為湯沐塗膏澤，鮮衣艷裝，置諸別室，不敢犯。在途旬日，飲食供奉，反若事主，所攜唯一籠，扃鑰甚固，每日暮，必焚香啟鑰，拜跪惟謹。……既至縣，其人不歸家，但別僦空屋，納女並囊篋于室中。過數日，用黃昏時至籠前，陳設酒果，禱祀畢，明燈鎖戶而去。女危坐床上，誦呪愈力。甫夜半，籠中磔磔有聲，劃然自開。女知死在漏刻，恐慄萬狀，無可奈何，但默祈神力，願冤家解免，諸佛護持而已。良久，一大蟒自內出，蜿蜒遲回望，若有所畏，既而不見。女度已脫，始下床，視籠中所貯，獨紙錢在。……蓋傳嶺南妖法採生祭鬼者，前已殺數人矣。

以買妾為名探牲，用以祀所奉神，並附以嶺南妖法之名，均時人轉相傳會，以見恐怖之情，《甲志》卷十四〈建德妖鬼〉，亦以生人飼蛇，終誦呪而免禍，大抵皆遠離實際情形，而以探牲方式為主題，冀收駭人動聽之效也。

第四節　仙高眞人

一、高人異士

孔子曰：「雖小道，亦有可觀者焉。」在社會分工逐漸明顯之時，聖人亦有不如老農老圃之嘆，惟君子立身行道，致遠恐泥，故有所不為。然則，巫醫百工之流，在現實社會中，隨工商業之繁榮，逐漸扮演重要之角色，其有奇能異術者，更騰諸人口，轉相傳播，故志怪之書，亦多以之為主題。

《夷堅志》有關異人之故事，有職業性與非職業性之別，然均帶有原始巫覡之形象在焉，今就此歸納其故事之特性，以見其故事類型。

（一）癡顛殘疾型

在原始宗教中，往往視癡顛殘疾之人，具有通靈神異之能力，在特殊行業中，有平人所不能及之才華，因而癡顛殘疾，遂成為異人故事之特色。雖然癡顛殘疾為部分異人之特異性格，如不能伴隨其他神異，不能構成異人之

充分條件，但無此特性，故事又從而失色不少。

> 果州馬仙姑者，以女子得道，嘗爲一亡賴道人醉以藥酒而淫之，後忽忽如狂。靖康元年閏十一月二十五日，衣衰麻杖絰，哭于市曰：「今日天帝死，吾爲行服。」市人皆唾罵逐之。後聞京師以是日失守。(《甲志》卷十五〈馬仙姑〉)

> 崇寧間，平江有狂僧，嗜酒亡賴，好作詩偈，衝口即成。郡人呼爲「林酒仙」，多易而侮之，唯郭氏一家，敬待之甚厚。郭母病，僧與之藥一盞，曰：「飲不盡即止，勿強進也。」已而飲三分之二，僧取其餘棄於地，皆成黃金色，母病即愈。且留「朱砂圓方」與其家，郭氏如方貨之，遂致富。(《乙志》卷十七〈林酒仙〉)

馬仙姑失身瘋狂而得道，近乎原始宗教色彩，林酒仙之狂，而人易而侮之，孰意爲有道者哉，近乎地仙之形象，均具非常性格也。

> 楊望才，字希呂，蜀州江原人。自爲兒童，所見已異。嘗從同學生借錢，預言其笥中所攜數，啓之而信。既長，遂以術聞。蜀人目爲楊抽馬，容狀醜怪，雙目如鬼，所言事絕奇。(《丙志》卷三〈楊抽馬〉)

> 黃元道，本成都小家子，生於大觀丁亥，得風搐病，兩手攣縮不可展，膝上拄頤，面掣向後，又瘖不能啼。父母欲其死，置於室一隅，飢凍交切，然竟不死。……紹興二十八年，召入宮，賜名元道，封「達眞先生」。……乾道二年，予見之鄱陽，食肉二斤，而飲水猶一斗。證其得道始末，與周（葵）說不差。(《丙志》卷十五〈魚肉道人〉)

楊抽馬、黃元道，皆宋代有名異人，而相貌之異，則有如此者，更顯現其特異性格，朝廷對異人之封賜，實乃異人爲世俗樂道之原因。

（二）遇仙有道型

遇仙爲志怪書重要主題之一，爲民眾普遍希望所在，固可遇不可求也，惟其爲異人超凡能力之來源，是爲異人故事之特殊內容，其中又以「有道」爲主要特徵，不可或缺，《丙志》卷十九〈無町畦道人〉條：

> 馮觀國，邵武人，幼敏悟，讀書。既冠，意若有所厭，即棄鄉里，游方外，遇異人，得導引內丹之法，凡天文地理，性命禍福之妙，不學而精，自稱「無町畦道人」。寓宜春二年，挾術自養，所言人吉

凶及陰陽變化,盡驗,……紹興三十二年三月,遍辭知舊,且寄詩
言別,至十四日,端坐作偈而逝,儀眞李觀民爲郡守,聞而敬之,
命塑其身於城東治平宮。

士人遇異人而獲先知之能力,宛然占卜術士也,及死,郡守且塑其身於宮觀,
其爲人所崇敬如此,類似故事,尚見《丙志》卷十八〈張拱遇仙〉,異人授之
辟穀之術,不食而飽,前引〈魚肉道人〉亦同,異人黃元道所遇,除魚肉道
人外,亦嘗遍訪名山,見武當孫旭先生、羅浮山黃野人等,是皆藉言其學有
自,人外有人之意也。

(三)預知未來型

巫卜透過占筮,知人禍福,《夷堅志》中,固多記載,其術之高者,如楊
抽馬卦影、邵南遁甲、謝石拆字、費孝先卦影,均以術名於當世,前已言之
矣,其餘大小術者,如狄稱卜影、張彥澤遁甲,《夷堅志》亦不殫於書,固皆
異人也。惟別有異人仙眞,不假龜筮,預知凶吉,亦時人神之也,其與術者
之不同,除非職業性者外,所言者大都邦國及個人禍福,不待問即能隨口道
出也。《丙志》卷二〈羅赤腳〉條:

羅赤腳名晏,閩中人。少時遇異人攜以出,歸而有所悟解,宣和中,
或言於朝,賜封「靜應處士」,張魏公宣撫陝蜀,延致軍中,金虜攻
饒風關,盡銳迭出,大將吳玠禦之,殺傷相當,猶堅持不去,公以
爲憂。羅曰:「相公勿恐,明日虜遁矣。有如不然,晏當伏鈇質以受
誤軍之罪。」明日,果引而歸,公始敬異之,連奏爲太和冲夷先生。……
紹興三十年,在鹽亭得疾,……及溫江而殂,蜀人以爲年百七八十
歲矣。士人往問科名得失,奇應如神,茲不載。

羅赤腳不以術名,而料事如神,人多往問得失,往來蜀中,游於名公貴戚之
間,名將張浚且爲之上言封賜,類此異人尚多,如《甲志》卷十五〈陳尊者〉,
紹興元年四月十四日,忽衣衰麻,望譙門大哭,逾月乃知其哭之日,爲隆祐
太后上仙日。雖亦先知如是,惟其不遇去羅赤腳多矣。餘如《丁志》卷十〈建
康頭陀〉,均其類也。

(四)治病除祟型

治病除祟爲醫巫方士之職,就《夷堅志》所反映時人觀念,心理性疾病
多訴諸巫覡,生理性疾病,則訴諸醫流。宋代以醫術名者甚多,在《夷堅志》

中，《甲志》卷十〈龐安常鍼〉即其著者，蓋以鍼法下胎也。《志補》卷十八〈屠光遠〉條之屠醉，即用其術。惟時人對草澤醫者，亦頗相信，《丙志》卷十八〈韓太尉〉條，韓公裔暴疾，太上皇帝遣御醫王繼光先診之，時氣息已絕，謂之不可為，而草澤醫鍼之，復蘇，竟又活三十年，此類江湖異人，或神而化之，亦多有之，惟時人不信御醫，亦有自矣。〔註75〕

至於巫覡治祟或心理疾病之有名者，則未有之也，有則披以方士道士之假衣，如路時中即是，《乙志》卷六〈蔡侍郎〉、卷七〈畢令女〉、《丙志》卷五〈青田小胥〉、卷十三〈路當可得法〉、《丁志》卷十八〈路當可〉、《三己》卷八〈南京張通判子〉、〈陳州雨龍〉及《志補》卷五〈江西渡子〉等條，均載其事，路字當可，以符籙治鬼著名，士大夫間目為路真官，政和間在京師，建炎初南下，歷游各地，至則人多迎致，其事外治病除祟之事，蓋以是知名也，僧人之治妖，如《甲志》卷九〈惠吉異術〉者是。

治病除祟為異人故事之主要內容，不問生理心理，均能附會以妖祟，以逞其特有之技矣，《丁志》卷十四〈武唐公〉條：

> 武唐公者，木閩州僧官，嗜酒亡賴。嘗夜半出扣酒家求沽，怒酒僕啟戶遲，奮拳摣其胸，立死。踰城亡命，迤邐至台州國清寺，自稱武道人。素精醫技，凡所拯療用藥皆非常法，又必痛飲斗餘，大醉跌宕，方肯診視，然疾者輒瘥。後浪游衢州江山縣，豪族顏忠訓之妻毛氏，孕二十四月未育……武與約，索錢至二十萬，始留藥一服，戒家人預備巨鉢及利刃，曰：「即餌藥，中夕腹痛，當喚我。」如期，果大痛，急邀之入。入則毛氏正產一物，武持刀斷為兩，覆以鉢，命婢掖孕者起，繞房行。明旦，啟鉢視之，蓋大鼈也。首足皆成全形，目亦開，特為膜所絡，動轉未快，故不能殺人。

腹中大鼈作祟，是非常之病，故必得非常之人以非常之技治之，有此迷信，一方面說明疾病之無奇不有，另方面亦試圖說明無病不可醫，但必得乎其人也。

（五）禳禍消災型

禳禍消災為道教方士重要法術課題，其為異人者，固不能無此能力也，惟如《甲志》卷十六〈車四道人〉條，記蔡元長為錢塘尉時，巡捕至湯村，有道人來共宿，且同榻，命蔡居外，己處其內，戒云：「中夜有相尋覓者，告

〔註75〕陸游《老學庵筆記》卷九：「貴臣有疾，宣醫……本以為恩，然中使挾御醫至，凡藥必服，其家不敢問，蓋有為醫所誤者。……故都下諺曰：『宣醫納命』」。

勿言。」果然，蓋道借蔡貴人之體，以避生死之厄也，是自襄延壽者。又如
《丙志》卷十八〈闐州道人〉條，以術使蚊蚋不能入室，邸店因而收入數倍，
多屬個人性者，終不如道士巫流之能行雲降雨也。《丙志》卷十八〈林靈素〉
條即是。

（六）劍俠型

　　劍俠故事，昉於唐人傳奇，〔註76〕《夷堅志》中以劍俠爲名者，有《乙
志》卷一〈俠婦人〉，《支庚》卷四〈花月新聞〉，及《志補》卷十四〈解洵娶
婦〉及〈郭倫觀燈〉，凡四則，收入《分類夷堅志》己集卷四劍俠類，爲明人
全行收入《劍俠傳》中。〔註77〕

　　〈丙志序〉嘗謂〈俠婦人〉事，不盡如所說，蓋內容或有不妥處，而〈解
洵娶婦〉尾註則謂：「此蓋古劍俠，事甚與董國度（慶）相類云。」兩事均記
陷虜官人，娶婦北地，而賴其力潛還，蓋婦爲劍俠也。前者言董婦之俠行，
且述其處事周全，後者則言解洵忘恩負義，終爲婦所殺。

　　〈花月新聞〉事，記女劍仙先前與一人綢繆，後遽捨而從姜秀才，以之
爲妾，是人怒而欲殺二人，反爲陌生道士所殺，蓋道士亦劍仙也。

　　〈郭倫觀燈〉，記京師元夕，惡少十輩逞兇，一青衣道人「揮臂縱擊，如
搏嬰兒」，皆「顛仆哀叫，相率而逃」。

　　以上情節，或涉及私人恩怨，或行俠仗義，惟其爲劍俠者，非獨有特立之
行，且多涉及神怪，解洵之死，「燈燭陡暗，冷氣襲人有聲」，青衣道士之去，「劍
躍出墜地，躡之騰空而去」，故〈花月新聞〉之異人以劍仙爲名，是劍俠劍仙，
在《夷堅志》中，均近乎神人而異乎世俗也，與《丁志》卷十一〈霍將軍〉條，
純爲朴刀桿棒者不同。

（七）幻術炫奇型

　　幻術源自原始巫術，及漢代西方「幻人」之術，惟在施用過程中，亦或
運用交感巫術之形式，惟其目的，厥在炫奇而已，在志怪故事中，有不暇敘
述者，謂之幻術，較爲適切。

〔註76〕崔奉源《中國古典短篇俠義小說研究》，以爲俠義小說始於魏晉六朝志怪，洵
　　　　屬有見，惟以劍俠爲名，仍以唐人傳奇爲始。
〔註77〕《劍俠傳》爲明人所輯，託名段成式，余嘉錫《四庫提要辨證》一一考其出
　　　　處，《夷堅志》部份，則據涵芬樓本考之。

幻術變化在六朝時，大量為宗教所運用，〔註78〕高僧道士，多具此神通，在《夷堅志》中，知名道士如王老志、林靈素之流，其道術多具實用性，以降雨治祟為主，幻術炫奇，不得不讓乎游方僧道也。如《丙志》卷十五〈種茴香道人〉即是：

> 政和末，林靈素開講於寶籙宮，道俗會者數千人皆擎跽致敬，獨一
> 道人怒目在前立。林訝其不拜，叱曰：「汝有何能，敢如是？」曰：
> 「無所能。」「何以在此？」道人曰：「先生無所不能，亦何以在此？」
> 徽宗時在幕中聽，竊異之，宣問實有何能。拱而對曰：「臣能生養萬
> 物。」即命下道院，取可以布種者，得茴香一匊以付之，俾二衛卒
> 監視，種於艮嶽之趾，仍護宿於院中。及三鼓，失所在，明日視茴
> 香，已蔚然成叢矣。

此藉幻術，以表明其身分不凡，異於一般道俗也，《志補》卷十九〈劉幻接花〉與此同，此外《乙志》卷十五〈上猶道人〉之有味泥丸、卷十八〈張淡道人〉之瀝酒出髮、《丙志》卷三〈楊抽馬〉之翦紙為騾、《支甲》卷九〈魯晉卿〉之鍛泥成鐵及鱗化鯉、《乙志》卷三〈駕州道人〉及《志補》卷十九〈李鼻涕〉之取酒不盡等，其戲劇娛樂性亦高。

此類道術雖有襲自古人者，惟炫術以說明其特殊身分則一也，並無其他有益於人者在焉。

（八）金丹點化型

金丹之道，實應包括黃白及內外丹在內，其功用則在致富、延壽、昇仙等數端，六朝以來，即納入道教重要課題，相沿已久，蒂固人心，其中鍊金之術，亦未嘗不有長壽飛升之效，但有靈異，即為人所盛談也。

《夷堅志》中，鍊金道人顯然多於內外丹也。〔註79〕《志補》卷十三〈蔡司空遇道人〉條：

> 蔡元長以司空作相，一日大雪自省中歸，道見丐者僵臥雪裏，氣出
> 如蒸，心竊奇之，遣侍吏賜以千錢，笑曰：「無用此，正欲一相見爾。」
> 即召至府中，從容訪問，遂及黃白之術，曰：「此何足言。」探囊出

〔註78〕見李豐楙《魏晉南北朝文士與道教之關係》，第七章第三節〈魏晉南北朝神通變化說〉及附錄二〈慧皎高僧傳之著成及神異性格〉。

〔註79〕陳國符《道藏源流考》，附錄五〈中國外丹黃白術考論略稿〉，謂：「宋代黃白術仍盛。」（第394頁）引證頗多，自《夷堅志》觀之，誠然。

－480－

少藥，塗爐間鐵箸，持入火，須臾成銀，又塗藥其上，俄成黃金。

飲酒至斗，索去，留之不可，顧謂蔡曰：「無多貪，享取十五年太師了去。」

鍛鐵成金，以見有術，《支庚》卷八〈煉銀道人〉之煮水成汞，鍊成白金，《乙志》卷三〈賀州道人〉授顏博文唐圭峰長老宗密所注《周易參同契》，亦能化汞爲銀，至於同卷〈陽大明〉條道人哈石成紫金，均神化其事也。惟功效祇此而已。

外丹飛昇之術，多非煉成，而由神仙直接授與，《甲志》卷三〈祝大伯遇仙〉得丹而得道即是，至如《志補》卷十二〈赤松觀丹〉，則爲九天玄女所癉，後爲遊士所攫食，已如仙人，而道士滌盛丹器飲之，至老猶強健，而善鳴雞嘗啄之，亦活三十年，誇其功效也。惟《丙志》卷十八〈桂生大丹〉乃延人煉丹，日月未滿，即擅服餌，以致喪命也。陳國符謂：「宋人之於外丹，多已不復置信。」〔註80〕實宜自此觀之。

內丹在宋時始大盛，〔註81〕惟在志怪書中，以其涉及理論，難於表現，非有妙悟，不可得也。如《志補》卷十三〈台州蛇姑〉條，郡主求道，授以至訣，所謂：「心湛湛而無動，氣綿綿而徘徊，精涓涓而運轉，神混混而往來。」悟而遠去，亦無如之何，故《夷堅志》鮮有其事，惟《支戊》卷一〈陳氈頭〉條，記丐者：「口中常吐一物於掌，瑩白正圓，玩弄不已，或爲人所窺，則笑而復吞之，蓋內丹也。」明言內丹，而實其具體化者也。

是以《夷堅志》中，金丹點化型之異人，黃白者最多，就法術而言，實與幻術炫奇者同也。

（九）誦偈吟詩型

偈本佛教文學之一體，意譯頌也，經論中多插偈，其後名德亦效經偈作頌，高僧傳中多有之，後人習之，將高僧與遺偈混爲一談，以爲能誦偈者，必爲有道高人也。

《夷堅志》中，以誦偈吟詩見異者，所見尤多，而有平生之偈，與臨終之偈之別，如前引〈林酒仙〉即好作詩偈，是平生之偈，而〈無町畦道人〉，遇仙有道，生平並無他異，惟有詩留傳，「皆脫塵世離俗罔等語，人亦莫能曉」，

〔註80〕同前註。
〔註81〕見陳國符《道藏源流考》，附錄六〈說周易參同契與內丹外丹〉及柳存仁〈明儒與道教〉，《新亞學報》第 8 卷第 1 期。

及其卒也，「端坐作偈而化」，是兼有之也，如是，人即知爲異人也。《志補》
卷十三〈皇城役卒〉條：

> 元豐中，大璫宋用臣監修皇城，有役卒犯令，戮之。俄於其所用游
> 竿柄書四十字云：「百年前無我，百年後無我，生我百年間，百年不
> 可過。風寒暑濕殃，饑飽勞逸禍，我今金解去，人人知始我。」其
> 字皆入木，削之愈明，用臣悼悔無及，乃厚葬之。

金解，當即兵解，雖詩有預知之意味，然一如高僧臨終之偈，其厚葬而以異
人待之，以是也。

（十）尸解坐化型

佛家認爲學其學，專一而靜者，其死也，能結跏端坐如生，又認爲有大
功德者，荼毗之後，化爲舍利子，此外尚有肉身不壞等死後神異之傳說，而
道教亦有尸解之異，雖爲神仙三品之下者，自已軼乎凡俗多矣。〔註82〕

《夷堅志》之異人故事，死亡前後之神異現象，亦爲其特徵之一，尸解
坐化蓋習見者也。如《支庚》卷八〈黎道人〉，開棺而存草履，《志補》卷十
三〈燕道人〉，發柩惟存二草履，同卷〈高安趙生〉，發瘞唯一杖及兩脛骨存，
〈韓小五郎〉，啓棺惟有劍存。後二事尚可謂杖解、劍解，前兩事則杖劍俱不
見，惟履存者，與前人傳說杖履、劍舄並存者微異，是皆道教尸解者也。

佛釋死亡之異兆，則有下列數端：

> 眞身不化：「中夕，跏坐而逝，……其亡也，異香滿堂，數日不變，
> 僉議勿火化，而堊其全體事之，……眞身至今存。」（《丁志》卷八
> 〈吳僧伽〉）

> 舍利：「一日行化暮歸，持紅紙兩幅，呼楊家人，令具湯濯足，以紙
> 爲蓮花狀，置兩足下，群兒譟觀，須臾，僧躍然伸兩指，呼曰：『彌
> 勒下生。』遂兀坐而逝。明日，官驗其尸，頭顱若爲鼠穴者，穴中
> 舍利溢出，觀者異焉。攝郡楊次皋命闔城僧具威儀引入，荼毗于西
> 郊之外，灰燼之餘，齒牙紺碧，目睛燁然不變，所謂舍利，愈取愈
> 無窮。」（《志補》卷十四〈眉州異僧〉）

此外前人鎖骨菩薩傳說，〔註83〕在《夷堅志》亦兩見，如《丙志》卷二〈趙

〔註82〕見李豐楙《魏晉南北朝文士與道教之關係》，第五章第三節〈魏晉南北朝神仙
　　　　類型說及其流傳〉，第421頁。
〔註83〕事見《太平廣記》卷一○一〈延州婦人〉，出《續玄怪錄》。

縮手〉，火化之後，「其骨鉤聯如鎖子」，《支乙》卷九〈鄂州遺骸〉，「內一骸骨節相聯不絕，色狀與他尸不類」，故「僧拈說金沙灘鎖子公案，以爲一段勝果」，黃庭堅詩：「金沙灘頭馬郎婦。」又：「金沙灘頭鏁子野。」〔註84〕蓋當時已衍爲佛教公案，《夷堅志》綴其事，而不專屬於釋流。

　　高人異士之故事，前人所記甚多，《太平廣記》之分類中，有方士、異人、異僧之別，蓋以宗教不同故，另有醫、相、巫等類，又以職業不同故，其不能合成一類者，即以其有別也，僧道醫卜均有自原始一源而分化，異人者，在能力上，似乎均拔乎其上，然其爲醫而不明醫理，其爲僧道，又不明教義，其爲卜，又不依傍龜筮，或來去無踪，或佯狂度日，世人以其神奇交譽於口，又不免疑慮生乎於心，是皆出於不滿現實而又無如之何之錯綜心理也。

　　此外，政宣間，徽宗寵信方士，延賞甚濫，而高宗、孝宗朝，僧道及四方處士逸人，亦多封賜，民間流傳其事，向壁造虛者固不少，非借志怪亦無由知之，如岳珂《桯史》卷三載姑蘇異人何簑衣及獸道僧事，言：「洪文敏《夷堅志》乙三志亦雜載其事，雖微不同，要皆履奇行怪，有不可致詰者，著著之。」何簑衣事見《志補》卷十三〈簑衣先生〉條，獸道僧當即《志補》卷十一〈姑蘇顛僧〉者，前事大同小異，後事全然不同。又福州張圓覺，相傳得道於鍾離子，而爲佛徒，人稱張聖，其事《夷堅・丁志》卷十〈王侍晨〉、〈張聖者〉及《支戊》卷一〈張氈頭〉、《三壬》卷二〈呂仲及前程〉均載之，頗言其神異，而是人嘗爲洪邁叔父昕所杖，事見洪适《盤洲文集》卷七五〈叔父常平墓志銘〉，是皆真有其人，傳聞之異也。

二、陸地神仙

　　宋代道教大振，至徽宗朝達於高潮，南渡以後，雖頗崇緇抑黃，然民間奉之彌篤，蓋當時施行祠祿制度，各地宮觀甚盛，道教地位因而鞏固。惟斯時內丹甚爲流行，因而對道教仙真之信奉，已不同於往昔，其最受時人歡迎者，惟有陸地神仙而與金丹有關係也。其餘教團所信奉者，終以祠廟性較強者爲盛，《夷堅志》即作如此反映，如西山許遜、武當真武，全同於一般祠廟信仰，惟有奉之者能獲其庇佑，如《三辛》卷一〈吳琦事許真君〉者是。至於林靈素所構築之神霄諸帝及仙官，〔註85〕一無所見，而上清經派仙君則

〔註84〕金沙灘事見錢鍾書《管錐篇》第二冊，第686頁。
〔註85〕神霄位號，見陸游《老學庵筆記》卷九。

偶一二見，如《乙志》卷十八〈青童神君〉即是，儀從甚盛，祇用以說明其
身份，於人可謂藐不可及，因而道教仙真故事，不得不以陸地神仙為重心也。

　　所謂陸地神仙者，即《抱朴子》所謂「游於名山」之仙（〈論仙第二〉引
《仙經》），與一般所謂「尸解成仙」者不同，如〈高安趙生〉條，趙生在興
國為駿騾躔而死，葬諸野，久之，尚有蜀僧遇之雲安酒家，發瘞乃知彼已尸
解也，惟其後亦無其他事蹟傳，是理論成仙，而僅於志怪書中一見也。又如
簑衣先生亦然，明代姑蘇玄妙觀誠有簑衣仙，〔註86〕是此接續《夷堅志》所
記載者，可謂之尸解成仙，惟單從《夷堅志》所見，「仙性」實不具體也，寧
視之為高人異士也。

　　事實上，在宋人觀念中之神仙，除古代仙傳所錄者外，仍需有大量行道
神話以支持者，仙性方具，如鍾離權、陳摶、劉海蟾、呂洞賓等均是，類此，
皆為陸地神仙而以金丹成名者，而在《夷堅志》中，鍾呂故事最多，蓋受呂
洞賓《金丹秘訣》及施肩吾《鍾呂傳道記》（均系託名）二書通行當世之影響。

　　從《夷堅志》中，可反映鍾呂等陸地神仙之受時人歡迎，由於呂洞賓故
事高達廿八則，為全書人神出現最多者，今就此歸納其故事。

（一）混跡市廛

　　世人對神仙之化為市廛小民，原有「散聖混凡」之說，以為大有道者，
均以此與人時時接觸，在《夷堅志》中，更為明顯，如《丙志》卷四〈餅店
道人〉，呂洞賓化為酒客，出現於酒肆，《甲志》卷一〈石氏女〉，則化為丐者，
出現於茶肆，《志補》卷十三〈曹三香〉，化為寒士出現於客邸，《支庚》卷八
〈茅山道人〉，則化為道士，出現於道會，《乙志》卷二十〈神霄宮商人〉，化
為丐者淘渠，且為倡家舍後除穢，其化為人，則多為一般庶民，其出現之地，
則在市廛之間，人跡雜沓之處，是其具有大眾性，非宮觀祠廟者比也。

（二）貴賤不拘

　　陸地神仙，遨遊世間，不分貴賤，均能遇之，如在〈曹三香〉中，呂洞
賓以寒士度娼女，〈石氏女〉中，以丐者試幼女，〈神霄宮商人〉，以商人欲謁
知呂，《三辛》卷三〈知命先生〉，以術士見待次郡守，《志補》卷十二〈文思
親事官〉，以道士醫院官，在曾敏行獨醒雜志中，且在徽宗御前與林靈素較法

〔註86〕見《堅瓠甲集》卷四〈東窗事犯〉：謂何立嘗見地藏王決秦檜殺岳飛事，立後
　　　　棄官學道。

（卷三），是其普遍接近民眾，特具親和力也。

（三）更名顯化

陸地神仙，混跡市廛，固非人人得以辨識，此其神秘性格也，惟呂洞賓故事中，亦往往洩露可辨之迹，此乃所謂「更名顯化」也，以促使人注意。

呂洞賓在早期傳說中，即有回仙、回客、回道人、回先生等異名，取回與呂同為二口之故，故在後期傳說中，則就其更名以顯示趣味，《夷堅志》最多，如《志補》卷十二〈回道人〉即此，此外，《支癸》卷四〈洞口先生〉，洞口各有一口，合為二口；〈文思親事官〉，以爪搯紙為二方竅，亦成二口；〈知命先生〉，化名知命先生，住何家店內，「知命」與「何店」，俱有二口；至於《志補》卷十二〈呂元圭〉，則不以二口為之，蓋乃拆「先生」為元圭者，均借是以顯身分，似欲度其先知者，惜未嘗有其人也；《志補》卷十二〈仙居牧童〉，王之小兒以家中供事泥塑呂洞賓像，乍見其人即識之，呂乃授以開手出錢之術，以父母貪而失效。

更名顯化亦可以其他方式為之，或題詩留名，或畫象見形，均在事後予人不遇之嘆。

（四）金丹試人

宋代丹經大行，仙真和金丹結合，為勢所趨也，鍾呂其尤者，在呂洞賓故事中，其真為金丹者固有，惟多象徵性者，如〈石氏女〉中，呂洞賓之殘茶，石女未盡飲即壽百二十；〈神霄宮商人〉飲其殘水乃壽七十，無一日病；《乙志》卷十七〈張八叔〉，邊公式祖母病，授之「烏金散」即瘥；《丙志》卷八〈頂山回客〉，僧病蠱，得所授藥一餅，如彈丸大，色正黑，服之亦瘥；《支癸》卷十〈雷州病道士〉，呂仙刮壁土置地，攦身中垢膩，併水摶和，捏一小丸，便吞之，病者即健彊，〈文思親事官〉，呂授紙令燒，謂乳香塗傅患處，瘰癧立盡；《志補》卷十二〈真仙堂小兒〉，吞服所授紅藥一粒而聰明，且不火食，同卷〈傅道人〉，如其方治藥，病目得癒，夜能視物；同卷〈杜家園道人〉，飲其仙醪而壽七十五；〈曹三春〉，有惡疾，乃以箸鍼其股頓癒，又以藥粒置枯木竅中，復蔚然；是皆藥丸、仙醪、妙術而能治病延壽者。而《丁志》卷八〈亂漢道人〉，則呵土成紫金，是為黃白之術也。又《丁志》卷十〈張珍奴〉，授之法謂：「子後午前定息坐，夾脊雙門崑崙過，恁時得氣力思量我。」及去，又出文字一封，內有小詞言修煉事，張踰年尸解而去；〈洞口道人〉，則授漁夫楊六以金丹秘訣，五年後，

楊躡空而升，顯爲內丹事。《支庚》卷八〈茅山道人〉，呂仙引手擦左腋下垢汙，撚成青粒，與江東運使鄭清卿，復擦右腋下污，成紅粒與王亦顏，曰：「只得嗅，不得喫。」二人戲納於老兵鼻中，次日老兵飛升，則二粒實如外丹，與內丹同有飛昇之效。此外在呂仙貨墨說〔註 87〕下，墨綻亦大有金丹之效，《志補》卷十二〈回道人〉，呂仙貨刀刮土，瀝酒漱液，就掌搏和，吹噓成墨綻，餌之能去病，而所假刀亦化爲金。

金丹試人之要，在於信也，信之者，必有得，不信者，雖無所害，而多怨悔，仙眞試人，實爲故事主題所在也。

（五）因緣度化

度化之觀念，早期靈寶經有度人經，非佛教所專有，原本爲度脫人世生死苦厄，其最便捷者，爲金丹度人，前述〈茅山道人〉，呂仙「假手度老兵」即是，至於〈張珍奴〉及〈洞口道人〉之度化倡女及漁人，雖修鍊有時，是皆金丹度人者。此外，直接或間接點化者亦多，如《乙志》卷十九〈望仙巖〉條：

> 廣西某州，隔江崖壁峭絕，有望仙巖，自來無人能至。對巖曰望仙鋪，鋪兵饒俊，老矣，唯嗜酒不檢。宣和末，有道人過之，已醉，從俊寓宿。至晚，吐穢淋漓，呼俊曰：「爾且起，以所寢牀借我。」如其言。夜過半，又呼曰：「飢甚，思一雞食，幸惠我。」俊唯有所養長鳴雞，殺而與之食。至曉辭去，書一詩授俊曰：「饒俊饒俊聽我語，仙鄉咫尺沒寒暑。與君說盡止如斯，莫戀浮生不肯去。」轉眄間，道人騰至巖上，端坐含笑。俊望之，如在雲霄，大叫曰：「先生何不帶我去？」久之不應，即踊身投江。同輩驚號曰：「饒上名落水。」相率救之。俊乍見乍沒，入波愈深，且溺矣。道人忽如飛翔，徑到波面，攜俊髻以行。傍人見祥雲涌起，即時達巖畔。後還家，與妻子別，告人云：「此呂翁也。」

授詩以度老兵，直接點出莫戀浮生，可謂直接度化也，是與呂仙有緣而度者。而《乙志》卷十二〈成都鑷工〉，鍾離權以摘毛再生試鑷工妻，妻不勝厭倦，而鑷工知之，以不遇恨，狂走於市，呼曰：「先生捨我何處去？」至是三四年，逢樵者，欲授噓茅化金釵之術，不顧，蓋祇欲見先生，樵者乃現形，實爲鍾

〔註 87〕見拙作《南宋文學中之民間信仰》，第 48 頁，早期呂洞賓神話和貨墨有關。

離也，遂與俱入山中，不再出，非獨有緣，且有誠信，故鍾離度之，此「委屈」度人者，其出發點仍在遇仙也，遇仙便有緣，因緣而度人，實爲仙眞故事重要主題。

呂洞賓陸地神仙之形象，結合金丹度人等故事，事實上，足以代表當時仙眞故事之整體，亦屬於箭垛性人物形象，如《丙志》卷十二〈青城丈人〉條，青城丈人化成道士赴相州齋會，與《支甲》卷六〈安遠老兵〉，呂洞賓出現在純陽會無異，《丙志》卷二〈朱眞人〉之化丐者，畫象而去，亦與〈安遠老兵〉之後半段故事同。

由於呂洞賓地仙故事所表現之親和力，以及無所不在之普遍現示，給予民眾無所不能遭遇之希望；而其不避貴賤之性格，更爲人所能接納；其金丹性格，又包含功名、財富及昇仙之意義，符合大眾普遍之慾望，而更名顯化雖經常予人不遇之嘆，卻又給予自作聰明之民眾以求仙之動力，至於因緣度化，一方滿足不遇者無緣以自慰，另方面顯示在度化之主題下，誠信之作用大矣，因此，以呂洞賓爲代表之地仙故事，實爲宋人追求心理之錯綜反映，明顯極矣。

異人與仙眞，俱爲人類滿足希望及脫離苦難之產物，就以上所見，其於一般祠廟信仰下之現實功能，個人性超越於社會性，自利性超越他利性，追求性超越規範性。

再就民眾心理而言，對於觸手可及之巫醫，難於一見之異人，及因緣出現之仙眞，雖然同樣能治病除祟，預知禍福，但在上述幾種特殊主題下，情感顯然有所不同，理想與現實彌遠，求仙之慾望彌高，歷來皆然，惟就六朝世人之積極入山求仙，至宋代神仙主動混凡度人，亦足以凸顯前後人之生活態度，實大有不同也。

第五節　宗教靈驗

佛道爲我國二大宗教，入宋以來，禪宗隆盛，在佛學上大放異彩，惟在政治上，道教始終站在優勢之地位，甚而在徽宗時，且有佛教「道化」之鬧劇，然而，宋代諸帝，整體而言，對佛教仍採取扶植利用之政策，則不待言也。〔註88〕

〔註88〕見郭朋《宋元佛教》，第 2 頁。

　　《夷堅志》所表現佛教之活動，乃是偏重於民間性者，日人中村元嘗謂：「中國的固有思想、文化、習俗都是以現世生活為中心，在接受因果報應思想的佛學時，自然不可能是深邃幽遠的佛教哲學，而是一般社會大眾較能接受的訴說神異奇瑞的現世幸福說。」道教本即現世利益觀念之產物，不論任何教派，均能與民眾意識相結合，而佛教淨土之彌陀信仰最為突出，中村元謂：「淨土教不僅是誦唸淨土經典，還可由讀誦諸大乘經典，或經由這些經典的受持、寫經、講述以及造像、作畫與禮拜、讚佛、禮懺等等，（成為）祈願往生之種種信仰形態。」〔註89〕對信徒而言，誠為簡易之方便法門，其他各宗之說，亦在民眾意識中，逐漸產生觀音信仰、十王信仰及陀羅尼信仰，構成民眾教佛之特色，至宋更為明顯，是皆與淨土持修之方式相同，故郭朋以為「宋代淨土宗成為佛教各派之共宗。」

　　在此佛道兩教與民眾結合之情形下，宣傳教義是在其次，擴展地盤，爭取信仰，無不恃乎宗教靈驗，此類靈驗，教門下各有傳說，《夷堅志》之宗教靈驗故事，則為受其影響之產物也。

一、齋醮靈驗

　　齋醮之義，即佛道設壇祈禱之儀式也，道教齋醮，雖前有所承，然其立為科儀，實乃襲自佛教也。〔註90〕

　　佛教齋會，原本具有佈施、普度、懺悔行法等意義，但自六朝以來，禮懺、經懺儀式，往往祇是為禳災、避邪、祈雨、治病、息禍等現世利益，此乃與民眾意識相結合，逐漸走向彌勒信仰之現象。

　　《夷堅志》以醮齋靈驗為主題之故事，在佛教方面，集中水陸法會一端，水陸法會之起，始於梁武帝天監四年作水陸大齋，而宋代水陸法會實乃武帝六道慈懺，結合唐代密教冥道無遮大齋之產物。〔註91〕

　　水陸之義，遵式云：「取諸仙致食於流水，鬼致食於淨地。」至其功用，據宗賾《水陸緣起》：「保慶平安，而不設水陸，則人以為不善，追資尊長而不設水陸，則人以為不孝，濟拔卑幼而不設水陸，則人以為不慈。」是有祈

〔註89〕中村元《中國佛教發展史》第九章〈佛教的民眾化與佛教文化〉，第356～357頁。

〔註90〕李獻章〈道教醮儀的開展與現代的醮〉，《中國學誌》，第五本第3頁。

〔註91〕說見《中國佛教統論》（二），〈人物與儀軌〉，第400頁。

福、薦亡、濟拔之意也，《夷堅志》所見，均有之也，而以薦拔爲多，惟《丙志》卷十一〈華嚴井鬼〉條，劉彥適登第歸，與其弟設水陸齋於永寧寺泗水院，可謂慶保平安者。

由於水陸包含施食、普度之意味，故凡水陸之設，即有群鬼赴會，路人多遭逢之傳說，《支甲》卷五〈景德寺酸餡〉，小兒遇長身僧與酸餡即是。惟類似傳說，實爲負面之靈驗，如《丙志》卷十一〈芝山鬼〉條，通判任良臣喪子，入寺設水陸，「夜未半，闔寺聞山下人戲笑往來，交相問勞。」顯然均欲赴會集也，可見水陸之於群鬼，視同冥集也，已著其靈驗，然而故事之後段，程祠部守墓僕是夜逢鬼，由其幾爲群鬼所毆觀之，則鬼性仍未因此而遷善，《夷堅志》中類此故事甚多，如同卷〈華嚴井鬼〉、〈施三嫂〉等，均係群鬼赴集，趁便害人、勒索，不一而足。然則，水陸冥集故事，時人耳熟目詳，不待以此表其靈驗，祇藉以識鬼怪之性也。

元豐間，佛印了元住金山，有海賈到寺設水陸，爲一時盛事，金山水陸因而馳名，《丙志》卷十五〈金山設冥〉條：

> 太學博士莊安常子上，宜興人。因妻亡，爲於金山設水陸冥會資薦。深夜事畢，暫寄榻上，夢妻來，冠服新潔，有喜色，脫所著鞋在地，襪而登虛，漸騰入雲表，始沒。驚覺，以白於僧及它人，皆云是生天象也。

莊妻生平無蹟可陳，祇因金山資薦，竟有生天之象，其爲靈驗，倍極明顯。

《丙志》卷七〈壽昌縣君〉條，池州通判妻死，以宿債未償，將往生爲女人，現夢於其子，使告夫亟營佛事，乃設冥陽水陸齋侑之，迨百日，夢婦來謂：「佛功德不可思議，蒙君追薦恩，今生於盧州霍家爲男子矣。」是亦合乎懺悔消過，六道拔濟者也。

宋人對水陸之迷信，既深且篤，〈水陸緣起〉謂：「由是富者獨力營辦，貧者共財修設。」貧富之眾，均不能免，《丙志》卷十二〈吳旺訴冤〉，吳旺之鬼魂憑附吳縣宰陳祖安甥女，目的在求「水陸一會，以資受生」，陳對以貴侈不能辦，旺云：「然則但於水陸會中入一名，使人至石塔前密呼吳旺，俾知之，亦沾功德，可以託生矣。」設一分位之功德如此，寧使民眾之趨之若鶩也。故事後段，吳旺又特別指出各寺均有功德，而楓橋殊勝，顯然又和金山水陸之迷信同，有寺廟信仰之傾向。

其他佛教齋會，有原爲節日娛樂、齋戒之儀者，亦往往有所變化，如《丙

志》卷三〈常羅漢〉所記載之羅漢齋,有濟拔之驗,《丙志》卷十一〈程佛子〉條,每歲正月十六日,設齋飯緇黃,名爲龍華會,其佈施之意味,與六朝浴佛日所作,實相去有間,至於《支甲》卷五〈劉畫生〉條,劉生爲宿世冤業所纏,二鬼婦隨之不置,劉欲入廣祐王行廟拜禱祈福,鬼且笑語:「汝欲謁大神,而買香不費一錢,如何感應。」其後在冥間,冥官謂:「劉生持十關齋至誠,特與展一紀,立放還。」顯然其靈驗,雖未解冤,然可以延壽,明矣。十關齋之名,顯然從八關齋繁衍而來。宋代佛教齋會名義及其靈驗,水陸爲常見,功德較明白,其餘變化,則不拘一格也。

　　道教齋醮是在原有方士醮祭之基礎上,引入佛教齋義,而形成齋醮雙軌並行發展、交互影響之特殊形式,由於唐代齋醮科儀併行,因而入宋以後,二者混同而難以區別,衹是名稱上之相互概括,任何齋醮科儀均有其發展歷史,相互之間,在運用時,已有差異,顯而易見,至於在靈驗上,端視其名義不同上而有個別表現。

　　劉枝萬《中國醮祭釋義》云:「眾齋中,以薦亡超度爲主旨之黃籙齋,一枝獨秀。」稽之《夷堅志》,洵屬有見,惟其多稱醮而不稱齋,爲齋醮不分之明證。

　　黃籙爲道門三籙之一,法琳《辯正論》卷二云:「黃錄,拔度九玄七祖,超出五苦八難,救幽夜永歎之魂,濟地獄長悲之罪。」原有超度薦亡之意,從《夷堅志》觀之,修黃籙齋者,幾以此爲目的,〔註92〕至於設醮方式,亦有獨力營辦與共財修設之別,如《支甲》卷七〈徐達可〉條,係亡者之兄,以「哀念之甚切」,乃招臨江閤皀山道士譚師一至家,建設黃籙醮,此屬於前者;而《三己》卷二〈天慶黃籙〉:「慶元四年二月十六日,饒州天慶觀設黃籙大醮,募人薦亡,每一位爲錢千二百,預會者千人。」顯屬後者。

　　至其靈驗,前事在醮儀中夜後,亡者憑小兒,就燈下書三紙,其一云:「達可平生躭酒迷戀,荷兄同骨肉開戒,乘此功德,還家瞻仰,聖恩深重,不可思議。」後事在將畢事時,有見亡母來謂:「荷汝追修之力。」其超度薦亡之功效,與合修齋之目的,靈驗具備,以功德爲言,正與水陸無別,爲《夷堅志》中最常見者,是黃籙靈驗之基本形式。

　　《丙志》卷十六〈碓夢〉爲當時著名之故事,蓋涉及某官之陰私,王景

〔註92〕宋代黃籙齋儀,可參見杜光庭所編《太上黃籙齋儀》,及蔣叔輿編《無上黃籙大齋立成儀》(洞玄部・威儀類)。

文《夷堅別志》亦有其事。

> 靖康末，有達官守郡於青齊間，以不幸死。後十餘年，其子夢行通達中，夾道榆柳，寂無行人，聞大聲起於前，若數百鼓，隱隱然漸近，疑爲大兵來，趨避諸路旁土室而密窺於牖間。既至，乃數百鬼，負大磨，旋轉不已。有人頭出磨上，流血滂沱，諦視之，蓋乃翁也。方驚痛，則復有聲如前，近而睨之，又其母夫人。不覺大哭，遂寤。懼冥祥可怖，亟詣嚴州，以錢數百千作黃籙醮，延宗室兵馬監押子舉主醮事。是夕，眾人皆見浴室外一人，衣紫袍金帶，長尺許，眉目宛然可識，立於幡腳，少焉入浴間。醮事訖，子舉爲奏章請命，謂其子曰：「尊公事不忍宣言，當令君昆弟自觀之。」取一大合，布灰其內，周圍泥封，使經日而後發視。及發之，上有畫字如世間，書云：「某人蠹國害民，罪在不赦。」諸子慟哭而去，方達官在位，不聞有大過，既以非命死矣，而陰譴尚如是，豈非三世業乎？張晉彥適在彼，偶行壇下，遇男子作婦人泣曰：「我乃公親戚間女也，靖康中，從夫官河北，爲寇所害，旅魄無所歸，賴今夕醮力以得至此。」

故事中，黃籙之設，以疑似三世業之故，請命竟然不許，實未達成資助之目的，但他鬼能藉醮力出現，實亦靈驗之變也。

九幽醮在功效與使用次數上，爲僅次於黃籙者，據呂元素輯《道門定制》：「九幽齋，然燈破暗，解救亡魂。」與黃籙之「普資家園，徧濟存亡，開渡七祖，救拔三塗。」同爲薦亡超拔者，惟靈驗大小有別。

《夷堅志》所載之九幽靈驗，較具體明白，如《丙志》卷七〈安氏冤〉條，李維能觀察之子婦安氏爲隔世冤鬼所祟，法術治之無效，道士與鬼協議，令李宅作善緣薦之，鬼拜謝而去，乃載錢二百千，送天慶設九幽醮，安氏遂無恙，鬼亦得往生，此悔過超拔之靈驗。又如《丙志》卷八〈趙士遏〉條，黃某祖傳瘵疾，爲同官趙士遏治癒，乃於天慶觀作九幽大醮，願爲先世因此疾致死者，拔度之，是夕所供聖位茶皆白如乳，醮畢，黃氏歷世惡疾，自此而絕，此救拔先世之靈驗。而《丙志》卷九〈吳江九幽醮〉條，趙白虛爲吳江宰，念幽冥間，滯魄無所訴，集道士設九幽醮於縣治以拔度之，結果平時留滯，同荷趙君恩而去者數百人，此普濟幽滯之靈驗。由以上數則觀之，其爲靈驗亦不小，單就《夷堅志》所述九幽與黃籙靈驗，實無高下之別。

《丙志》卷三〈常羅漢〉條，嘉州楊媼死，「家人作六七齋，具黃籙醮。」

《丙志》卷十〈黃法師醮〉條，魏道弼參政夫人亡，「至四七日，女婿胡長文延洞眞法師黃在中設九幽醮，影響所接，報應殊偉，魏公敬異之，及五七日，復命主黃籙醮。」此醮儀之介入七七齋也，而以黃籙爲主要項目，〈黃法師醮〉係洪邁摭魏道弼之記而成，原文長五千言，記幼子叔介之黃籙齋儀體驗，實爲宣揚黃籙之作，另從《三壬》卷八〈集仙觀醮〉見之，南昌法錄吳法師，縣民請建黃籙醮，吳深怖罪福，堅拒弗許，明年再請，勉從之，惟醮中百役，加意檢勘，至六年甫就。其審愼如是。可見醮儀之靈驗雖無軒輊，然在現實宗教中，黃籙仍獨擅場，就《道藏》中相關威儀及靈驗著述比較，可證也。〔註93〕

　　道教齋醮名義甚多，惟《夷堅志》言之不詳，如《乙志》卷七〈虞并甫奏章〉及《支甲》卷六〈甄錡家醮〉，均蒙章醮之力，而有所得，靈驗雖著而醮名不明，至於《志補》卷二十〈神霄宮醮〉，記林靈素於神霄宮夜醮，垂簾殿上，設神霄王青華帝君及九華安妃韓君丈人位，頗見神異，然此篇別有諷刺，疑其作僞，非其靈驗也，由是可見神霄醮儀之地位，終不如傳統道派也。

　　此外節日性之道會，如青城道會、純陽道會，《夷堅志》固有丈人、呂仙化身預會之記載，時人亦以此爲靈驗，而予宣揚也，《呂祖志》有庵堂赴會故事三則，即取此形式，可知也。

二、法術靈驗

　　法術爲宗教靈驗之一部分，在佛經神話中，佛菩薩外道仙人之世界，充滿法術神通之色彩，六朝名德，在當時仙道迷信下，亦以此爲方便法門，惟佛教重來世，神通實爲權變之計，其最高理想，仍在超越輪廻，入於涅槃，在隋唐佛教各宗發揚之後，其法術靈驗亦隨民眾意識，進入齋儀及經咒之中，成爲僧徒與眾信相與依存之媒介，至於教義上所賦予祭司之法術能力，不得不爲重視現世之道教所專擅。

　　道教法術，名目繁多，從《夷堅志》所見，最常見者，非天心正法與五雷法莫屬，均屬宋代新興開展之法術內容也。

　　天心正法爲符籙科儀派道士之法術，原始於五代，今《道藏》洞玄部方法類有《上清天心正法》、《上清北極天心正法》，洞神部威儀類有《天心正法修眞道場設醮儀》，據鄧有功〈上清天心正法序〉：「淳化五年八月十五日，肉

────────────

〔註93〕參劉枝萬《中國醮祭釋義》及《中國修齋考》。

身大士……掘地三尺許，得金函一所，開見金板玉篆天心秘式一部，名曰正
法，……大士者，饒公處士也，……復遇神人指令，師於譚先生名紫霄，授
得其道。」據陸游《南唐書》〈譚紫霄傳〉：「初有陳守元者，亦道士，劚地得
木札數十，貯銅盎中，皆漢張道陵符篆，朱墨如新，藏去不能用，以授紫霄，
紫霄盡能通之，遂自言得道陵天心正法，……今言天心正法，皆祖紫霄。」
是天心正法，實自譚紫霄始，譚爲五代人，閩王王昶尊重之，封金門羽客正
一先生，閩亡，寓廬山棲隱洞，醮星宿，事黑煞神君，禹步魁罡，禁沮鬼魅，
禳祈禍福，頗知人之壽夭，顯爲符籙派之道士，後主聞其名，禮遇有加，其
徒百餘人，均有道術。天心正法之成立與開展，即自此始。〔註94〕

　　天心正法在徽宗時，進入宮廷，亦爲當時教團道教所吸收，但並無特殊
之有道人士予以發揚，而與教團並無雙向依附關係，〔註95〕故行持天心法者，
有大多數仍爲民間道士，如《乙志》卷六〈趙七使〉條，宗室趙子舉自乞食
道人處習得天心正法，爲人治病，全與教團無關；《支戊》卷六〈王法師〉條：
「臨安湧金門裏王法師者，平日奉行天心法，爲人主行章醮，戴星冠，披法
衣，而非道士也，民俗以其比眞黃冠，費謝已減三分之一，故多用之。」是
亦教團外之道士，至於一般士庶，習之者甚多，如《乙志》卷七〈天心法〉
條中，丞相李邦彥長子衡者，亦學此法。他如村巫里民，所見不少。

　　關於天心法之靈驗，如前引「趙七使」條，洪邁妻之祖母病，嘗使趙子
舉治之，乃知親族鬼魂爲祟，乃以酒幣遣之，遂癒。另《丙志》卷七〈大儀
古驛〉條，姜迪爲驛鬼所祟，亦使持天心法甚驗之孫古治之，鬼因而怒去，
是皆考召鬼魂之靈驗也。

　　天心正法之靈驗，表現在個人者居多，在民間日常生活，實際發揮法術
迷信之作用，惟其有不需依附教團者，習之者甚多，故時爲人所輕，輕其人
而非輕其術，如《乙志》卷六〈魅與法鬥〉條，趙伯兀習法未精而行之，爲
鬼所戲，同卷〈蒙城觀道士〉條，有常持天心法者，爲鬼神縛於梁間，足反

〔註94〕鄧有功述其傳授譜系爲：饒洞天（初祖）——朱仲素——遊道旨——鄒貢—
　　　　—符天信——鄧有功。
〔註95〕政和六年元妙宗編《太上助國救民總眞秘要》（《道藏》正乙部）内有「上清
　　　　北極天心正法序並驅邪院請治行用格」、「上清北極天心正法下靈文符呪」，以
　　　　與鄧有功所編《上清天心正法》（洞玄部方法類）相較，雖皆有正法三符，法
　　　　印有所不同，然《總眞秘要》所提到之歷代法師，僅譚眞人、饒大士而已，
　　　　與當時傳說正同，從其書並未提到鄧有功及其上清天心天法，可見鄧所構築
　　　　之傳授譜系，並未依附於著名教團，祇是傳天心正法之一支而已。

居上,兩脊杖痕如盌大,已死矣,前引〈天心法〉,李衡老初行此法,飲食坐起,未嘗不持攝,而鬼物乃設怪以恐試之,原因在「初行符籙,非鬼物所樂」。

《夷堅・支乙》卷五〈譚眞人〉條:

> 衡州道士趙祖堅,初行天心法,時與鄉人治祟,既止復作,不勝怒,攝附體者責問之,對曰:「非敢擅來,乃法院神將受某賂,是故敢然。今去矣。」趙默自念:「吾所以生持正法降伏魑魅者,賴神為用也。茲乃公受賄託,吾將何所倚仗哉!」欲狀其罪申東岳。是夜夢一介冑武士,威容甚猛,拱手立於前曰:「弟子即法師部下神將也,生時為兵,有膂力,眾呼曰神鐵鞭。死得為神,得隸壇席,不能自謹,致納鬼賂,聞法師欲告岱岳,則當墮北酆無間獄,永無脫期,願垂哀恕,請得洗心自新。」趙曰:「吾不忍言汝罪,只云不願行此法,使汝自回耳。」其人拜退而謝,趙竟上章反術,議改習五雷,而無其師,但焚香於譚眞人像前,冀獲警悟。越數年,復為人考召,方使童子照視,忽躍然而起,被髮跣足,仗劍屬聲曰:「吾即譚眞人也,憐汝精勤,故教汝法。汝曾有所得否?」對曰:「止得四符,乃眞武傳於世者。」神曰:「吾五雷符當有七十二道,此才十八分之一,如何可以攝服邪妖!宜取百幅紙置几上,當為汝傳。」即插劍於地曰:「仰五雷判官速傳七十二符,限只今畢。」初不見有所作為,僅一食頃,曰:「符已足。」命趙取之,揭示其紙,凡六十八幅,每幅畫一符,天篆粲然,非世間書也。趙驚喜,捧用拜起,童子亦悟,自是符驗通靈。

此道士因天心法所驅之法院神將受賂,遂棄而從五雷法者,不但說明天心法之靈驗不如五雷法,就其上章反術,改習而無師觀之,顯然趙祖堅與教團並無依附。

總之,天心正法盛行於民間道教,其靈驗亦見諸志怪,惟表現其負面作用者,實亦不少也。〔註96〕

五雷法雖與天心法同在宋代符籙迷信下開展,後者祖述紫霄,至於前者,與紫霄無關,上述〈譚眞人〉故事中,紫霄授五雷符七十二道事,純屬附會。

〔註96〕 蘇軾《志林》卷三記天心正法云:「王君善書符,行天心正法,為里人療疾驅邪,僕嘗傳此呪法,當以傳王君。其辭曰:『汝是已死我,我是未死汝,汝若不吾祟,吾亦不苦汝。』」顯然有戲謔輕蔑之意。

　　五雷法又名雷法，是在符咒驅邪之迷信基礎上，加以雷神雷擊作用之瞑想。〔註97〕《道藏》正一部法籙類之《道法會元》，為有關雷法之重要書籍，將雷法分為清微及神霄二派，清微之傳，顯然依附於上清派而為後起，神霄則實亦始於林靈素。從汪火師《雷霆奧旨》（收在《道法會元》卷七六）見之，其法又可原始於唐司馬承禎之弟子汪子華。稽諸子史傳記，雷法之行，徽宗朝之王文卿實為重要關鍵人物，王文卿，建昌人，政宣間在京師葆眞宮，《夷堅志》述其事甚多，如《甲志》卷八〈京師異婦人〉、《丁志》卷六〈王文卿相〉均是，此外，《支丁》卷十〈王侍宸〉條，記王文卿紹興初入閩，不為人所敬，時張圓覺（張聖）以道術擅名於彼，為人主醮事，燈燭如晝，王以五雷之法，使風自西北來，撲滅無餘，而禱雨之際，王請於府前立棚，令道眾行繞其上，己獨杖劍禹步其下，方宣詞之次，星斗滿天，已而暴風駕雲，亦從西北隅至，燭盡滅，震霆一聲，甘雨傾注，不但以以雷法戲人，亦顯示其雷法之靈驗。

　　五雷法與王文卿有不可分割之依附關係，《支乙》卷五〈傅選學法〉條，記傅選為江西總管，邀王文卿從學雷法，王甚惡其人，然念凶德可畏，但教以大略，在朋輩中已為高妙，選藝成，將有所試，焚符燒塔，火爇而塔無損，因憤王傳術不盡，募刺客加害，王怒而以法飛檄，悉追其所部靈官將史，於是選所行法從此不復神。又《丙志》卷十四〈鄭道士〉條，記王文卿之弟子，行五雷法，為人請雨治祟，召呼雷霆，若響答然，後以徇於客請，欲見雷神，無故召至，以資戲玩，為雷神所斃。以上兩則均為王文卿弟子，行法而觸犯禁忌，並遭受處罰也，但仍無損於王文卿雷法之名，反而更明顯表現其依附關係也。

　　神霄雷法在全眞南宗傳承佔有重要地位，〔註98〕神霄為林靈素所構築，《宋史》本傳謂之「其實無所能解，惟稍識五雷法。」然以當時記載觀之，實不如稍後之王文卿其與雷法之關係，《夷堅・丙志》卷十八〈林靈素〉條載：

〔註97〕近人對於雷法之研究，有：
　　　　1. ミツユ──ル、ストリックユン（Michel Strichman），「宋代の雷儀──神霄運動と道家南宗にういての略説」，《東方宗教》四六，1975。
　　　　2. 桂本浩一「宋代の雷法」，《社會文化史學》十七。
　　　　另有 Micheal Saso, "The Teachings of Taoist Master Chuang"，第 234 至 266 頁亦有探討。
〔註98〕見拙作《南宋文學中之民間信仰》，附錄二〈呂洞賓與道教〉第 228 至 230 頁。

林靈素傳役使五雷神之術。京師嘗苦熱，彌月不雨，詔使施法焉。
對曰：「天意未欲雨，四海百川水源皆巳封錮，非有上帝命，不許取。
獨黃河弗禁而不可用也。」上曰：「人方在焚灼中，但得甘澤一洗之，
雖濁何害！」林奉命，即往上清宮，勑翰林學士宇文粹中涖其事。
林取水一盂，仗劍禹步，誦呪數通，謂宇文曰：「內翰可去，稍緩或
窘雨。」宇文出門上馬，有雲如扇大起空中，頃之如蓋，震聲從地
起。馬驚而馳，僅及家，雨大至，迅雷轟霆，踰兩時乃止。人家瓦
溝皆泥滿其中，水積于地尺餘，黃濁不可飲，於禾稼殊無所益也。

此事洪邁得之洪慶善，周煇《清波雜志》亦載其事，未言以何法行之，微有
不同，但皆爲林靈素行使雷法之僅有資料，《宋史》本傳謂其「召呼風霆，問
禱雨，有小驗而已。」當據此而言，此事在道教傳法之歷史上，別具意義，
爲雷法靈驗也。

　　其餘法術靈驗事，如《丙志》卷十二〈河北道士〉之宋善長，以五雷法
爲人治疫，《支乙》卷三〈余榮古〉以雷法爲人除祟，靈驗彰著。在五雷法與
天心正法之外，《支庚》卷六〈譚法師〉及《三辛》卷六〈程法師〉之行茅山
法、《三辛》卷六〈葉道行法〉之行三壇五部法、《志補》卷二三〈天元鄧將
軍〉中之行靈寶大法，均爲教團外人，以行傳統教法爲號，而著治病除祟之
靈驗也。

　　從上述法術靈驗故事中，顯然相信法術之施用時，如得其法得其人，則
其靈驗必見，習法不精，性行不端，則亦無驗，而持法者必受其殃，大師固
無論也，其餘並無教團道士或里俗村民之別也。

三、經呪靈驗

　　經呪靈驗始於原始人類迷信語言（或文字、圖案）具有不可思議之超自
然力量，是法術迷信之一種，在宗教行爲上，即表現在經呪等相關事物上。

　　佛教來生之說，在現世觀念強烈之中國開展，必然在群眾智慧凝聚之下，
從今生現實利益創造靈驗。淨土之彌陀信仰，相信誦經、讚佛、禮拜等方式，
可以達成往生之願望，民間佛教信仰則相信類似或更簡易之方法，亦可達成
更多之目的，是乃經呪靈驗之內容。

　　在現世利益之影響，往生之願力祇有在死亡儀式中，顯現其靈驗性，而
爲民眾所需求，在日常生活中，則以觀音信仰較爲凸顯。觀音信仰是以《法

華經觀世音普門品》（或以《觀音經》之別名行世）爲中心而發展，認爲持奉
觀世音菩薩之名號，則有度厄消災之靈驗在焉，此一信仰型態，自六朝以來，
即出現在宗教靈驗故事之中，《夷堅志》固亦有之，如《三辛》卷五〈觀音救
溺〉條，記徐熙載母膽奉觀音，使徐父子三人以此脫驚濤之厄，《支庚》卷八
〈蕪湖儲尉〉，每日誦《圓覺經》一部，觀世音菩薩千聲，結果在兵變中，爲
賊縛去，欲斬之，其頂毫光三道出現，遂得釋，後竟以此改京秩，是皆觀音
信仰下持經而有救度災厄之靈驗也。

　　持經之靈驗，在不同信仰下，則有不同之表現，如《甲志》卷八〈金剛靈
驗〉，記老嫗誦持《金剛經》，有盜欲謀財害命，穴避窺之，見紅光中一大神，
與房上下等，背門而立，氣象甚怒，蓋以其有金剛護持之靈驗，與觀音救度雖
一，方式則不同，又如《支景》卷二〈孔雀逐癘鬼〉，誦《孔雀明王經》，見孔
雀以尾逐癘鬼，《志補》卷十四〈村先生李晟〉，誦《金光明經》，非獨病目復明，
且延壽三紀，更於抄沙中得金屑以致富，是「金光明」之靈驗，誠爲民眾意識
最佳表現。

　　《甲志》卷十〈賀氏釋證〉條：

> 賀氏者，吉州永新人，嫁同鄉士人江安行，有二子。自夫死不茹葷，
> 日誦《圓覺經》，釋服不輟。或勸更誦他經，賀氏曰：「要知眞性，本
> 圓本覺，不覺不圓，是名凡夫，我不誦經，要遮眼耳。」長子楷，登
> 進士第，紹興六年，爲賀州簽判，迎母至官。賀氏從容語其婦曰：「吾
> 誦經以來，了無夢想，比年夜艾，常見瑞光中有猊坐，欲升之未果。
> 今白日閉目，亦見佛相。」是歲五月甲戌，沐浴易衣，明日，食罷，
> 盥漱如常，忽收足端坐，兩中指結印，瞑目而逝。……郡守范直清帥
> 其屬瞻禮，嘆曰：「大丈夫不能如此。」命畫工寫其像。像成，惟目
> 晴未點，乃禱曰：「精神全在阿堵中，願賜開示。」俄兩目燁然，子
> 孫扶視，皆謂再生，點晴訖，復瞑。時年七十七。

賀氏死後之靈驗，一如仙眞高人，是其持經之驗也。仙眞高人之靈異是散聖
混凡所致，非凡人所能及，惟有持經乃超凡入聖之途徑，其宗教宣揚之意味
明矣。

　　佛經之誦持爲日積月累之功夫，不論是救度災厄或證得正果，均有福報之
意味，其靈驗表現在不自覺之中。惟對庶眾而言，經典之繁奧，實有誦持之困
難，如《三己》卷二〈余觀音〉條，余客常時持誦救苦觀音名號，浮海病困危

急之際，連聲念誦，亦得脫難之福報，靈驗固亦相同。蓋佛菩薩之名號，在民間信仰中，往往被視爲經典之威力所在，而在原始信仰中，且有不待依附於經典者。

密宗之眞言（呪）、印契、曼荼羅所充滿之神秘與象徵主義色彩之形式，本即易於在現世利益下，成爲驅邪制魔之工具，尤其是唱念不可解之呪文，在中國更予人以不可思議之聯想，成爲民眾生活法術迷信之一部分，對道教原有之符籙迷信，亦有明顯之影響，日人澤田瑞穗嘗就《夷堅志》故事，探討宋代之神呪信仰，認爲《夷堅志》之神呪信仰，雖祇能代表南宋時代，但以言語呪術之方式表現民眾緊急願望，則前後相通也，在本質上是民眾信仰之一種型態，由於和民眾醫療之迷信有根連蒂固之關係，不能祇從《大藏經・密教部》及《道藏・眾術類》考察之，實爲卓見。〔註99〕

蓋北宋時代，印度佛教已至末期，當時譯經，雖多爲密教經典，然以主張「葷血之祀」及「厭詛之詞」，是故多在焚燬禁止之列，〔註100〕以致密宗在宋代了無開展，原本在唐代所建立嚴密軌儀，幾全爲道教所涵化，惟有經呪眞言，仍以其法術思考原則，附於民眾佛教而發揮其作用，在無教團依附關係下，自由表現其神通，其所以超越經典，歸因於此，吾人對神呪迷信之考察，亦當立足於是。

有關宋人神呪迷信之內涵，澤田氏言之明矣。今就其所表現之靈驗言，在《夷堅志》最常施用者，當爲大悲呪（千手千眼觀世音菩薩大圓滿無礙大悲心陀羅尼），有十例，除《丙志》卷十七〈安國寺神〉闕文不詳外，福州永福縣能仁寺長老宗演誦之以度猴王（《甲志》卷六〈宗演去猴妖〉）、平江僧惠恭誦之以治翻胃（卷十〈佛救翻胃〉）外，其餘，如《甲志》卷十一〈張端愨亡友〉、卷十四〈建德妖鬼〉、《乙志》卷十四〈魚陂癘鬼〉、卷十九〈廬山僧鬼〉、《支庚》卷八〈餘干民妻〉、〈鬼國續記〉、《志補》卷十四〈莆田處子〉，全用以制鬼避祟，〈佛救翻胃〉亦以去祟之形式治病，此外楞嚴呪（《楞嚴經》）七則，制鬼除祟者五則，《乙志》卷十四〈南禪鍾神〉、卷十九〈韓氏放鬼〉、《丁志》卷三〈韶州東驛〉、《三己》卷二〈東鄉僧園女〉、《志補》卷十四〈段氏疫癘〉，餘二則用以超度（《丙志》卷十六〈陶象子〉）及抵制妖巫（〈沅州秀才〉）；熾盛光呪（熾

〔註99〕澤田瑞穗，「宋代の神呪信仰──『《夷堅志》』の説話を中心として」，《東方宗教》五六，1980。
〔註100〕郭朋《宋元佛教》，第13頁。

盛覺大威德消災吉祥陀羅尼經）二則，一以驅虫治病（甲志卷七〈熾盛光呪〉），一以送去土地小神（《支乙》卷四〈李商老〉）：白傘蓋呪二則，一用以對付妖巫（《志補》卷十四〈蜀士白傘蓋〉）、一用以睹龍神形狀（《乙志》卷十一〈黃孽龍〉）；另有寶樓閣呪（大寶廣博樓閣善住祕密陀羅尼經）用以去祟（《甲志》卷一〈寶樓閣呪〉）；大隨求呪（普遍光明燄鬘清淨熾盛如意寶印心無能勝大明王大隨求陀羅尼經），用以行持（《丙志》卷三〈王孔目〉）；孔雀呪用以下山魈鬼雛（《丁志》卷十九〈江南木客〉），以上神呪，均屬見在佛經者，以表現戰勝邪魔外道爲主要功能，超度與禮佛之作用，並不多見，其中惟有〈蜀士白傘蓋〉及〈寶樓閣呪〉二則，是以經呪靈驗爲主題。

在疑似佛教經呪中，以穢跡金剛呪最爲常見，穢跡呪與穢跡法有其相關性，後者在《夷堅志》中，多里巫用以降神，行之閭地，即今童乩術也，穢跡呪在此基礎下，實已脫離佛教色彩，而在行穢跡法時起作用，惟以穢跡通靈附體，考召鬼祟，在《夷堅志》幾無不驗，如《甲志》卷十九〈穢跡金剛〉、《丙志》卷六〈福州大悲巫〉、《支景》卷五〈聖七娘〉均然，而以穢跡呪逐鬼，惟《乙志》卷十四〈全師穢跡〉，鳳林寺僧降得大神持戟戈幡旗，沓沓而入，一神捧巨纛，題其上曰「穢跡神兵」，同行百匹，終使鬼絕去，爲有靈驗也。餘持之者，反爲鬼祟所戲謔，如《丙志》卷五〈小令村民〉、《丁志》卷四〈戴世榮〉、《三己》卷二〈姜店女鬼〉、《志補》卷十五〈雍氏女〉皆然。

除穢跡呪外，疑似佛教經呪，並不多見，《乙志》卷二〈樹中甕〉條，以龍樹呪治樹中怪物，純屬以物制物之思考，與龍樹菩薩無關。

民眾佛教經由誦持經典、造像、禮懺等方式，以順遂種種現實願望，對道教有所影響，《度人經》之誦讀，顯然在超度上特具意義。《度人經》爲《靈寶旡量度人經》之簡稱，爲《靈寶經》中重要經典，〔註101〕《夷堅‧支景》卷九〈丘鼎入冥〉、《三壬》卷十〈顏邦直二郎〉，皆誦《度人經》而有拔濟超度之靈驗，《乙志》卷二〈大梵隱語〉，曾尚書死爲福山嶽廟土地，現夢向其子索《大梵隱語》，命印造焚之，以助冥塗，此《大梵隱語》，即《度人經》之末章，雖不經過誦讀，其功能相同，《三壬》卷三〈洞霄龍供乳〉，記道士每就寺側龍潭持念，水府幽祇，每皆瞻仰起敬，其驗可知。

誦念仙眞法號，以求救度，顯然亦受佛教影響，《丙志》卷十二〈青城丈人〉及《三辛》卷一〈二鼎屠烹〉之誦太乙尋聲救苦天尊；《甲志》卷十

〔註101〕見陳國符《道藏源流考》‧〈三洞四輔經之淵源及傳授〉，第70〜71頁。

二〈誦天尊止怖〉之誦元始天尊及靈寶護命天尊；《丙志》卷六〈十字經〉之誦九天應天雷聲普化天尊等，均有救苦度厄之驗，太乙尋聲救苦天尊及九天應天雷聲普化天尊，均宋代雷法興起後之仙眞。

　　道教呪術在原有基礎上，受陀羅尼信仰之影響，在呪語上加以法印，如唐代知名之天蓬呪及天蓬印即是。〔註102〕有關其靈驗，今《甲志》卷五〈蔣通判女〉，《丙志》卷一〈陳舜民〉及〈貢院鬼〉、《丁志》卷十〈劉左武〉條，均以誦呪著驅邪勝魔之靈驗。至於同有神呪性質之九天生神章，自《甲志》卷二〈齊宜哥救母〉、《乙志》卷一〈蟹山〉、《丙志》卷十〈黃法師醮〉觀之，亦均爲救拔之靈驗，可見與教團有依附關係之經呪信仰，大抵均有固定之功用也。

　　在《夷堅志》中經呪迷信表現二大特色：

　　（一）因不信任冷僻經呪而修正。

　　（二）爲特殊用途創造神呪。

　　關於前者，見周密《志雅堂雜鈔》引《夷堅志》佚文，云：「《夷堅志》一卷載韓椿年於父枕中得《天童護命經》一卷，題云梁先生所授，凡二百九十二字，校今所行多一百七字，且無言六破句，傳之者以禦魑魅，極爲靈驗。」篇末全錄呪文。此乃對通行本之不信任也，蓋時人以呪文比之藥方，一字之誤即如一劑之誤，差之毫釐，失之千里，故愼之如此。

　　關於後者，配合需要而創造之神呪，亦多附以呪文，以作爲推廣迷信之用，如《甲志》卷一〈觀音呪〉，《支丁》卷四〈治湯火呪〉，《志補》卷四〈主夜神呪〉、〈辟兵呪〉、〈洗眼呪〉及卷二三〈解蠱毒呪方〉均是，時人利用靈驗以宣揚神呪之意圖，實已昭著也。《志補》卷十四〈主夜神呪〉條，不但從華嚴經文中，宣揚主夜神呪之效，洪氏自謂：「予每見人多疑懼怯魔，於是勸使誦持，多有驗。」則洪邁亦不能免於推廣民間療法，而陳曄之取《夷堅》，亦在乎是者，可見其意圖，並不無其功能在焉。

　　宗教靈驗故事，爲六朝志怪主流之一，其出於文人信徒有之，《拾遺記》、《還冤記》、《冥祥志》是也；其出於僧侶亦有之，《感應傳》、《驗善知識傳》是也，當時又有所謂《觀世音應驗記》、《因果傳》等作品，其宗教宣傳意味之強可知也，宗教靈驗故事集，在隋唐之際，達於高潮，其後，文人之作逐

〔註102〕杜光庭《道教靈驗記》卷十二曹戭天蓬呪驗：「太帝是北斗之中，紫微上宮玄卿太帝君也，上理斗極，下統酆都，陰境帝君乃太帝所部，天蓬上將即太帝之元帥也。」

漸減少，前定、定命之屬，本不在宗教，惟有杜光庭《道教靈驗記》、盧求《金剛經報應記》、賢首《華嚴經纂靈記》（見《宋志》道家類）等緇黃之作，則仍著重於宗教宣傳，宋代文人僅有令狐皡如《歷代神異感應錄》而已，書佚內容不詳，其以因果禍福為志者較多，然勸善之意味終高於宗教，其以宗教靈驗為表現者，惟有在《夷堅志》志怪之中，以零星之方式呈現，而《夷堅志》特其多者，吾人藉以考察當時透過信徒之宗教宣傳形式可也。

第六節　異界遊行

　　異界（the other world）觀念源自於上古，即所謂天堂地獄之說，各民族均有其異界傳說，祇是發展之情形不同，而各具其特色也。異界遊行故事，主要述敘活人進入異界之歷程，在此之前，神仙及鬼魂世界之觀念，亦必發展成熟，蓋自人神雜糅而至人神日遠，以迄異界遊行，其間異界之構築，佔有重要之地位。以異界遊行為主題之故事，在六朝志怪中，已有極大之開展，茲就《夷堅志》所載，以見宋代發展情形。

一、洞府仙境

　　未來樂園之原型意象，為人類所共有之集體潛意識，〔註103〕對此一未來黃金時代之期待，實無法滿足人類現實之希冀，仙界遊行即在追求（quest）之原型主題下，表現其對理想人生之渴望，李豐楙將六朝仙境故事分為（一）隱遯思想類型、（二）服食仙藥類型、（三）仙境觀棋類型、（四）人神戀愛類型，〔註104〕今就《夷堅志》所見，亦不出於此，仙境之意味，均已淡薄矣。

　　屬於隱遯思想類型者，《丙志》卷四〈青城老澤〉條即是，是地即「《東坡集》中所載不食鹽酪年過百歲者」，關壽卿與同志七八人，以春暮作意往游，塵埃之念如掃，一如仙境，其隱遯思想，表現在老人之言，曰：「茲地無稅租，吾剗山為壠，僅可播種，以贍伏臘，縣吏不到門，或經年無人跡，諸賢何為肯臨之？」可見一純由老人組成之仙境，表達自力自足，與世無爭之無政府思想，對汲於名利之世人，實無吸引力，無怪諸人「後不暇再往」。其中有「蒸

〔註103〕榮格《潛意識的研究》，第106頁。
〔註104〕李豐楙，《魏晉南背朝文士與道教之關係》，第六章第六節〈魏晉南北朝仙境小說與仙道傳說〉，第536～543頁。

物如小兒，乃松根人參」之情節，惟關壽卿食之，然亦無特殊效果，去唐人
小說食之可以昇天者，遠矣。〔註105〕

　　屬於服食仙藥類型者，《丁志》卷十八〈李芨遇仙〉條即是，李芨於竹
徑迷路，見青衣道人林下斷笋，邀同食燒笋，食之甚美，其後覺身輕神逸，
行步如飛，不復飲食，隱於青城山，最後「輕舉乘雲而去」，遇仙得道之意
味較濃，仙境如何，則無所不在，可遇而不可求，《支戊》卷一〈楊教授弟〉
條，福州有山壁立，自來無人可登，楊教授弟爲人輕浮，夢道人邀之，次日
率所善者數輩往，至，惟楊得上，擷白花而食，夜夢前人嗔恚之，以爲多口，
仍嚼漱津唾，吐之使飲，楊飲之而得道，風骨頓清，此事插曲太多，仍屬服
食仙藥者，此仙境在人能見而不能至之處，仙境之遊，全在仙人主導之下。

　　仙境觀棋類型在《夷堅志》已不多見，惟《乙志》卷一〈仙奕〉條是也，
其後且辟穀不知所終，惟林歸無爛柯之異，實近乎餌食之類。至如《支戊》卷
一〈石溪李仙〉條，李甲入山憩空屋外，聞下棋聲，進揖之，奕者以瓢中紅藥
與之，約三十年後復會，故事中祇有仙人對奕，而樵者並不觀奕，全然餌食之
類也。

　　至於人神戀愛類型者，如《三己》卷一〈石六山美女〉條即是，他如《丙
志》卷十八〈星宮金鑰〉條，建昌李氏子事紫姑，爲女仙邀往星宮遊，以思
親而還，仙緣亦盡，此事亦以女仙爲主導，挾以遨遊；《支甲》卷一〈生王二〉
條，以逐鹿迷失道，遇女子邀至石洞，久之，同歸家，與王妻共處，亦生兩
子，非仙非怪，又言其非人，實非典型人神戀愛者。

　　而道教洞天福地及佛菩薩檀城道場，世人往往亦有奇異，如《丁志》卷三
〈嵩山竹林寺〉，云爲五百羅漢靈境，僧來敬禮，望空中僧百餘，駕飛鶴、乘獅
子，或龍或鳳，冉冉而下，此充作靈山神話可也，至如《丁志》卷八〈華陽洞
門〉條，術士自和州入洞，七日而出滁州，逢僧爲言其處有華陽洞後門，素無
至者，乃知爲神仙洞府，實本於道教洞府之山嶽潛通說，六朝志怪亦有之，其
所具浪漫色彩，大過於此。〔註106〕另《三辛》卷四〈白馬洞天〉之在白馬渡水

〔註105〕此事與《廣記》卷五三〈維揚十老〉（出《神仙感遇傳》）近似，其中即有：「蒸
　　　　一童兒，可十數歲，已糜爛矣，耳目手足，半已墮落，叟揖讓勸勉，使眾就
　　　　食，眾深嫌之，多託以飫飽，都無肯食者。」蓋千歲人參也，食之者白日昇
　　　　天，身爲上仙。類似蒸小兒者，又見《廣記》卷五一陳師（出《稽神記》）、
　　　　卷六四楊正見（出《集仙傳》），均謂食之可以爲仙，獨《夷堅志》不言。
〔註106〕山嶽潛通說，見李豐楙前引書，第六章第二節〈仙傳仙境說之演變與發展〉，

中，洵屬炫奇。

此外尚有平淡無奇者，如《乙志》卷十〈閩清異境〉，雖於異境遇仙，分食炮芋，別後再尋，但得木下一詩，悵而歸，所悵者何？文末言之，或恨當時未及一語，未有所求耶？除略有功利之想外，實無神異也。

從《夷堅志》所見之仙境故事觀之，有以下諸現象：

（一）數量銳減。

（二）仙境之神秘及奇妙色彩逐漸消失，甚至不加描述。

（三）功利色彩益形增加，著意在遊行者於回歸後與出發前之不同。

（四）仙境遊行大多在神仙指引下進行。

其所以然者，蓋以宋代兩京文化與唐代不同，終南與長安所構成之文化特色，在宋代已不復存在，於是往來關右之呂洞賓，亦成爲「朝遊岳鄂暮蒼梧」之陸地神仙，仙境不再爲文人遊興所在，祇能充作方士遇仙得道之奇想也。

二、鬼窟妖境

《夷堅》《三辛》卷五〈歷陽麗人〉條：

> 乘馬行，遇青衣小鬟持簡邀之，仍爲控馭，頃刻到一宅，金碧璀璨，
> 赫然華屋也。俄有麗人延客，分庭抗禮，若平生歡。芮坐定諦觀，
> 其容貌之美，服飾之盛，眞神仙中人，爲之心動。少焉張宴奏樂，
> 麗人捧觥致詞曰：「累劫同修，冥數未合，今夕獲奉從容。」爲壽罷，
> 即登榻，繡帷甲帳，目所未識，遂講衽席之好。

華屋麗女，宛如仙境，《夷堅志》中類似記載，多爲鬼窟狐穴所在，第五、六章已述之矣，在此麗人實巨蟒化。

在六朝與唐人小說中，類似故事頗多，如《遊仙窟》、《周秦行紀》之類，均在疑似仙境鬼窟之間，而《夷堅志》則多爲鬼怪所在。其爲鬼家者如《支甲》卷一〈張相公夫人〉及卷三〈呂使君〉條均是，前人在鬼窟停留，多一夜之間，而此則累夕累月乃去，且凡得進出冢墓者，雖頗狼狽，多不致害命，而返回人世多在青楓古冢間。另《丁志》卷十八〈史翁女〉亦然，惟不知麗女爲何怪。而其在精怪窟穴者，多不免殘體害命，〈歷陽麗人〉如此，〈蓬瀛眞人〉亦然。

第 478 頁。六朝志怪以此爲素材者，如《搜神後記》及《幽明錄》各一則，前者自萬高山入，半年許自蜀中出，後者自洛下入，至交郡出，往還六七年間。而《夷堅》此事，止在和滁之間，七日而已，較近實。

三、海外鬼國

海外鬼國之傳說，實出於佛典羅刹鬼國之記載，〔註107〕該國居海島中，海賈誤入其境，與之婚姻生子，其後詣馬王，指示：「心若專正，便得歸家。」而此諸婦女，各抱兒女，追逐其後，啼哭喚呼，心若眷戀，便不得歸，其中惟有上智師子無所眷戀，故得歸，唐代此傳說已盛，《大唐西域記》之僧伽羅國傳說即是，劉恂《嶺表錄異》之夜叉國，宋初徐鉉《稽神記》卷二〈青州客〉均衍其事，而《夷堅志》中所見不少，如《甲志》卷七〈島上婦人〉、卷十〈昌國商人〉、《乙志》卷八〈長人國〉、《丙志》卷六〈長人島〉、《支甲》卷十〈海王三〉、《支癸》卷三〈鬼國續記〉、《志補》卷二十一〈鬼國母〉、〈猩猩八郎〉及〈海外怪洋〉均是。

其中以〈鬼國母〉較近羅刹鬼國故事：

> 建康巨商楊二郎，本以牙儈起家，數販南海，往來十有餘年，累貲千萬。淳熙中，遇盜於鯨波中，一行盡遭害。楊偶先墜水得免，逢一木，抱之沈浮，自分必死，經兩日，漂至一島，捨而登岸，信腳行。俄入一洞，其中男女雜沓，爭來聚觀，大抵多裸形，而聲音可辨認。一婦人若最尊者，稱爲鬼國母，侍衛頗眾，駭曰：「此間似有生人氣。」遣小鴉鬟出探，則見楊，遽走報。母令引當前，問之曰：「汝願住此否？」楊自念無計可脫，姑委命逃生，應曰：「願住。」母即分付鬟爲治一室，而使爲夫婦。約僅二年久，飲食起居與世間不異。嘗有駛卒持書至，曰：「眞仙邀迎國母，請赴瓊室。」即命駕而出。自此旬日或一月必往，其眾悉從。楊獨處洞中，他日言於母：「乞待行。」母曰：「汝是凡人，欲去不得。」如是者累累致懇，忽許之。飄然履虛，如躡煙雲，至一館宇，優樂盤殽，極爲豐潔。至者占位而坐，鬼母導楊伏於桌幃，戒以屏息勿動，移時宴罷，乃焚燒楮錠，漸次聞人哭聲，審聽之，蓋其妻子與姻戚也。楊從桌下出，喚家人名，皆以爲鬼物，交口唾罵，唯妻泣曰：「汝沒於大海，杳無消息，當時發喪行服，招魂卜葬。今夕除靈，故設水陸做道場追薦，何得在此？莫是別有強魂附託邪！」楊曰：「我眞是人，元不曾死。」具道所值遇曲折，方信爲然。鬼母在外招喚，繼以怒罵，然不能相近。少頃寂然。楊氏

〔註107〕見姚秦涼州沙門竺佛念譯《出曜經》卷二一、如來品之二，佛典所記甚多，不一一列之，見錢鍾書《管錐篇》第二冊，第790頁。

呼醫用藥調補幾歲，顏狀始復故，乃知佛力廣大，委曲爲之地。

縈絡被體之羅刹女成爲裸形之鬼國母，直接以鬼類當之，附會以當時水陸法會而成鬼群冥集，藉是而得以返家團聚，終以佛力廣大，則不失佛教色彩也。

而〈長人國〉、〈長人島〉及、〈海外怪洋〉均記巨人取落難者食之，其事與《廣記》卷四八一新羅引紀聞者同，而無婦女縫紉事，而《廣記》同條引《玉堂閒話》記揮劍斷大人三指，「指粗於今槌帛棒」，實與〈長人國〉：「成持斧斫其手，斷三指，指粗如椽」，〈長人島〉：「斷其一臂，長過五尺」同意。

〈猩猩八郎〉記落難至猩猩國，聚妻生子，有船來，乃攜子去，無追者，較無神異事，〈島上婦女〉及〈海王三〉二事近之，惟島上除婦人外，別無他人，乃得船而去，婦哀絕，且對其人裂殺三子，而〈昌國商人〉則爲落難而成島人戲弄之對象，前三事娶妻生子至絕義，尚略近乎羅刹女故事之結構，後者幾予人寫實之感，蓋宋代海上交通盛於前代，故鬼國傳說亦趨於平實，此由海外仙山之說，在《夷堅志》中一無見錄者，可知也。

四、幽冥地獄

地獄說來自原始人類對鬼魂去處之探討，我國之地獄說，亦在此一基礎上，逐漸形成泰山信仰，至六朝受佛教影響，使其內容更形豐富。地獄說是我國宗教信仰重要之內容，在進入民眾現世利益思想中，必須和禍福生死之賞罰相結合，而藉進出冥界以印證，是以冥界遊行成爲宣揚地獄說之最主要方式。

日人前野直彬〈冥界遊行〉對於六朝志怪入冥有深入之探討，〔註108〕唐以後有關此一主題之故事仍多，《夷堅志》對此特感興趣，數量尤多，日人莊司格一有見於此，乃以此書「蘇生」故事爲主題，專文闡述，〔註109〕實際上亦包含〈冥界遊行〉之範圍，雖復活者，未必嘗入冥，然冥界遊者，多死而復活也。〔註110〕茲借以略述此一主題故事之進展。

〔註108〕前野直彬著，前田一惠譯〈冥界遊行〉，《中國古典小說研究專集》4，第1～45頁。

〔註109〕莊司格一，〈《夷堅志》における蘇生說話につとて〉，《東洋文化》復刊第四十四、五合併號，第22～35頁，此文所據之本，乃商務印書館所刊十萬卷樓本，註中已明言，然不失爲精闢之作。

〔註110〕如《甲志》卷七〈張佛兒〉尚未入冥，即爲二使蒙以狗皮，欲使直接受生爲犬，而使者遽以其祖母曾聽般若，即行放還，《乙志》卷十七〈宣州孟郎中〉，爲瘟鬼所挾持，《丙志》卷八〈衡山民〉祇是跌落田坎，暫時離魂，《丁志》卷五〈陳通判女〉爲外祖拘魂嫁與漳州大廟之王者，卷二十〈烏山媼〉則遭

（一）拘魂使者之形象

1. 身份走卒化

六朝志怪之拘魂使者，多出之以冥吏身份，如「趙泰」故事，冥吏不但乘黃馬，且有從兵二人，而《夷堅志》之勾魂者，則多為冥卒身分，其最常見為黃衣駛卒，不暇殫舉，其所以然者，主要是六朝與宋時之官府拘人之方式有所不同，其所以衣黃者，或祠廟中鬼卒形象之投射，當時漳州關雲長廟中偶像數十軀，，即有一黃衣急足（《支甲》卷九〈關王幞頭〉），可見非虛，此外，受佛教影響，亦有首兩角屹然者（《丁志》卷一〈左都監〉），顯然為牛首阿旁之類也。

2. 性情凶橫化

隨走卒之形象而來者，則為性情凶橫，六朝卷冥尚有乘輿（李清），扶掖以行（趙泰）者，〔註111〕至《夷堅志》則不然，如《甲志》卷十二〈高俊入冥〉條，記高俊為鬼所拘，逃至家，舉食器擲之，「彼人怒扼其喉」，俊立仆地，俊拒捕在先，冥卒施暴於後，尚情有可原，至於真有罪者，尚未推鞫，亦「捽其胸而毆之」（《甲志》卷十九〈毛烈陰獄〉），亦未免過當。所謂公門無好事，冥卒拘人，一以罪犯視之，難免誤及好人，如《乙志》卷十五〈趙善廣〉，趙本無罪，為持符者「捽之以行」，其後乃知為誤拘，而冥卒未受處罪，趙亦無有補償，但能自認晦氣而已；《甲志》卷一〈俞一郎放生〉事更奇，俞有善行，無故冥司召去檢校善業，在「病困時，為二鬼拽出」，大抵冥卒奉命辦事，有不暇知其案情，一律凶橫待之，習以為常也。

冥吏之凶橫，更有將錯就錯，不知改圖者，《甲志》卷十一〈黃十一娘〉，記黃女入冥經過。

> 追者與我俱行數十里，忽有恐色，曰：「吾所追乃王十一娘，誤喚汝。
> 今見大王，但稱是王氏，若實言，當捶殺汝。」

明知誤拘，尚凶橫如是，不幸入冥，豈有脫身期。六朝志怪對犯錯冥卒，多施嚴刑（康阿得），而《夷堅志》多不及此，無非見怪不怪，錯假成風。

走卒在現實社會地位卑下，而以職務之便得肆其凶暴，冥卒亦然，不幸遭逢，惟有輸錢求緩，《乙志》卷一〈更生佛〉條，記病困者見三黃衣吏持檄來追，

逢劫會，均非冥界遊行者。

〔註111〕 以下六朝故事，均據前野直彬〈冥界遊行〉所引，趙泰、舒禮、康阿得、瑯琊人出《幽明錄》，李清、支法衡、石長和出《冥詳記》，蔡支、蔣濟出《列異傳》，不另注出處。

乃命其家焚紙錢祝之，願延須臾，以俟其子歸，結果「三人喜，載錢以出」，及其子歸，三人又來勾其魂去，任務能夠完成，又有金錢之入，何樂不爲，想見當時吏卒收取例錢成風，乃有如是投射，去六朝冥吏收賄收入（李除），又遠矣。

（二）冥官種種

1. 判官之嶄露頭角

六朝志怪中，冥府之官制即不定型，除地獄主者外，大多亦有冥吏輔其事，間有水官監作吏、水官都督等職（趙泰），《夷堅志》亦不定型，惟充當冥府一級官員之判官，在當時亦開始扮演重要角色。

冥官爲陽官之投射，唐代即有判官介入冥司，《廣記》三八五崔紹（出《玄怪錄》）故事後段游獄部分，全在判官引導之下進行。

就《夷堅志》所見單一故事之冥界組織中，有主者、判官及冥吏俱全者，惟並不多見，大多有主者有判官而無冥吏（〈俞一郎放生〉）、或有主者有冥吏而無判官（〈趙廣善〉），或但有判官、冥吏而無主者（《甲志》卷十九〈誤入陰府〉）。由此可見判官之地位，與冥吏有重疊之處，惟判官時或可以代主者決行公事（〈高俊入冥〉），冥吏則不可，至於檢校善惡，推鞫案情，亦多判官爲之，其地位漸重，在《乙志》卷二十〈徐三爲冥卒〉中，尙有判官院之設置。

判官袍色有緋綠之別，據《甲志》卷十六〈誤入冥府〉，緋袍者爲左判，綠袍者爲右判，左右判之職務並未區分，綠袍者較近人情，惟《甲志》卷十三〈范友妻〉，記綠袍判官「滿面皆猪毛逆生」，且來收入魂氣，似又不善，《丁志》卷十七〈閻羅城〉條，張膊在城中所遇者，或朱或紫，惟緋衣者較通人情，且助其返陽，是當時判官之衣著，並未有文武善惡之分也。

一般而言，判官貪賄者不多，關說者間或有之，是亦世俗善惡之別也。

2. 官職名目之混淆

宋代冥界組織承襲前人之混亂，設官分職，名目不一，如總管司（《丙志》卷八〈黃十翁〉）、善部（《乙志》卷五〈張女對冥事〉）之屬，見於此而不見於彼，任意添置，不可方物，惟前人志怪常見僧侶出入冥界之記載，《夷堅志》而有「導冥和尙」，「凡人魂魄皆此僧導引」（《乙志》卷四〈張文規〉），亦僅此一見而已。總之，名目混亂，實無法予以系統化。

3. 冥官之隨意充任

人死而爲冥官，六朝已有，而且有庶民充泰山令、士族爲伍伯之倒置現

象（蔣濟），生前身份高低並不能決定死後冥職之地位，此《夷堅志》所同也，惟宋代庶民衹能充作冥吏，罕有為官者（見第六章），較前有所不同。

「死為冥官」之故事，並不以〈冥界遊行〉之方式表現，因此所見之官稱，與〈冥界遊行〉者，有同有不同，同者如〈閻羅王〉（《丙志》卷一）、〈泰山府君〉（《甲志》卷二十），此為冥司主者，固無論也，他如〈酆都宮使〉（《丙志》卷九）、〈忠孝節義判官〉（《丙志》卷十四）、〈掠剩大夫〉（《丙志》卷十）、〈掠剩相公〉（《乙志》卷四），名目更奇，與冥遊故事所見官稱全不相干，均有不值一顧者。

惟婦女之為冥官，《夷堅志》則有一例，〈張女對冥事〉中，據張淵道長女云：「故姻家宋氏母，見判善部。」洵為特殊，何以用女子為冥官，《甲志》卷二十〈斷妬龍獄〉條，有郭三雅妻被天帝檄，鞫龍王夫人殺妾案，或特殊案件需特殊身份者斷之也。

4. 冥司主者之不具體

地獄說在長期演變下，在六朝時，幽冥主宰為閻羅王之說，似已佔優勢，其實不然，宋代祠廟，東嶽為多，各地均有行祠，而在《夷堅志》中，大抵閻羅王信仰及泰山信仰蓋過地藏王信仰，[註112] 惟凡有閻王主者，必無泰山（《丁志》卷十七〈閻羅城〉），凡有泰山主者，則無閻王，其佛道教分立之故也。

同時受偽經十王信仰影響，地府十王亦進入《夷堅志》中，在〈俞一郎放生〉故事中，見地府十王，列坐殿上，個別出現者初江王一例，泰山閻王仍無具體關連。惟泰山府君辦案，尚有「奉上帝命」之情形（《志補》卷二四〈姚錫冥官〉），而閻羅王則未見。

此外，《乙志》卷五之〈司命眞君〉，亦為冥司主者，惟僅此一見，且故事中，司命召友人至，亦需「奏過天曹主宰」，其地位可知，然司命眞君判冥，終屬有據。《乙志》卷一〈更生佛〉條，其判冥局者，則為一佛，雖云佛名在《大涅槃經》中，以虞祺死後為佛，又判冥，斯過當矣。其餘如羅浮天王（《志補》卷六〈金源洞〉）等偶一判冥，非為冥司主者也。

冥界遊行之最大特色，其冥司主者多不具體，雖閻王、泰山常見，然大部分故事中，多衹云王者、主者或金紫貴人等形式出現，六朝時已然，前野

〔註112〕《夷堅・乙志》卷十七〈沈十九〉條，沈入冥受苦，將入湯鑊，而僧振錫現身救度，水頓清涼，身意甚快，此僧頗具地藏王菩薩之形象，唐人小說所謂一字天王之類均是（崔紹），惟此終在沈生夢中而已。

氏謂此乃泰山府君之名氣逐漸減小，事實上，部分原因當在調和佛道之爭也。

（三）入冥方式之擴大

六朝志怪之入冥，除迷途誤入者外，均爲鬼吏誤拘（趙泰），其所以誤拘，誤以其壽盡也，惟《夷堅志》中，其入冥原因，實較複雜，絕不僅止壽盡一端。

1. 懲惡抵罪

壽未有盡，以犯過故，召以入冥，視情節輕重，先決再遣，此一形式，六朝較少，唐已有之（崔紹），至宋則多，如〈趙善廣〉入冥後，未及問姓名，主者即據案怒色曰：「汝生前何以取殺孕婦？」雖趙係誤拘而來，然原先即以其有罪而使入冥者。《乙志》卷十六〈雲溪王氏婦〉，追到事主後，謂誤入之王氏婦云：「此人凡殺五子，子訴冤甚切，雖壽算未盡，冥司不得已先錄之。」壽未盡而入冥，祇以犯罪過重之故，因而取消未盡年壽，提早施以應得之刑罰，此或所謂陰譴。

惟亦有犯罪入冥，先召至地獄懲罰後放還，如《甲志》卷十一〈蔡衡食鱠〉，蔡衡全家戒殺生，惟衡偶食鮮鯉，乃被召入冥，未及見冥官，即被冥吏取鐵鉤貫頰掛樹間，數武士臠肉，頃刻而盡，約食頃，體已復故，乃放還，蓋使知警惕也。然而犯罪入冥者，亦有但施口頭警告，知錯即放還，未加刑罰，如《丁志》卷十五〈聶進食厭物〉：

> 北京人聶進，家世奉道，不茹犬雁鱉蒜之屬，唯進獨喜食，（遂入
> 冥）……進密舉首，見三人皆王者服，據案坐，諭進曰：「汝嗜食厭
> 物，雖父兄戒飭不敬聽，是何理耶？此等物亦有何好？」進伏地告
> 曰：「茲蒙聖旨，自此決當斷食。」王曰：「果能爾，當放還。」進
> 曰：「苟復念此，罪死不赦。」王命吏送歸。

事與蔡衡同，而不施刑者，蓋志怪流傳，本不拘形式，但取其勸善之意即可。

2. 對事供狀

陽間判案，固當據眾定罪，〔註113〕冥界斷案，亦常有召人入冥對供者，如《乙志》卷四〈張文規〉及卷五〈張女對冥事〉條均是，後者事涉洪邁之岳父張淵道，而冥司召其長女入冥對張浚殺曲端事，政治恩怨，女何由知，誠屬有趣。《乙志》卷六〈蔡侍郎〉條，冥司辦蔡居厚殺梁山濼賊事，召蔡所

〔註113〕宋代不合拷訊者，取眾證爲定，據眾定罪者，依律須三人以上。見竇儀等《重
　　　　詳定刑統》卷二九。

親王生對「詭作青詞誑上蒼事」，以確定其罪亦在於蔡，此蓋就其一生功過定罪也，故召有關人事往供。《乙志》卷七〈西內骨灰獄〉，入冥供狀者先後三人，後皆得還，倘不得還，則爲冤獄報應，而非冥界遊行也。

由於以對供之故入冥者，原皆無罪，均能放還，故《甲志》卷十九〈毛烈陰獄〉條，陳祈入冥前，謂家人曰：「吾往對毛張大事，善守我七日至十日，勿歛也。」蓋預知其能放還也，倘不能預知者，則如同故事中爲牙儈之僧，歸陽世時，茶毗已三日，以不合死故，「鬼錄所不受，又不可爲人」，「俟此世數盡，方別受生」，情實可憐，惟《夷堅志》祇此一例，大多皆能放還而身首不壞也，縱已不能預知，冥司亦能告之，此冥遊故事之定式也。

3. 判案供職

前人冥界遊行，多必須經冥司審問，然在《夷堅志》中，則有相反其事者，而出之以冥司邀入判案也，《甲志》卷十六〈吳公路〉條：

> 吳逵，字公路，建州人。政和間自太學謁歸，過錢塘，夢吏卒迎入大府，金章貴人在焉。揖吳坐上坐，吳辭曰：「逵布衣也，今遽爾，恐涉冒仕之嫌，必不敢。」貴人捨去。吳踞牀正面，吏抱案牘盈几上，以手摘讀。吳意郡縣間胥吏，乘己初視事，以此困我，未有以決。望廷下，已驅數囚，皆美男子婦人荷械立，大抵所按盡姦事也。吳大書曰：「檢法呈。」別一吏捧巨冊至，視其詞云：「姦人妻者以絕嗣報，姦人室女者以子孫淫泆報。」吳判曰：「准法。」吏相顧駭伏其敏，曰：「事畢矣。」遂寤。

吳時猶未仕，而判案嫻熟，決事敏捷，誠自伐其善也。類似入冥判案故事，在《志補》卷二四尚有〈李見鬼〉、〈何侍郎〉、〈龍陽王丞〉及〈賈廉訪〉等四則，前爲陽官判冥，後一並非主題所在，其判案或書案決行，或書判詞，均表現宋代推鞫制度也。尤可言者，〈李見鬼〉：每一至夜，即入一室判冥，外人皆聞問枷鎖聲，因目爲「李見鬼」，此蓋陽官夜爲陰官之傳說也。〔註114〕

判案乃是專門知識技術，並非人人所能，是以入冥者，乃各依能力，配合完成任務。知《乙志》卷十七〈錢瑞反魂〉，錢瑞爲吏人，爲舊日長官召入地府，乃爲其驗視案牘，結正齎呈，主者甚喜。至於《乙志》卷二十〈徐三爲冥卒〉，田僕入冥，又不識文字，惟有充當冥卒，笞箠人犯。

〔註114〕事亦見張邦基《墨莊漫錄》卷三。

凡入冥判案供職，均得放還，屬於暫時性司法職務，一方面滿足人類參予政治的慾望，另方面亦表現司法人才之難得也。

4. 無端檢善

官司召喚，均有重大理由，六朝志怪一律以壽盡爲說，而宋代至有無故入冥者，如〈俞一郎放生〉，平日爲善，實無過錯，病困時被捽以行，顯然奉召而入冥，目的亦祇在檢校善業，爲善而被檢校，祇見官司平日無故召入，泛濫成性也。

5. 生死一夢

復活爲志怪小說之重要主題，冥界遊行者亦然，在《夷堅志》藉夢以表現下，冥界遊行更具意義，《甲志》卷一〈王天常〉、《乙志》卷十〈梁元明〉均大夢一遊，冥間去來陽官判冥故事，均出此形式，〈趙善廣〉篇末，更特別強調一夢之後，「家人蓋不覺也」。

藉夢以寫冥遊，往往可以精簡多餘之情節，尤其回歸陽世之過程，更可予合理化，如是，故事勸善之主題，亦較能具體呈現，惟其能了悟生死一夢者，仍嫌不多。

（四）辦案過程之審慎化

1. 檢校身份

由於錯勾、誤勾、誤索者過多，其後雖皆放還，然爲保障權益，宋人所構築之冥界審理，較前審慎，冥界檢校身份，均甚詳細，一以生死簿爲主，《甲志》卷四〈鄭鄰再生〉條：

> 王問：「甚處人，何事到此？」鄰俯首答曰：「本貫信州，被追來，不知何故？」王命將到頭事祖來，以筆點一字，顧吏曰：「又卻是此鄰字，莫誤否？」判官攜簿前白云：「合追處州松陽鄭林。」

「到頭事祖」不知爲何物，既檢，王者又據簿審核，謹慎已見。而如《甲志》卷十三〈黃十一娘〉條，黃十一娘之父爲冥司主者，固知其誤追矣，而東向者命吏閱簿，稽之果誤，放還，且謂：「王法無親，今日卻有親。」其審慎態度益明矣。在此一情形下，有名字及生年月日俱同而時辰有異者，乃有不致誤拘而被放還之可能（〈高俊入冥〉）。

2. 權衡善惡

至於作爲行遣依據之檢校善惡，不外以簿、秤、鏡三種方式爲之，有就簿

稽其未來仍有官祿，而知爲誤入冥府者，如《甲志》卷十九〈誤入陰府〉；有以秤秤其善惡簿書之輕重者，而知當遣還而爲貴臣者，如《甲志》卷十六〈魏達可再生〉；又有持巨鏡下照，知其了無冤業而當還人世也，如《丙志》卷八〈黃十翁〉。秤之使用，較少見，用以象徵罪惡之輕重，尚見於〈毛烈陰獄〉、〈鄭鄰再生〉、〈劉小五郎〉（《丙志》卷二）等故事中，巨鏡一照，善惡立判，往日隱慝，一無遁形。簿與口訊較多，然均不若巨鏡之照，大秤之秤也。

3. 推鞫案情

至於冥官推鞫，亦較爲謹愼，如《丙志》卷十一〈李主簿〉條，主者且追本處山川之神供證，知李氏前身並未推妻墮水。《丁志》卷十七〈王積不飲〉條，主者命左右持陽世文案來，反覆閱視，知王積未涉冤獄，喜曰：「汝果無罪，幾誤殺汝，今遣汝歸。」

4. 稽善放還

年壽未盡，固當放還，六朝志怪已然，且有以子幼孤弱爲由，乞命延壽而蒙准者（琅邪人），《夷堅志》中亦有之，如《甲志》卷一〈天台取經〉條，冥官以其別有差使，祇延一年，其餘主者尚不敢無故徇情，有壽盡而主者召入冥，告以因有善業，當延壽而放還，此亦理之常。唯有事先不知其有善行，至則主動稽其善業，而行放還者，如《甲志》卷六〈俞一郎放生〉即是，無故入冥，主者問其善業，判官告以其天年尚餘一紀，并贖放物命已受生人身者三千餘，合增壽二紀，遂遣童子押回，此冥官見其人而主動稽其善業也，又如〈鄭升之入冥〉：

> ……主者問曰：「汝當死，有陰德否？」曰：「無」「嘗從軍乎？」曰：「然。」曰：「汝昔宣和中隨諸將往燕山，有二卒罪於將，欲斬之，以汝諫獲免。又汝在京師時，好以藥施人。有之否？」鄭曰：「頗憶有之。」主者曰：「有此二美，當令汝還。」取元牒判云：「特與展年放還。」

入冥者已忘其陰德，而主者明知故問，而終以放還，宋人斷案，好「爲人道地」，此其然乎！

法律之精神，在勿縱勿枉，有善行固當放遣，唐人小說犯人自言其善以逃譴（崔紹），文過飾非，情理所常，然如《夷堅志》之冥司主動稽查，除令人有寬縱人犯之感外，亦顯示其辦案之審愼也。

5. 先決後放

另一種審慎態度，則表現在先決後放，蓋凡誤入冥界，而有年壽未盡當放還者，因平生有過，以司法態度言，不應視若無睹，不待其壽盡再決，乃先決後放也，如《甲志》卷十三〈鄭升之入冥〉，放還之前，以其平生好飲，餘瀝沾几案間，積已數斗，須飲訖乃可去，〔註115〕結果飲至斗許，不能進，失手墜甕，乃醒，惟其復生僅旬日，其或不能盡飲之過耶？

（五）兩種執法態度

冥司主者之執法態度，關係到故事之發展，在六朝時，由於冥遊者多錯勾誤拘，因而在態度上，多未強調，《夷堅志》則不然，其執法之以恩以威，較為明顯。

1. 莊以蒞之

冥司主者，不論身份如何，威儀赫赫者居多，如「趙善廣」所見：「庭下侍衛峻整，威容凜凜可畏。」《丙志》卷八黃十翁所見：「王者旒冕秉圭坐，威嚴肅然。」始終未出一言，類似冥司主者，令人望之肅然，莫不起敬，蓋彼掌人生死福禍，如民父母，宜莊以蒞之。

在莊嚴威赫之氣息下，主者往往有喜怒不定之情緒表現，如「司命真君」之召余祠，先笑而委之以職，及嗣謝之，乃改口厲聲以叱，雖兩人在陽世有同官之誼，入冥則無恩情可言，是固表現依法論事之辦事態度，惟此一情形並不多見，故事仍以其「與真君有分」，得以放還，且使者「特遠相送」，可見欲一概莊以蒞之，有所困難也。

2. 情以徇之

冥官之公正性，在遇友人故識時，似多蕩盡矣，不免徇之以情，此六朝已然（賈偶），其不同者，《夷堅志》絕無故縱之情事，如《甲志》卷十一〈蔡衡食鱠〉條，施刑之後，謂主者係其父門人，問：「太師今安否？」答曰：「適方受刑，痛楚未定，少憩當言之。」蔡雖已入冥，以冥官生前位卑，乃萌故態，仍窮措大，冥官亦徇情，「命飲以湯，即不痛。」在此可謂徇於故主之情，惟終先已刑之矣。《乙志》卷一〈更生佛〉條，記鮮逑與餘充、稅中定同時就

〔註115〕《夷堅・丙志》卷八〈黃十翁〉：「世人棄殘飲食酒茗於溝渠，皆為地神收貯於此，俟其命終，則令食之。」類似記載《夷堅志》尚多，可見其為宋代地獄之新名目也，是乃賤穀之冥判，見劉枝萬，《中國稻米信仰緒論》，第 163～164 頁。

逮，述遇故人先死者曹惟吉，曹賀曰：「有鄉人在，可勿憂。」蓋虞允文之父，今判更生道，明日為更生佛，宜速往。三人果皆得釋去，雖亦嘗問平生修何善，祇是曲為之道地而已，然鮮述亦本無大過，乃得釋。

由於冥間有人情可通，故人之入冥，多有指示之者，如〈誤入陰府〉，李成季遇舊識販繒媼，媼以其常出入右判官家，為李關說，終得借右判之力還家，即屬一例。

（六）幽冥境界

冥界所在向為人所欲知者，自古以來雖有幽都、蒿里、泰山、酆都等傳說，然即使地點明確，世俗亦無法想像，故在志怪小說上，冥界所在，並無定所，從冥司主者之身份模糊，即可知也。

從六朝以來，有關冥界之說，大體完成下列三種說法：

（1）幽明隔河說：謂陰陽交界處為河所隔，甚至亦有隔海之說，而此河或謂之奈河（見《宣室志》卷四），而在《夷堅志》多屬無名之河，可見奈河之說，尚未定型，至於溝通兩界之橋樑，或有或無，或有船可渡，或凌虛以濟，形式不一，均未定型也。

（2）陰府城池說：謂陰府所在為一大城池，欲至此一城池，必須經過荒野，而陰府之外形，多為甲宅。

（3）幽冥洞府說：謂陰府所在，為荒野外之洞穴，其中陰府亦為宮殿（《法苑珠林》卷九四），此例較少見，《夷堅志》亦有，如《志補》卷六〈金源洞〉即是。

在此三種基礎下，一般對冥界之看法，宋人仍有所開展，茲述之。

1. 城隍冥府化

城隍為地方守護神，〔註116〕由於地方官親民之故，投射至城隍身上，遂使城隍具有審理幽明之職務，《夷堅志》屢見之，《三壬》卷三〈張三店女子〉條，記狐精祟人，道人牒城隍司拘捕孼祟事，城隍作紫袍金帶人狀，審理其事，即屬其例。此外城隍亦有收拘游魂滯魄之職務，如《志補》卷十六〈城隍赴會〉及《三己》卷八〈南京高通判子〉均是，使鬼魂不能出而祟人，是亦守護之意，但審理幽明案件，收拘游魂，本易予人冥官之形象，於是城隍遂有冥府之象徵，在《夷堅志》中，城隍亦在冥遊之列。

〔註116〕有關城隍考源，趙翼《陔餘叢考》言之甚詳，茲不贅述。

《甲志》卷二十〈曹氏入冥〉條，曹氏自言其入冥經過：

> 先姑喚耳。憶病昏之際，二婦人來，云：「恭人請。」即俱出門，肩
> 輿去甚遠。至官府，戶內留四曹，只記其一曰「南步軍司」，方裴回
> 無所之，遇阿舅生時所使老兵遮拜曰：「何得至此？」以姑命對。即
> 引入兩廡間，皆繫囚，呻吟之聲相屬。升自東階，舅金冠絳袍若今
> 王者，與紫衣白衣人鼎足議事，且置酒。聞舅語云：「三官更代，有
> 無未了事件？」頃之，送二客還。吾自屏間趨出拜。舅駭曰：「誰呼
> 汝來？」亦以姑對。舅與俱入。姑冠帔坐堂上，若神祠夫人。……
> 舅責曰：「渠家兒女多，何得招致？」姑曰：「以乏錢故也。」吾又
> 趨拜，且問：「需錢何用？」姑曰：「吾長女以妬殺婢媵，久繫幽獄，
> 獄吏邀賄，無所從得，不獲已，從汝求之。」又曰：「汝為吾轉輪藏
> 已盡用了，更為誦梁武懺救吾女。」少時，舅促歸。……

故事以入冥為主題，兩廡下有繫囚，雖未言舅為何官，然由長女「久繫幽獄，
獄吏邀賄」之情節觀之，當非最終審判之泰山酆都所在，否則何以不能救濟，
可見舅乃城隍之屬，是城隍亦在冥遊之列，《丁志》卷五〈張通判女〉故事即
屬類似情形。

2. 地獄遍在說

地獄所在雖無定說，惟其僅有，則古今所同也，《夷堅‧甲志》卷十二〈高
俊入冥〉：

> 昔東坡先生居儋耳，有處女病死，已而復蘇云：「追至地獄，其繫者
> 率儋耳人也。」近夔州戍兵高俊事大類此，豈非所謂地獄者，一方
> 各有之，時託人以傳，用為世戒歟！

東坡所說事，見《志林》卷二李氏子再生說冥間事，並未臆測地獄遍在也，
地獄遍在說乃洪邁以意逆之也，《夷堅志》中記冥府地獄甚多，形式不一，洪
氏此說，實為有感而發。

地獄遍在，則何處不可為獄，《乙志》卷十八〈嘉陵江邊寺〉：

> 中泰大夫王旦，字明仲，興州人。所居去郡數十里，前枕嘉陵江。
> 嘗晚飲霑醉，獨行江邊，……且二里，得一蕭寺，佛殿屹立，長明
> 燈熒熒然，寂不見人。稍行，至方丈，始有一僧迎揖，乃故人也。
> 就坐良久，忽悟僧已死，……語笑如初。存問交游，今皆安在。幾
> 至夜半，倦欲寐，僧引入西偏小室，使就枕，戒之曰：「此多惡趣，

> 毋輒出。須天且明，吾來呼公起矣。」遂去。旦裴回室中，覺境象
> 荒闃，不能睡，俯窺牕外，竹影參差，心愈動，登牀展轉，目不交
> 睫。不暇俟其呼，徑起出戶，遙見僧堂燈燭甚盛，趨就焉。眾方列
> 坐，數僕以杓行粥，鉢內炎炎有光，邇而視之，蓋鎔銅汁也，熱腥
> 逆鼻，不可聞。犇而還，復見昨僧，咄曰：「戒君勿出，無恐否！」
> 命行者秉炬送歸，中塗炬滅，旦蹶于地，驚而寤，則身元在石上，
> 了未嘗出，殆如夢游云。

此乃僧堂地獄，詭譎多端，誠令人有冥獄遍在之感。

（七）地獄之發展

　　游獄之情節，在佛教地獄說進入民俗信仰後，成爲冥界遊行之主題所在，其目的在宣揚地獄之存在及果報之有無，由於主旨皆同，故其中地獄之名目及其所施用之酷刑，反而成爲志怪作者所關注，而就此多所發揮，其中名目或有援自經典，似有依據者，然稽其名實，則已多不符，如灰河、泥犁是也，因而一般現象多爲標新立異，而且其構思往往超乎人類之理性與想像。〔註117〕茲就《夷堅志》所見，略述其發展之情形。

1. 重複施刑

　　短篇志怪多無法盡述地獄名目，因而往往就其特殊者，細加描繪，以朝慘酷及苛細發展。而其表現慘酷之方式，往往藉重複施刑爲之。

　　何謂重複施刑，蓋地獄對有罪之人施刑，刀山劍樹，銅柱鐵牀，至於身體焦爛，求死不得，可謂慘酷，就此以爲可收警世之效，然既遭重刑，以至粉齏，亦無刑可施，於是遂有重複施刑者，如《乙志》卷二十〈徐三爲冥卒〉，冥卒持箠笞擊罪人，應手爲血，以水噀之，乃復爲人，《支甲》卷九〈從四妻袁氏〉條，袁妻入冥，見夫「荷械加桎梏，帶籤曳索，群鬼驅以前，脫械去衣，束以薦，用鐮刀剉截如縷，流血塗地，須臾，一鬼持盃水，呼其名而噀之，即還故形，俄又復然，凡六七反。」如此施用，重複爲之，盡其慘酷也。〔註118〕

2. 名目苛細

　　罪無細不罰，此地獄施刑之基本原則，故志怪書亦多從細罪重罰而發揮，

〔註117〕見台靜農先生〈佛教故實與中國小說〉，（收在《中國文學史論文選集》）第1205頁。

〔註118〕《法苑珠林》卷十一記罪人入灰河受刑，故令不死，一再受刑，即類乎此。

在《夷堅志》中最有名者，莫過《志補》卷六〈細類輕故獄〉條，載許顏入冥觀獄事。

> 經長廊數十間，遙望一獄，數卒守門，獰惡怪狀，問何人，吏曰：「奉大王命，使來看獄。」須臾門開，即入，陰風悽楚，無所睹視，唯熾炭烈焰，有物如羊者，環而食之。箱籠在架，所盛皆僧衣，而衣冠數十襲，毀裂擲地，意怖欲還。二吏邀往第二獄，門卒悍猛尤甚，露刃怒立，予凜然若兵臨頸，大悔其來。所見皆列行馬鐵網，數重覆罩，禽鳥飛鳴。……須臾，至第三獄，不得已復進。未至，鬼卒彎弓奮劍，欲相擒捽，……一緋袍人諭群鬼使審實，自導而前。甫啓門，黑氣衝突，陰闇如夜，緋袍命持火來照，中皆列柵，灰厚數寸，蜈蚣蛇虺之屬，互相搏噬，火光熒熒如螢，閃爍眩目……。第一第二，名爲輕故獄，第三爲細類獄。

蓋輕故細類即化成牲畜虫蛇，互相搏噬，則以下之慘酷，可逆推矣，輕故細類之名，目的亦在嚇阻人類也。

（八）回歸返魂

冥遊以回歸爲終結，回歸之方式，雖較前人爲複雜，然往往亦顧及現實性，「地獄一年，人間十年」之說，絕不可見，而冥遊者以夢寐之形式，亦較前合理，初死之原因爲熱病、傷寒居多，至於復活之說，亦建立在「體溫猶在」之基礎上，無一不在合理化之下舖敍，死亡時間多爲三日，過是者少見，絕無六朝人壞冢復活情事。

1. 反魂驚寤

「反魂驚寤說」，在冥遊故事最爲常見，蓋藉由回程墮落、落坑、淹水等方式，驚寤而返魂，近人謂此一現象與收魂儀式之還陽法有關，〔註119〕由於《夷堅志》所收冥遊故事特多，故所見返魂方式，諸色均有，不一一述之。

2. 轉達救贖

回歸者在《夷堅志》中，往往爲不得歸者所託，充當消息傳遞者，如《甲志》卷十六〈郁老侵地〉，鄰人託其轉達家人焚所侵地券，以釋惡業，資受生也，《丙志》卷六〈蔡侍郎〉條，蔡居厚託所親王生語其妻速營功果救之，《乙志》卷四〈張之規〉，郡人亦託其轉達家人營功果救拔，惟類此「與罪人通言

〔註119〕見劉枝萬《閭山教之收魂法》，附錄八〈還陽法〉，第 356～372 頁。

語」之行爲，似非合法，故張爲獄卒，驅至王所，王曰：「能爲言之，理無所礙，彼此當有利益。」王者非惟縱容，且以功利爲勸，就鬼而言，既入冥界，惟救贖是求，如必須向人請託，亦有不暇計較者，《甲志》卷十六〈毛烈陰獄〉，被告定讞後，亦不惜向原告懇求，而冥界諸官，亦以「得道之人，當爲仙官」，凡「冥官主掌，非罪譴謫者不至」（《丙志》卷九〈酆都宮使〉），因而往往亦託人稟家救濟，《夷堅志》中〈徐三爲冥卒〉、〈張文規〉、〈黃十翁〉等故事，均有其事。

蓋其時地藏信仰已遠，《夷堅志》中，導冥和尚有之，而救贖和尚則未見，其欲超拔者，惟有依侍家人也。

以上冥遊故事，多基於前人之說而開展，如「冥食禁忌」、「冥間福舍」等子題，亦不斷重複出現，久之自然形成地獄傳說，而深入於民心，茲不贅述。本文但舉其較能代表宋人冥異色彩者言之。自冥卒以至冥司主者之形象觀之，冥司辦案所具有之現實色彩，實較前人爲濃厚，冥界之擴大及普遍存在，亦能反映現世官司之疊沓，地獄名目之苛細，亦見時人之重於心防，而他贖與自贖之間，家庭所扮演之角色，也非宗教迷信說所能掩蓋，類此種種，在宋時頗爲凸出，其於後人之影響，亦非淺也。

大凡異界遊行故事，皆循「出發──歷程──回歸」之敘述結構模式進行，在其深層結構之中，雖仍具有啓蒙救贖等原型意象在焉，但由於一再搬演，使人不免關注於其淺層結構上之變化，而忽視其內涵，因而異界去來，時令人有空手而歸之感，雖則如此，有關異界之傳說，仍藉此漸趨於明顯而固定，爲民俗信仰添入新生命。

第七節　觀念世界

洪邁之《夷堅志》，本無意於寓言，惟洪氏在鳩異崇怪之中，仍不免受當時根蒂於人心之民眾觀念所影響，其表現在作品之中，最明顯者，當爲定命觀念與果報觀念，茲就此以述之。

一、定命觀念

定命觀念來之於原始天命說，在鬼魂或自然崇拜中，人類往往將不可抗拒之自然現象，以及與預期不同之結果，訴諸於天命，此天命觀所以形成也。

天命思想在古代社會異常發達，自從佛教傳入中國之後，使原有天命思想與其宿命論產生混合作用，佛教宿命論是建立在六道輪迴因果報應之基礎上，而傳統天命思想，則在於上帝（或某一超自然力量）控制之中，兩者並不一致，但往往混為一談。事實上，世界各民族均有其天命思想，祗是表達方式不一，由於我國民眾在表達天命思想時，往往不暇計較天命背後之力量，故名為定命觀，實較妥當。

定命觀之進入志怪之列，本非異事，經史著作即多有之，符瑞之應，即屬天命，唐人小說，定命前定之類，專以宣揚其說，〔註120〕及至宋代，遂成為時人普遍之觀念，蒂固不可動搖，而表現在現實生活中。今就《夷堅志》所見，探討其實質內容，併及表現方式，以見其發展情形。

（一）功名前定

功名仕祿為士人最大願望，十年苦讀，一戰而捷，固有其人，然半生勤奮，屢試不第，所在尤多，宋代科舉為入仕之重要途徑，每逢考年，應試者特多，中與不中，孰能預料，一旦揭榜，尤概歸之於命，在《夷堅志》所見已多，甚而年次、座次、名次、考題等，一律均有定命在焉，可見此觀念，已深中士人之心矣。《丙志》卷九〈后土祠夢〉：

> 撫州后土祠，靈響昭著。宜黃士人鄒極未第時，致禱求夢，夢入廟詹敬畢，轉眄東壁，有大書一詩，睨而讀之，既覺，歷歷可記，詩曰：「天道本無成，明從公下生。溫黃前後並，黑闇裏頭行。大十口止各，常常啼哭聲。兩箇齊六十，只此是前程。」鄒玩其語多不佳，懼或死於疫。後以治平三年鄉薦，賦題曰「天道無為而物成」。次年省試，賦題曰「公生明」。列坐之次，溫州人居前，黃州人居後。時亮陰罷廷對，始驗前詩二聯之意。鄒仕終江西提刑，蓋大十口止各，「本路」字也。常常啼哭聲，刑獄象也。與其妻並年六十五而卒。夫四十字之微，而場屋二題，坐次先後，朝家之變故，官壽之終極，

〔註120〕《新唐書》丙部小說家類有《定命論》十卷，注曰：「天寶秘書監」，《宋志》作二卷，《文苑英華》卷七三七顧況《廣異記》序作趙自勤《定命錄》；《新唐志》另有鍾輅《前定錄》一卷，呂道《生定命》錄二卷，溫畬《續定命錄》一卷，呂書今節入類說，而鍾書有《百川學海》本行世，餘今佚，趙書日人內山知也之《隋唐小說論》第三章第四節〈趙自勤定命論（定命錄）にひいひ〉有考，其內容多以相卜預言應驗之方式，表現人生、婚姻及死生等定命觀念。

　　與妻室之年，靡不先見。吁！其異矣。

鄉薦省試題目，考場座次及廷對之罷，均在一夢中前定矣，既為前定，欲不中亦不得矣，如《甲志》卷九〈絢紡三夢〉，久試不利，不肯再往，主人強之，是歲登第，洵屬命定。

　　科第之高低有無，與宦海之上下浮沈，並無必然之相關，或少年得志，而沒沒以終，或半生困阨，得意於晚年，人生際遇本無一定，既不能掌握，於其得失，乃以定命為說，以此視之，仕祿豈無定哉？《志補》卷十〈湖口主簿〉，記黃開中第，以恩升等，即調湖口主簿，待五年闕，未赴而卒，未嘗食一日之祿，誠可歎也。又《甲志》卷七〈劉粲民官〉：

> 劉粲氏，字光世，衢州人，丞相德初猶子。少時夢人告云：「君仕宦遇中則止。」凡十餘歲，又夢如是者三四。及年五十餘，同至朝議大夫，積年勞不敢求遷秩，常以語人。其妻數趣之曰：「中散大夫，世俗所謂十段錦，不隔郊祀任子，利害甚重，夢何足憑，勿信也。」劉不得已，竟自列。命將下，謂其所親葉黯晦叔曰：「中散將至矣，萬一如夢，奈何！」受命不兩月，詣祖塋拜掃，得疾，一日而卒，壽止五十九。

仕宦有定，逾越不得，雖中奉為十段錦，不隔郊祀任子，利及子孫，然命有終數，子孫與命數，實不可兼得，命下不久，遂終於是，是官祿有定也。《甲志》卷四〈孫巨源〉，登第前即夢知官至雜學士，及拜龍圖，深以為憂，旋有執政之命，疑謂神欺，方再拜，疾作以死，終止於學士，亦命也夫。

（二）婚姻前定

　　婚姻前定之說，始於《左傳》宋仲子之為魯夫人，而以唐小說《定婚店》（《續玄怪錄》）最為知名，《夷堅志》表達婚姻前定觀念，當以《志補》十〈崇仁吳四娘〉最為奇異，其事則為張攫赴省試，得美人寫真於旅店中，旁題四娘，燈下惚覺軸中莞爾，俄有女子臥其側，與之盡歡，自是夜夜必來，試罷返抵邂逅處，女辭去，告以宿緣，後張議婚於吳氏，容貌似卷中人，且行四，蓋宿緣已成於婚前也，豈非異乎！

《夷堅・甲志》卷十一〈李邦直夢〉條：

> 孫巨源、李邦直少時同習制科。熙寧中，孫守海州，李為通判。倅廳與郡圃接，孫季女常遊圃中，李望見，目送之。後每出，聞其聲，輒下車便旋。邦直妻韓夫人，於牖中窺見屢矣，詰其故，李以實告。

一夕，夢至圃，見孫女，踵之不可及，亟追之，躡其鞋，且以花插其首，不覺驚寤。以語韓夫人，韓大慟曰：「簪花者，言定之象。鞋者，諧也。君將娶孫氏，吾死無日矣。」李曰：「思慮之極，故入於夢，寧有是。」未幾，韓果卒。李徐令媒者請於孫公，孫怒曰：「吾與李同硯席交，年相若，豈吾季女偶邪！」李不敢復言。已而孫還朝，爲翰林學士，得疾將死。客見之，孫以女未出適爲言，客曰：「今日士大夫之賢無出李邦直，何不以歸之？」曰：「奈年不相匹。」客曰：「但得所歸，安暇它問。」未及綢繆而孫亡。其家竟以女嫁之，後封魯郡夫人。

雖年不相匹，定命在焉，亦成良配，《丙志》卷十三〈金君卿妻〉，雖金比於其妻：「年長以倍，又加其六」，然亦以「因緣定數」，而無所辭，此外《志補》卷十〈花不如〉條，亦在定命之情況下，不數日而女夫死，遂改嫁士人林聰。

（三）死生定命

死生有定，富貴在天，人類之富貴功名成就，往往由生命之長短決定之，因而人壽之定數，無非定命觀念之根本所在，《夷堅志》在表達定命觀念時，往往強調大限之無可逾越，《乙志》卷十二〈秦昌時〉條：

秦昌時、昌齡，皆太師檜從子，紹興二十三年，昌齡宮觀滿，將赴調，見達眞黃元道，戒曰：「君壽命不甚永，然最忌爲宣州，若得之，切不可受，必死。」既而添差寧國軍簽判，不欲往，具以事白其叔父。叔父誚責之，遂受命。以九月十八日至家，五日而死，竟不及赴官。

昌時自浙東提刑來會葬，聞達眞在溧陽，往見之。達眞曰：「今年葬簽判，明年葬提刑，吾將往會稽奉送。」昌時怒且懼。明年十二月十二日，果訪之于會稽，取紙寫詩，有「二五相逢路再迷」之語。昌時曰：「壽止二年或五年邪？」曰：「否。」「二月或五月邪？」曰：「否。」「然則但二日五日乎？」曰：「恐如是。」時會稽守趙士彰、提舉常平高百之皆在坐，密問曰：「提刑方四十五歲，精爽如此，何爲有是言？」曰：「去歲見之於溧陽，神已去幹，曾與約送葬。壽夭，定數也，何足訝？今不過七日耳。」是月十八日，昌時具飯，召百之及其婿馮某，達眞在焉。昌時坐間取永嘉黃柑，手自銓擇。達眞隨輒食之。食數顆，又擘其餘擲之地。昌時以情白曰：「叔父生朝不遠，欲持以

為壽，願先生勿相苦。」達真嘻笑曰：「自家死日不管，卻管他人生日。」左右見其語切，皆伸舌縮頸。昌時不樂。顧百之及馮婿，招之出，自掩關作書，囑虞候曰：「若黃先生尋我，但以睡告。」虞候立戶外，忽聞筆墜地，入視之，已仆於胡牀，涎塞咽中革革然。其家呼醫巫絡繹。妻詹氏泣拜達真求救，笑曰：「吾曩歲固言之，今日專來送葬。命止於此，雖扁鵲何益？善視之，三更當去矣。」至時果死。

達真不過術士耳，在故事中，一如摧命使者，以昌時壽盡，咄咄逼之，一刻不容稍緩，而在定命之下，昌時之一意僥倖，委屈求生，避死畏命之情，躍然紙上，誠使人有天命不可違之感。此外，《甲志》卷十七〈徐國華〉條：夢金甲偉人告之「二十七甲」、「官不過員外」、「係七科」，且以神人暗示未來功名仕祿，殊不知大限已到，死後葬所，正東城墓園外第二十七行之第七穴，亦是定命，嘲諷意味足矣。

定命不可逃，命未至者，雖神亦不可奪之，《支乙》卷五〈顧六耆〉條，顧氏以「方享頑福」之故，雖廣營舍宇，屢犯禁忌，然凶惡如金神七殺者，亦莫如之何。又《志補》卷十〈王宣宅借兵〉條載冥府官吏來拘魂：

官人曰：「有婦人阿李，係合死之數，何得不見？」吏對曰：「他腹中帶一人來，未應同死，姓名乃四字番語，李明日辰時方命盡。」點訖，呵道去。（王宣借兵施）榮自知可免，冥行小徑，入竹林小憩。逢一婦人，皤其腹，以帕裹首，先在焉，蓋已受摑而未死者。天甫明，謂榮曰：「我姓李，懷身八月，遭此禍難，今將產矣！」榮乃扶持之。未食頃，聞兒啼聲，已生男子。婦了無痛楚，抱之滌於河。既畢登路，解裹首之帛拭之，指顧之次，為風所中，暈死。

合死則死，不合死則活，是定命也。

（四）嗣息有定

不孝有三，無後為大，生兒育女，本人類天職，惟在傳統男性主權社會中，乃有嗣男為重之觀念，嗣息之有無，非但關乎家族之延續，且為道德問題，豈不重大乎？《甲志》卷八〈黃山人〉條，記葉助天祐年壯無子，問命於日者黃某。黃云：「公嗣息甚貴，位至節度使，然當在三十歲以後，若速得之，亦非令器也。」天祐為之不樂。後官拱州，黃又至，筮之云：「君當生子，但必有悼亡之戚。」後生男，數歲而晁夫人卒，其子即少蘊，既擢第，為周種婿，周嘗延黃山人至，少蘊命之筮，告以「三年後當孿生二女。」少蘊深

惡其說。父子三問命，皆出黃山人之口，得子貴而晚則不樂，孿生二女則深惡之，可見時人重男輕女，貴子宜早生之觀念，至於有悼亡之憂則不暇計較，不論樂與不樂，均爲定命。

由於求嗣心切，祈禱祭賽，亦無不至，《志補》卷十〈魏十二娘〉條，記劉漿夫婦，年四十餘，屢得子不育，夢人來告：「無庸過悲惱，便毓貴子矣！……但往城西魏十二嫂處，覓一故衣，俟生子，假大銀合，藉以衣，置子於中，合之少時而出，命之爲合住或蒙住可也。」蓋命中有貴子，又必以出之以巫術行爲，而此置合之行爲，又出於夢中人告，蓋亦有命矣。

（五）資財有定

宋代工商業發達，經濟活動鼎盛，但在競爭激烈，相互兼併之情形下，財富逐漸向少部分人集中，人之乍貪驟富，往往予人深刻之印象，其定命思想，自然入焉。

1. 田畝前定

田畝爲農業社會個人資產之象徵，因此田畝之定數，往往是定命思想表達之範疇，如《志補》卷十〈田畝定限〉條

> 溫州瑞安縣木匠王俊，自少爲藝，工製精巧如老成。年十七八時，夢入府，見吏抱案牘而過，俊問之，答曰：「吾所部內生人祿壽籍。」問其郡邑，則瑞安在焉，俊拜祈再四，願知己身所享。檢示之曰：「田不過六十畝，壽不過八十歲。」俊時有田三十畝，自謂己技藝之精，既享上壽，何得不富，不以此夢爲然。後數歲，田至六十畝，又被縣帖爲都匠，所入甚厚，然纔得錢，即有他事，隨手費之，如是四五十年，其產竟不復進。方悟神人所告，乃止不復營業，年至七十九卒。

田畝既有定限，則一生經營，豈能踰越耶？

2. 屋宅前定

高樓華宅，爲個人財富之象徵，宅屋之易主變賣，往往具有家道陵替之意味，《夷堅·支乙》卷十〈陳氏貨宅〉條，最足以表達此一觀念。

> 陳玠者，建昌人，生計本厚，將新所居門，爲木工所欺，日趨于侈，自門至廳堂，一切更建，浸淫及於什器。歷數年，輪奐整潔，而膏腴上田掃空無餘。其始從事於土木也，當乾道丙戌之春，妻蔡氏夢人告曰：「轟君及第矣。」蔡曰：「他人及第，何預我事！」告者不

> 復言，但以錢二千緡置於地而去。蔡寢，以語夫。轟君，同郡人也，
> 是時方赴省，俄登科。十年後，玠家益以貧，蔡氏又死，略無一錢
> 可活，遂以宅售於轟，恰得二千餘緡。

陳氏以富營居，及前後一新，而宅屋則售於人矣，此宅舍之更替，而益以定命
之說也。

3. 金錢前定

　　金錢貨幣之入，爲最具體資財也，除正常取得錢財外，意外橫財之獲得，
更能表現定命思想也，從六朝以來，即有「寶精」傳說〔註121〕在焉，謂金銀
化爲精怪，寶精所在，即金銀所在，見《廣記》卷四〇〇、四〇一所收，寶精
故事，爲橫財致富最常見之方式，原先傳說型態，祇在乎寶精作怪（「何文」），
在唐代已有「有德者居之」之說（「蘇遏」），迄宋則多爲定命觀念所包含，《夷
堅志》尤明顯。如《志補》卷十〈謝侍御屋〉條：

> 邵武軍城內謝侍御家有別宅三間，極寬潔，爲邸舍，儎直纔百二十
> 千，人言中有物怪，多不敢居。乾道三年八月，武翼郎孫肇赴添監
> 酒税，以無官廨，欲居之。先與三少年往宿，相語曰：「屋如是而賃
> 費不及半，豈可失？吾何畏鬼哉！」時猶未黃昏，忽青光一道從後
> 起，揮之以刃，即散去。俄頃，婦女七八輩，歌笑而出，撼堂上二
> 空轎，出沒其間。肇心動，捨而之他。明年，陝西人李統領，解鄂
> 州軍職來，自言無所怖，挈家徑入。坐甫定，而十婦人已出，李仗
> 劍逐之，至廁，入于溺瓮而滅，李研瓮咄罵。待旦，命僕掘其處，
> 乃白金數百錠充塞於中。……李遂成富室。乃知無望之物，固冥冥
> 之中有主張者。孫肇非其有，故遇怪而懼。

寶精出沒，與鬼祟無異，既爲人掘金致富，然以定命爲居者所有之故，屋主
亦不敢據，充分表現資財有定之觀念。《甲志》卷四〈張待制〉條與此類似，
李氏以寶精作怪不敢居，而張南仲居之獲金寶，終以「咸謂地寶有所係，非
李所能享納」作結，亦說明此一觀念。

　　反之，財非所有，雖以勞力換取，一錢亦不可得，如《丙志》卷十一〈錢
爲鼠鳴〉條：

〔註121〕澤田瑞穗有〈寶精篇〉（《天理大學學報》七二），專門探討寶精傳說諸型態，
　　　　其所包含之觀念甚多，並不祇定命一端，就《夷堅志》觀之，尚涉及果報、
　　　　道德等觀念，然中以定命說較突出。

　　吾鄉里昔有小民，樸鈍無它技，唯與人傭力受直。族祖家日以三十
錢顧之舂穀，凡歲餘得錢十四千。置於牀隅，戒妻子不得輒用，每
旦起詹酞，摩捫乃出。一夕，寢不寐，群鼠鳴於旁，拊牀逐之不止，
吹燈照索，無物也。燈滅復然，擾擾通夕。蚤起，意間殊不樂。信
步門外，正遇兩人相毆鬥，折齒流血，四旁無人，遂指以爲證。里
胥捕送縣，皆入獄。民固愚，莫知其爭端，不能答一辭，受杖而歸。
凡道途正胥史之費，積鏹如洗矣。

民雖愚鈍，天意亦無所憫，定命爲愚，宜乎得錢而爲怪，終不可留。《丙志》
卷十六〈王省元〉條，未第時，家苦貧，令學生白父母豫貸二千，生持錢置
諸席間，王不覺，而夜夢二蛇往來蟠舞榻上，及覺，乃嘆二千之微，先旬日
得之，竟至於蛇妖入夢，此蓋俸日亦有定，不容早圖也。

　　《夷堅志》在「天地萬物，無不素定」之觀念下，充分將定命觀念加在
故事之中，時有瑣屑異常者，如《丁志》卷六〈陳氏杉木〉及《志補》卷十
二〈呂丞相〉之言棺槨前定、《支戊》卷二〈陳魏公父墓〉之墓穴前定、《甲
志》卷十七〈清輝亭〉之建築物命名前定、《支庚》卷三〈孫監酒再生〉之飲
食前定等等，不勝枚舉，以上均祇言其大要，并及其表現方式也。

　　從以上諸例見之，《夷堅志》之表達定命觀念，大抵可分兩種主要型式：
（1）預言：預言之方式，包含先兆之出現，占卜之兆象等，故事中凡預
　　　言多能應驗，其所以能驗，則在事已前定矣。因而以占卜徵異爲主
　　　題故事，均不免具有定命觀念。
（2）鬼神：在預言故事中，鬼神經常扮演預言性人物，然在資財維護上，
　　　則爲守護者之形象，寶精即其一例，因而鬼神在前定說中，代表先
　　　知者、守護者。

　　定命觀念在先兆迷信及鬼神結合下，惟有更加深入民心矣，《夷堅志》在
此，實提供明顯之例證，雖時有瑣屑，更見其浸淫於生活層面之深也。

　　同時，在宿命論下，定命亦可以是果報之結果，因此定命與果報說之間，
固有相互矛盾處，但在宗教邏輯上，亦可以圓其說，理論如此，但在志怪小
說形式上，未必不能分辨，茲篇所舉各例，均將果報排除在外。

二、果報觀念

　　報之觀念，來自於原治宗教祭儀，在中國，報與道德相結合，當在敬天

事民之時代，是所謂「天道福善禍淫」（〈湯誥〉）也，漢代天人感應說行，報應之說亦被納於其體系之中，其後佛教進入中國，其輪迴業報之說，將報應時間延長爲三世因果，充實原有今生報應觀念不足之處，漸次形成本土色彩之果報觀念，深入人心。

六朝時代，由於佛教盛行，教徒即以報應爲主題，藉由志怪小說以宣揚其說，因果、陰德、還冤、冥報之類，即其專書。〔註122〕唐人小說，師承其意，將果報觀念，擴展到各種類型之故事中，及至宋代，果報故事多已定型，但在內容上，深受現實生活影響，與前略有不同，同時，其所包含之民眾意識，亦較前爲強烈。

近人嘗以《宋人的果報觀念》爲題，〔註123〕就宋代涉及報應之行爲，分家庭倫理、社會道德、政治公道、人神關係及物與觀，分別予以討論，惟在取材上，一以《夷堅志》爲主，顯然偏重於此書所具之民眾意識而言，頗見精闢，茲僅略就《夷堅志》所表現果報觀念之方式而言。

（一）孝感動天

感應之說，盛於兩漢，行孝之人，惟天知之，亦惟有天能賞之，以孝感應於天者，是爲孝感，〔註124〕《乙志》卷三〈陽大明〉條，廬墓至孝，朝廷恩賜甚多，惟其間又雜以仙人贈詩之情節，所謂「陽君眞確士，孝行動穹壤」云云，又見《丁志》卷八〈亂漢道人〉條，則朝廷錄其事，豈僅止於孝行乎？孝感對象爲天，朝廷祇是執行善報也。

孝感有切身之急，多報在當時，《丁志》卷十五〈吳二孝感〉條，吳二定命爲雷震死，慮驚母，自坐野田以待罰，以「至孝感天」，宥其宿惡。即使不報在當時，天亦曲折爲之道地，《支癸》卷二〈李五郎〉條，李五郎有恩於張吉甫，及李不幸爲盜攀誣，爲張所脫，事當屬義報之類，惟李妻夢人謂之：「五郎有大難，緣有孝行，活祖母一節，上穹錄其誠心，特令張吉甫

〔註122〕劉泳《因果記》十卷、范晏《陰德傳》二卷，《隋志》、《新舊唐志》均著錄，書今不存，顏之推《還冤志》三卷，原書不傳，今有輯本一卷。

〔註123〕劉靜貞《宋人的果報觀念》，台大歷史研究所碩士論文，論文原本就《夷堅志》爲研究重點，其後又將範圍擴大，涉略較廣。

〔註124〕《太平廣記》卷一六一、一六二感應類中，以孝感動天者，有徐祖（出《搜神記》）、蕭叡明、解叔謙、匡昕、曾康祖（出《談藪》）、陳遺（出《孝子傳》）等均以孝故瘉親疾，而本身得善報者，如王虛之（出《孝子傳》）即是，母子並免禍者有劉京（出《九江記》）。

秀才來做一段果報。」則此又成爲孝感之故事也。

孝感故事之最有名者，當爲「燒身供養」，事出於《法華經》第二十三「藥王菩薩本事品」，燒身供養之行爲，本屬宗教犧牲祈禱之行爲，在民間則用作治療親疾之最後方式，如前述〈李五郎〉之刲股肉，《志補》卷一〈妙心行者〉之破腦出髓，同卷〈龔明之孝感〉之炷香灼頂，均屬其事，而親病以愈，其間固有金縢之義在焉，然出於法華信仰多矣！

孝感爲行孝善報之主要表現形式，《乙志》卷十二〈章惠仲告虎〉條，以「一念起孝」，而脫於虎口，所感雖非大，亦以孝故；至於《志補》卷十〈謝小吏〉條，父感其孝德，死而轉世而爲其子，亦屬善報，然類此鬼魂念恩報子之行爲，實爲少見，況本末倒置，不知應是父孝子或子孝父也。

女子孝道，表現在孝姑者特多，《甲志》卷十二〈向氏家廟〉條，以未能親事於舅姑，乃至孝於家廟，屬於特例，故其善報則在於家廟神靈來治療疾病，而非上天，其餘均同於孝子，能感應於天，《志補》卷一〈都昌吳孝婦〉條最爲有名，姑老病目孤貧，欲爲招婿接腳，吳泣不從，所爲孝姑事甚多，後竟爲天帝召去，與錢一貫，曰：「將歸供養，自今不須傭作。」錢用盡復生，姑目亦復明，洵屬神奇。

（二）不孝天譴

不孝罪重，雖陽律可治，惟親鮮有以不孝訟其子者，故端在上天施行最後審判，乃能治之，《志補》卷一〈陳曾惡子〉條有兩則故事，前者父以子不孝，乃詛之於神祠，願遭蛇傷虎咬。後者母以子不孝，泣而呼天，均遭報應，而同不訴於官。其訴於官者，則僅有《丁志》卷八〈雷擊王四〉條，然王父行未半里，子即震死，可見當時「不孝天譴」之觀念，實深中人心矣。

不孝震死之觀念，當時亦已盛傳，前述〈雷擊王四〉、《甲志》卷八〈不孝震死〉、《丁志》卷九〈要二逆報〉、卷十二〈陳十四父子〉、《志補》卷一〈褚大震死〉，均以不孝，爲雷震死，而《丁志》卷十二〈溫大賣木〉，《支甲》卷九〈梁小二〉、《支丁》卷四〈吳廿九〉亦以不孝，爲雷所震，雖不致死，亦面目全非，至於孝子孝婦命當爲雷震，以一念起孝而免死者，亦有之，如前述〈吳二孝感〉及《甲志》卷二十〈鹽官孝婦〉均是，不論天意或雷意，雷之於孝道，亦有裁奪之權也。

此外不孝之墮畜類，亦屢見不鮮，如《丙志》卷十九〈濰州豬〉，《志補》卷一〈陳婆家狗〉均是，而前述〈陳曾惡子〉爲虎所咬，《丙志》卷十三〈長

溪民）爲蛇所所咋，皆當爲天所遣以執行果報者，甚而《己志》卷七〈杜三不孝〉，在忽忽如狂時誤食蚊藥，亦若有超自然力量作用焉。

婦之不孝姑，〔註125〕在《夷堅志》墮畜類者爲多，如《丙志》卷八〈謝七嫂〉之化牛及《丁志》卷十三〈李氏虎首〉是也，不過婦不孝之情形顯然較少見，其受報不全以其事姑無狀一端，本性凶戾妬狠，亦是原因，《夷堅志》中尚有婦孝而子不孝者，如前述〈鹽官孝婦〉、〈梁小二〉等均是，大部分情形多是子不孝而婦不敢言，故報應在子者甚多，此乃由於子不孝所關乎者大之故。

而子不孝之對象，只母爲多，最大原因則在於女子「夫死從子」，子不孝，母無所託，以現實危機意識較強之故。

由於六朝隋唐貴族門閥制度下，上層社會子不孝父之情形，本多不見，因此前之志怪多未及此，《夷堅志》普遍表現民眾意識，因此前述諸例，多屬里巷小民，至於士族之不孝，多在不葬父一端，《甲志》卷七〈羅鞏陰譴〉及〈不葬父落第〉等均是，其報應則爲省試落第，蓋亦現實反映也，顯示士人及庶民之不孝有所不同。

（三）陰德福報

爲善不欲人知，人固無從以知，或欲人知而知者無法報之，是則惟有天知，惟天能福報也，所謂「積善之家，必有餘慶」（《易・坤・文言》），自古即有「陰德」、「陰功」之說，《廣記》卷一一七報應（陰德類）所列，均屬其例，在此陰德福報之說有其特色，茲列之：

（1）其爲陰德者，不論有無目的，均屬有益於人者，此人除非極惡者外，並無特定對象，但必須以素不相識（至少並無深交）爲原則，而施德者並無求報於此人。

（2）其爲福報，並無定質，或大或小，或邇或遠，與原本所施之惠，未必有關，在陰德與福報之間，往往需要說者強調其爲陰德福報。

（3）執行報應者乃冥冥中之天道，無可致詰。

關於有目的之積陰德，如《甲志》卷五〈許叔微〉，夢人告以「汝欲登科，須積陰德。」遂從事於醫，久之，所活不可勝計，復夢前人來，謂「藥有陰功」，遂以登第。顯然此爲有目的之積德，在此情形下，其福報亦較固定，《志補》卷三〈袁仲誠〉條，亦夢人云：

〔註125〕前人志怪亦有之，亦震死也，並不多見。《太平廣記》卷一六二〈河南婦人〉（出《冥報記》）。

> 君知士人中第，非細事否，要須有陰德，然後得之，大抵祖先所積
> 爲上，己有德次之。

由於福報可以預期，則主其事者，亦較明白——東嶽陰德司，此屬特例也，一般而言，陰德福報均無如此明白。

在《夷堅志》確爲陰德者，以救人之急者較多，如《志補》卷三〈曾魯公〉條，布衣時遊京師，有人鬻女於商人，繼又不忍也，魯公乃出錢使償其直，並約取其女，及載笋女來，曾公已去三日，蓋衹爲紓其困，本無意笋女也，篇末謂：「公至宰相，年八十，及見其子入樞府，其曾孫又至宰相，蓋遺德所致云。」又《支戊》卷六〈青田富室〉條，記青田水患，富室有船免於禍，惟生生之具，毫毛未能將，擬回船裝取，望水勢益長，一邑人皆騎屋叫呼，乃謂：「吾家貲正失之，容可復有，豈宜視人入魚腹，置而不問哉？」乃命子弟救之，所濟毋慮千人，水退邑屋無一存，惟富翁所居，按堵如初，此不顧家產而救人命者，洪邁謂：「有陰德者必獲天報，獨未知其後事耳。」蓋以尚有餘福也。此外《志補》卷三〈黃汝楫〉亦以救贖人命，得「五子登科」之福報。

拾金不昧亦類似救人之急者，《志補》卷三〈雪香失釵〉條，婢失釵欲自盡，弓手見之曰：「我實獲釵，本喜爲橫財，今乃令汝就死，我不忍也。」遂還之，後婢嫁渡邊民，懷其恩，因往溪頭挈水，見渡船人已滿載，中一人即爲弓手，邀還家，忽聞渡呼噪喧，出視，船到中流而覆，惟弓手以此獨免，雖當時衹是一念之仁，惟「陰德之報，豈不昭然」，類此故事，以《甲志》卷十二〈林積陰德〉最有名：

> 林積，南劍人。少時入京師，至蔡州，息旅邸。覺牀第間物逆其背，
> 揭席視之，見一布囊，中有錦囊，又其中則綿囊，實以北珠數百顆。
> 明日，詢主人曰：「前夕何人宿此？」主人以告，乃巨商也。林語之
> 曰：「此吾故人，脫復至，幸令來上庠相訪。」又揭其名于室曰：「某
> 年某月日劍浦林積假館。」遂行。商人至京師，取珠欲貨，則無有。
> 急沿故道處處物色之。至蔡邸，見榜即還，訪林於上庠。林具以告
> 曰：「元珠具在，然不可但取，可投牒府中，當悉以歸。」商如教。
> 林詣府，盡以珠授商。府尹使中分之，商曰：「固所願。」林不受，
> 曰：「使積欲之，前日已爲己有矣。」秋毫無所取。商不能強，以數
> 百千就佛寺作大齋，爲林君祈福。林後登科，至中大夫。生子又，

字德新，爲吏部侍郎。

以商人之富，原珠中分，固未嘗不可，積則一介不取，商人作齋祈福，似有益於陰德，然積父子兩世大用，豈在乎是耶？

「熱心公益」亦爲陰德所在，《志補》卷三〈七星橋〉條，仟作蘇長，以擇堅石可踐踏者七片，布置於溝上，使行者無滯，及暴死入冥，以造橋之陰德，乃延壽一紀，蘇雖富民，自亦以「身執役下里，平生食無盈餘，安能作陰德事」爲疑，然既有濟於公益，則有陰德也。

「見色不淫」亦有陰德，《丙志》卷二〈聶從志〉條，治邑丞妻病，得生，以身許之，不從，「以此陰德，遂延一紀，仍世世賜子孫一人官」，同書卷三〈費道樞〉及〈楊希仲〉亦然，費道樞拒絕長安旅館主婦之誘，明年登科，官至大夫，楊希仲爲人館客，正色拒主人小婦，妻夢神告：「汝夫獨處他鄉，能自操持，不欺暗室，神明舉知之，當令魁多士以爲報。」明年爲全蜀類試第一。《志補》卷九〈童蘄州〉，鄰家室女誘撓之，坐以待旦，終不及亂，後亦登進士，「識者謂童不欺暗室，當置古人中，天報施矣。」是皆不淫之報。

此外，辦案全活（《志補》卷三〈鄭庚賞牘〉）、輕財重義（《甲志》卷七〈蔣員外〉）等，莫不有福報，不勝枚舉，不論如何，均可以「義」字當之。

（四）陰譴惡報

所謂「爲不善者，天報以禍」（《說苑・說叢》），善惡在道德標準上，陳義頗高，而在現實法制上，並不能一以律之，且事有隱匿，雖爲不法，其誰知之，孰能治之，況心爲暗室，人無從窺伺，防僞杜惡，其在天乎，是有陰譴也。

陰譴亦有特色，茲述於下：

（1）其爲不善，固無大小之別，或偶一爲之，則已造業，或積習不改，爲禍已大，心欺暗室，亦在行譴之列，不論受害者知與不知，罪且不宥。

（2）陰譴之執行者，或爲冥冥存在之天道，或威嚴赫赫之雷神，或表現公道之陰司地府，較能令人掌握。

（3）排除鬼神因素在外，罪與罰之因果律更不明顯。

1. 賤穀報應

民以食爲天，輕賤五穀，必遭重懲，自古即有雷誅之譴，〔註126〕《丁志》卷四〈蔣濟馬〉條，蔣濟乘馬，道踐人麥田，或以米飼馬，結果爲雷所震，濟與馬皆仆地死矣。同書卷五〈永寧莊牛〉，亦以縱牛食人禾麥，人牛俱遭雷誅，是壞人稼穡固宜有譴，然牛馬秣即可，若食五穀，則併命焉，又同書卷十〈鄧城巫〉，以妖術敗五穀，天懲以久病折磨以死之苦，而不以雷擊者，蓋以上章於天而非雷也，凡雷擊者必雷神主動爲之，不待人求。

2. 抑米報應

囤積居奇，罪已不淺，斷米糧亦有報應，更有凶年閉糶，喧騰物價，尤不能赦，《志補》卷三〈閭丘十五〉即屬其人，晚年一意佞佛，布施僧侶而無所愛，然終不自改，致有嗜食羊矢之病，是爲陰譴，類此閉糶騰價之行爲，時人恨之已深，其報來何遲也，同卷〈林景度〉條，蜀郡以部內旱災，奏乞撥米十萬石賑贍，即有旨如其請，而給事林景度封還勑黃，以爲當實審斟酌而後與，終以半與之，旋即夢人來言：「林機論事害民，特令滅門。」未幾，林與二子相踵而亡，求諸族子以爲嗣，亦輒不終，竟絕嗣，賑災固亟，審實斟酌亦職責所在，本非大惡，或以其害民尤甚，故以滅門爲說，又何速也，是皆冥冥中有主之者。

3. 牟利報應

以貪財牟利亦有天譴，《志補》卷二十五〈鄱陽雷震〉載有二事，鄱陽一客舟載米三百石，其子貪惡，皆以水拌濕，仍雜糠殼夾和，載往下江取厚利，是日雷震其舟，米沈江中，顆粒不存。又有庵僧，斗量不實，一意牟利，正閱算簿間，爲雷所誅，腰斷其二，前後二事，均以貪利而不實米價而受報。

4. 罔田報應

「欺罔人田」亦爲陰譴所在，田畝爲五穀所生，在重農之社會裏，田畝各有定分，除非買賣，否則不容侵奪欺罔，《乙志》卷五〈張九罔人田〉，人欲質其田，而張九以斷骨契罔之，同書卷十一〈鞏固治生〉則欺人婦孺，以賤價買人田，而不履行給資終老之義務，均遭滅門之譴，《志補》卷七〈齊生冒占田〉雖不至滅門，亦在地獄受無量苦。

類似之例子，如《支癸》卷二〈黃州渠油〉之混以便溺，《支景》卷二〈許六郎〉之收高利貸等，均不無陰譴，其罪爲人所痛恨，訴於官又未必能勝，

〔註126〕劉枝萬〈中國稻米信仰緒論〉，《中國民間信仰論集》，第149～168頁。

勝亦未必能平，固假陰譴以說也。

由以上諸陰譴之行為觀之，顯然與農業社會之重米穀、重田產之觀念有關，配合冥遊故事中，浪費財務所受之處分而言，可見此類陰譴故事，惟有在宋代土地私有制度下，方能有特別發展之餘地，〔註127〕稽之前人志怪，尤可證明。

5. 口業報應

造謠生事，往往將傷及無辜，故亦有陰譴，《志補》卷二十五〈符端禮〉條，記淮浙疫癘大作，民蘇軫，好善樂施，招醫救治，郡守聞之欲助其事，而符端禮從而造謗，謂軫有意斂財，且欲形迹州府，軫聞之懼，遂輟其役，符未幾死，「一邦之人咸謂天實誅之」。無故謗人而使人不敢行善，是為口業，故得報，類似之例不多，一般多止於里坊搬弄是非，在陰間地府受拔舌之苦而已。

此外，則如《志補》卷三〈菊花仙〉不能修己，妄逞私憾，對於士人，亦有緩舉之報，可謂無微不入，是陰譴之於庶民，多在私利，對於士人，多繫乎微行也，以《夷堅志》之事例言，前者較多。

（五）不殺生報

1. 放生善報

以放生為主題之故事，在六朝志怪以降，即有「魚鼈乞命」之故事在焉，其梗概則謂有魚鼈將烹，託夢乞命於人，人不知所以，次日見物，始悟其本末，乃放生。〔註128〕類似故事，《夷堅志》多有之，亦以水族為常見，間及其他牲畜也。一般而言，乞命而後放生，但謝而已，如《丁志》卷二〈二鼈吟哦〉是也，蓋本在必殺之列，其乞命但欲求憐而已，固無善報可與，如《丙志》卷五〈鼈逐人〉條，其放生似在惡報之威脅下也。惟《志補》卷四〈村叟夢鼈〉，以所夢者本非供己饌，出錢救贖，故再夢鼈謂：「今君家五世大富，一生無疾，壽終升天。」鼈能賜福，而不克自保，亦屬奇事哉，其餘均在冥司對簿時，乃知有此善報可延壽也，如《甲志》卷六〈俞一郎放生〉是也。

2. 不食牛報

屠牛之禁，久懸律令，蓋牛在農業社會，有其特殊地位也，故殺生之戒，

〔註127〕對此劉靜貞特別揭櫫宋人財有定限及財有定分之觀念。
〔註128〕《廣記》卷一一八報應（異類）類多載其事，漢武帝（出《三秦記》）之大魚，劉之亨（出《渚宮舊事》）之鯉，宗叔林（出《夢雋》）及嚴泰（出《獨異志》）之龜，非水族則有桓邈（出《夢雋》）之鴨。

以此為首，然禁殺莫如戒食，不食牛報，用輔其說，《夷堅志》多有其事，《志補》卷四〈李氏父子登科〉條，李氏夢人來謂：「此一鄉皆食牛，而爾家三世獨不食，當父子皆登科。」其後果然，三世不食乃有此二世登科福報；至原應登榜首，食牛乃有罰，同卷〈顧待問〉條，夢往仙府看榜，末甲原有其名，而以墨塗去，一真官謂：「以汝愛食牛肉，姑示罰耳。」戒食之後乃登第，是皆不食牛報在科考也。至於非士流之不食牛者，亦有福報，《乙志》卷十七〈翟楫得子〉條，翟年五十無子，懇禱甚至，夢人送子，惟一牛橫陳，不可得，蓋酷食牛肉故，遂誓闔家不食，以是得子，在此勸善之意味，較為濃厚。

（六）殺生惡報

佛教以戒殺為說，殺生之報，六朝以來，固多講明，就《廣記》所載，〔註129〕不論是否因為職業之故，均有報應，雖不親屠，酷食亦有罪罰，而殺生者，或牟利、或酷殺、或引以為戲，受譴不少，至於牲畜跪拜乞命，尚有不顧者，類似故事，在《夷堅志》亦多有之，在結構上，大致相同，以魚鱉乞命同有在精怪故事範圍之內。

在《夷堅志》中，殺水族之報特多，而且故事多發生在錢塘江一帶，如秀州、臨安等地，所以獲報，多在料理方面，如《甲志》卷二〈鱉報〉，殺鱉時先以手斷頸瀝血，卷四〈陳五鰍報〉，取鹽蜇鰍以入味，卷十一〈食蟹報〉之以糟治蟹，而報應則在死狀相類似。其他殺生之報亦然，非死狀相類（《志補》卷四〈程立禽報〉），即為所殺之物所食（《丙志》卷二〈長道魚翁〉），均由畜牲物類自我了斷，一如前人志怪。惟殺牛食牛者之報，乃有入冥受罰者（《乙志》卷一〈食牛夢戒〉），顯然以其罪甚重有關。

「殺蠱報應」為《夷堅志》最慘酷者，惟洪邁多先言其出處與古人同，如《甲志》卷五〈江陰民〉篇末：「此事與《三水小牘》載王公直事相類。」《支甲》卷八〈符離王氏蠱〉首以《酉陽雜俎・支諾皋》新羅蒸蠱種事，或說者取之於是也。後者涉及叔嫂之情，前者與《丁志》卷六〈張翁殺蠱〉同，均以桑價翔貴而起殺蠱牟利之心，以致全家滅門之禍，《支景》卷七〈南昌胡氏蠱〉事亦近，惟妻不從，故禍祇於其身，然亦慘烈，在王公直故事中，王雖有殺蠱之實，而無殺人之事，然洛陽府尹謂：「蠱者，天地之靈蟲，綿帛之本，故加剿絕，與殺人不殊，當置嚴刑，以絕醜類。」（卷上）此或宋人於殺

〔註129〕見《廣記》卷一三二及一三三。

蠹報應之慘酷所本。

（七）亡魂報恩

亡魂報恩之故事，在於「收埋屍首」一端，然亦多口惠而已，如〈三山陸蒼〉（《支景》卷三）偷竊考題以報恩之類，〔註130〕並不多見，詳見第六章第二節。

「生恩死報」〔註131〕在《夷堅志》中較少，其或已登鬼錄，恩報自有公斷之故，《志補》卷三〈高南壽補盜〉條，記高南壽赴省試時，遇弓手無以圓案投繯，非但救之，且傾囊以資，其後登第來為尉，適邑有凶盜劫案，州督捕甚峻，竇未有計，時弓手已死，鬼魂現形來告寇所在，並為前導，遂捕群盜，不遺一人，高以此用賞格改京秩，是亡魂報恩之例也。

（八）亡魂報仇

殺生猶不可赦，殺人之罪，豈可貸乎？其報應之方式，第六章第二、三節言之已詳，茲補述之。

由被害人直接向害人者索命，純屬鬼魂報仇之方式，害人者固有親手殺人者，如《乙志》卷三〈王通直祠〉即是，王為錄事吏所毒殺，立即附體於凶手，藉明其事，使凶手伏法。

害人者實為主謀，並非親手殺人，所謂借刀殺人，就報應而言，亦與殺人等，如《乙志》卷十九〈馬識遠〉條，馬識遠有退敵功，通判初有降意，慮禍及身，乃先發制人，嗾人殺之，而冒其功，馬後亦化冤魂報其仇。

斷案不明，「冤獄殺人」，其主司亦為鬼魂報復之對象，《乙志》卷六〈袁州獄〉及《丁志》卷二〈孫士道〉、卷七〈張氏獄〉均是，明知冤獄，或以邀賞，或圖穩便，不詰其情，坐人於死，實同殺人，冤魂亦臨門報復。

處事不公，使人含冤，以致自盡，用洗清白，雖無殺人意，實肇致死因，亦屬殺人也，如《甲志》卷十八〈楊靖償冤〉及《丁志》卷九〈張顏承節〉均是，其後冤鬼臨門索命。此外亦有犯法而遭勒索，求貸無藝，不堪其擾，

〔註130〕六朝志怪中，以收埋屍骨得報者有之，《幽明錄》載尋陽參軍夢一婦人前跪，自稱：「先葬近水浸沒，誠能見救，雖不能富貴，可令君薄免禍。」如其言，行東橋，牛奔直趣水，得無恙，是其報也。

〔註131〕子恩父報則有之，《左》宣十五年魏武子嬖妾之結草之報即是。《幽明錄》載姚牛父為人所殺，牛刃之報仇，官長矜其孝，多所救免，後逐鹿草中，有古深窪數處，馬將趣之，幸姚牛父魂來救，謂：「感君活牛，故來謝恩。」

竟致自殺者，如《丁志》卷十七〈淳安民〉條，均屬被迫自殺，其迫人者乃
為鬼魂糾纏以報復。

「醫藥殺人」，醫者當受其辜，或恃技勒索而誤事，或施藥不當而致命，
其與殺人何異？《丁志》卷十〈徐樓台〉、〈符教授〉及〈水陽陸醫〉均屬其
類，至有病者質疑，仍不之顧，以致害生，死者難瞑，暫瘥問名里貫而後逝，
以俟來日索命，如《支庚》卷十〈劉職醫藥誤〉即是。

此外，為朝廷剿寇，雖忠於國事，但濫殺無辜，亦有冤報（《甲志》卷十
四〈芭蕉上鬼〉）、棄元配而另娶（《志補》卷十一〈滿少卿〉）、罔倡錢而敗盟
（《丁志》卷十五〈張客奇遇〉），致人抑鬱以終，是殺其人也，冤魂必不緩其
報，而人死為鬼，鬼魂實為生命之延長，壞人冢宅，及於屍骨，使魂魄無歸，
亦同於殺人，鬼亦有所不貸（《丙志》卷十九〈餅家小紅〉），是冤魂報仇，事
有多端，亦不能盡。

至於鬼魂報冤之方式，自力索命者居多，前述故事均是，附體說冤者，
大多欲先昭其事，以遂其志，亦有被人召考，不得不白，至於詣官訴冤，申
法報復者，如《丁志》卷十五〈水上婦人〉條，並不多見，惟此實已開後世
公案小說之途徑也。

（九）前世冤業

受佛教輪迴報應三世因果說之影響，以為業力絕不因今生而斷滅，今生
業力，將於來世轉生，故今生果報，乃因緣於前世造業，因而民眾意識中，
鬼魂無端索命，或人無故相殺，實乃前世冤業也。

《夷堅志》表達此一觀念者甚多，如《甲志》卷一〈三河村人〉為胡騎
射殺，蓋以前身在唐為蔡州卒，吳元濟叛，胡之前身以王民治塹，為卒所殺，
故於此生償命；同書卷二〈趙表之子報〉，亦以前生守晉，因事繫民母，遂失
所生子，故今生亦於唐時南晉州地有哭子之戚；《丙志》卷七〈安氏冤〉，安
氏前生為蜀商之妻，因姦謀殺親夫，冤魄追跡二十五年始得，《志補》卷五〈婺
州富家犬〉，家犬突咋主人，及散樂倡女，蓋二人前生為夫妻，因故殺僕，僕
無他善緣，故轉生為犬，於今世報仇。

類此前生冤業，就今世而言，實為無故受報，然其冤業之解，在當時意
識中，相殺之後，即償冤斷業，如《志補》卷五〈王大夫莊僕〉、〈趙興宿冤〉、
〈婺州富家犬〉均是，當即「陽間地府，皆亡斷遣，各隨緣託化了」（〈趙興
宿冤〉），而亦有道士以「冤冤相報，寧有窮期」為解，令作「善緣」薦之，

俾「盡釋前憤，以得生天」（〈安氏冤〉），則不殺亦能解冤，但需設醮以薦。《甲志》卷八〈佛救宿冤〉條：雖以「佛救」爲題，然佛祇告以：「汝有難當死，吾無策可救，緣前世在黃巢亂中曾殺一人，其人今爲丁小大，明日當至此，殺汝以報，不可免矣。」次日果有人欲殺之，張問其名，果爲其人，遂以佛言告之，其人憮然擲刃於地曰：「冤可解不可結。汝昔殺我，我今殺汝，汝後世又當殺我，何時可了？今釋汝以解之。」是亦冤冤相報爲說，然其人有可解不可結之悟，至於前世冤業，再生化子取債，《志補》卷六〈周翁父子〉、〈王蘭玉童〉、〈徐輝仲〉等條均是，〈王蘭玉童〉，一人再生爲二人，洪氏自言事與《逸史》盧叔倫女及《續玄怪錄》党氏女同，然未有如是之奇也。實出佛所料，亦甚有趣者。

（十）敬神福報

我國果報觀念是在民間信仰下根蒂人心，故宗教神祇之敬禮崇拜，當爲最根本之求報行爲，而神祇亦當以信徒之虔誠，以制定賞罰禍福，禮佛、造像、誦經等宗教行爲，基本上爲古人佞鬼媚神精神之延續，而在祭禱儀式及偶像崇拜之上，加以淺深不同之宗教外衣，由於此類宗教行爲本即帶有酬答報償之意味，是以多含「報」之觀念在焉。《廣記》中報應類凡三十三卷（卷一〇二至一三四），有關宗教靈驗者，幾佔其半，是時人將誦經、造像、抄經等靈驗視爲報應也，固未有不妥，惟今見之，其主旨大多宣揚持經造像之效應，仍宜視之爲靈驗也，本章第五節已多涉略，茲不贅言，惟就怖施、供養而言，禮佛、供神均應有福報，則其所獲之驅邪、治病、超拔、升仙等靈驗，亦可視爲福報，惟志怪書實不必從於教理，強爲之解。

（十一）不敬神報

不敬神報，在本章第三節已略言之，茲補述之。

「祭如在」，不信神，則爲宗教之大忌，已有重報（《乙志》卷二人化犬），況立論以排之者。《志補》卷十四范礵與其友魏康侯著《無佛論》，以排釋氏，報在立殂，再世亦嬰癩病，短命而夭。

雖未必不信神，「慢神獲譴」，乃是不敬神報之最大原因，如戲侮神像，乃係對神明威靈之挑戰，《甲志》卷六〈胡子文〉戲掣東嶽廟惡判之筆，爲召回廟中痛叱之；向神廟借錢，意欲不還，亦形同慢神，《甲志》卷五〈趙善文〉即是，誦經償債，至於《丙志》卷四〈孫鬼腦〉慕廟神夫人，存心不良，亦

遭換頭之報，《支甲》卷二〈黑風大王〉亦有意媟瀆后土，立有遽變，《支癸》卷四〈楊大方〉，將赴漕試，致禱廟神，三擲不下，遷怒判官，控鬚批頰，其罪至大，賴善判分解，念為士人酒誤，遂使充惡判，亦立死也。

「許願不償」，雖無意藐視神威，但不能時時存心，為消極性慢神，亦有所罰，《丁志》卷六〈泉州楊客〉，每遭風濤之危，必叫呼神明，指天立誓，許飾塔廟，設水陸為謝，纔達岸即忘，後見神來責，甚恐，乃欲以十一酬神，次日火作，所有皆為煨燼，遂自經以殉，是為惡報。

此外，僧道章奏不謹，看經不實，均有嚴懲，僧道以事神為業，其行尤謹，為報甚重，「盜常住錢」，形同侵佔神物，《甲志》卷七〈法道變惡鬼〉即以此受罰；修身不謹，犯酒肉戒，亦何以事神，《支甲》卷一〈普光寺僧〉即是；虛受人施，虧負經債，更無所逃譴，如《志補》卷二五〈蒙僧首〉與〈梨泥獄〉均是，同為不敬神之報。

（十二）墮畜宿業

三世因果說在民眾意識之中，今生業力，往往成為來世墮畜之果報，六朝以來，屢有此說，志怪書所見多矣，由《廣記》卷一三四所錄，可見其故事結構，亦大致完成。有以下諸特色：

（1）欠債作畜：欠債不償，來世為畜以償，所欠得償乃可解脫。

（2）訴說因果：既墮畜類，在故事中，必須特予強調，乃能證為宿業，在志怪小說中，多由鬼魂託夢或畜自說因果，以證不虛。

（3）社區性轉生：墮畜亦轉生再生之類也，故亦有再生故事之社區性，畜類多投生在社區成員家中，中以現在居地為多。

以上三種特色，在《夷堅志》以前均已成型，故其書多藉以闡明果報，而略加變化。

「欠債作畜」在《夷堅志》最為常見，言《乙志》卷七〈夏二娘〉之為驢，同書卷十三〈高縣君〉之為驢均是。《甲志》卷十四〈許客還債〉，許父夢烏衣客來，言欲還錢三百，次日有黑鴨來，日墮一卵，及三十而不至，恰值三百錢。《丁志》卷五〈張一償債〉條，張貸二千，子本倍之，屢督不償，債主乃以求本錢為請，張稍與之，仍負八百，張死後作債家犢，不日死，賣與鄰屠，索價二千，止得八百，正償原值，是絲毫不少也。

欠債之方式，未必一般性借貸，如《支甲》卷八〈汪氏庵僧〉，虛受供施，死後化菌為人所食，《支景》卷四〈寶積行者〉，侵人田地重荣，使人收入減

少，化豬償債，均屬間接性欠債。

前人墮畜，多報在來生，《夷堅志》則有今生償之者，如前述〈寶積行者〉，在病困間，即被黃杉公人以黑衣加體，立化成豬，《甲志》卷七〈張佛兒〉暴死之後，亦有二使以欠人錢千五百爲由，欲以花被裹之，欲其化斑犬償債，幸以祖母嘗聽盤若，乃縱其復生，亦似今生償者。

墮畜之報亦有不以償債形式出者，生前有大惡，則墮畜類，以販屠牲畜爲業者，亦有墮畜報，《甲志》卷七〈張屠父〉及〈張承信母〉均是，前者以屠墮犬，後者以販墮豬。爲惡鄉里亦有墮畜之虞，如《甲志》卷四〈俞一公〉及卷十七〈人死爲牛〉即是，前者使氣陵鑠鄉里，後者掊克民財，均墮馬牛爲報。

在畜類肢體上現字，以明果報者，在《夷堅志》頗常見，如《丙志》卷七〈大瀆尤生〉，白犢脅下黑毛成七字，「尤廿三曾作牢子」，以表其有隱惡；《支戊》卷四〈房州保正〉，犢腹下白黑毛相間，成「保正李政」四字，以明報在此人。

大體而言，《夷堅志》中墮畜宿業之社區性仍強，此與前人同也，故《志補》卷六〈張本頭〉，以宿業墮爲吳家驢，雖託其女往贖，吳知爲本頭，素所切恨，愈不可，凌虐有加，不少寬貸，歷五年失足溺斃，且剝其皮投之水，以洩其憤，充分表現其區域性也。

在《夷堅志》中之果報觀念，多沿用前人表現方式而變化之，對於不孝天譴及牟利惡報方面，顯然受宋代民眾意識及定分定限觀念影響，較前發達，此外對醫藥殺人及僧道不職之報，亦可見宋代社會普遍分工，而對於職業道德要求較前人爲嚴，而且受工商業繁榮之故，功利主義逐漸抬頭，相對於道德規範，亦有強化之現象，均可自其果報觀念之根深蒂固見之。

第八章　《夷堅志》之價值

　　《夷堅志》掇奇錄怪，人或嗤薄，多所詰難，陳振孫氏詆之「謬用其心」，胡應麟譏以「售欺于天下」，今檢其書，鬼神、宿命、果報之說充斥，宜乎其「誕曼無徵」，然小說者流，譬諸小道，必有可觀，《提要》謂：「小說一家，歷來著錄，亦何必拘於方隅，獨爲邁書責歟。」茲就其價值而言之。

第一節　衍爲話本戲劇

　　羅燁《醉翁談錄》〈甲集〉卷一舌耕敍引〈小說開闢〉：

> 夫小說者，雖爲末學，尤務多聞，非庸常淺識之流，有博覽該通之
> 理。幼習《太平廣記》，長攻歷代史書，……《夷堅志》無有不覽，
> 《琇瑩集》所載皆通。

說話藝術，起於唐代，至宋大盛，兩京諸瓦，多有以此名家，所謂「說話四家」，各有家數，其中小說一家，雖屬「隨意據事演說」，然「尤務多聞」，上引文字，即其自幼以長，所需學養，《琇瑩集》已佚，內容不詳，《廣記》雖成於北宋，然時人視之爲「僻典」，蓋流行不廣也，[註1] 惟《夷堅志》則屢經翻刻，雖卷帙繁浩，然得之不難，其對小說家之影響，或有之也。

　　宋元說話人之底本，今多難以辨別，《醉翁談錄》之〈小說開闢〉中，嘗羅列宋人小說名目，凡一百七種之多，雖祇存題目，仍具考證價值，今人多

〔註 1〕錢鍾書《管錐篇》，第二冊，第 641 頁。謂：「羅燁《醉翁談錄》〈甲集〉卷一
　　　　〈小說開闢〉條謂說話人取材《廣記》，然斯書千百事中數說以成公案，耳熟
　　　　而口膾炙者，未必及十一，因而遙測宋末《廣記》廣傳，猶未許在。」

就此探查其內容，其中被認爲取材自《夷堅志》者有：

      《汀州記》——《乙志》卷七〈汀州山魈〉〔註2〕

      《水月仙》——《丙志》卷十四〈水月大師符〉

      《灰骨匣》——《乙志》卷七〈西內骨灰獄〉

      《愛愛詞》——《甲志》卷四〈吳小員外〉

      《八角井》——《丁志》卷一〈南豐知縣〉

說見譚正璧〈《醉翁談錄》所錄宋人話本名目考〉。〔註3〕惟考之非不詳，然不免捕風捉影之嫌，〔註4〕「灰骨」與「骨灰」意終不同，「愛愛」爲知非《綠窗新話》之「楊愛愛」，《待兒小名錄拾遺》亦錄有蘇舜卿《愛愛集》，明梅禹金《青泥蓮花記》引此，後尚有〈愛愛歌〉一首。雖則如此，茲亦存其疑，下列故事或亦有從《夷堅志》之可能：

    （一）《楊元子》——《志補》卷十三〈高安趙生〉，事出《龍川略志》，
            中記知興國軍楊繪元素葬異人趙生事，由於晁瑮《寶文堂書目》
            有《慕道楊元素逢妖傳》，今佚，高安趙生嘗往黃州謁東坡，坡北
            歸，從行至興國，爲楊所留，是否因而慕道而逢妖，不得知。

    （二）《燕子囊》——《丙志》卷十五〈燕子樓〉。

    （三）《紫香囊》——《丙志》卷十一〈錦香囊〉。

    （四）《商氏兒》——《志補》卷二十四〈賈廉訪〉。記濟南商侍郎之孫
            爲知縣者，寓居德慶府，商無妻，一女笄，二子絕幼，恃侍妾主
            家政，女嫁寶文閣學士賈讜侄成之，成之父爲廉訪，詐取商氏黃
            白金銀，商女詣府投牒，立賞捕盜，均不可得，後二十年廉訪、
            成之皆死，遺二子，家產爲商幼子所掩有，嘗病入冥，對廉訪奪
            產事狀，乃知事本末，實冥報也。

    另《錦莊春遊》即《綠窗新話》之〈金彥遊春遇會娘〉，與前述〈吳小員外〉亦近。

    以上數則，亦屬蠡測，倘併近人所考者，不可謂不多，然實際情形如何，亦不敢的言也。畢竟羅氏祇謂「無有不覽」，並非取材乎此。

〔註2〕汀州山魈自古即有傳說，見《新唐書・林蘊傳》，又彼地之「七姑子」亦有名
      山魈，見（〈支甲〉卷六〈七姑子〉）

〔註3〕譚正璧《話本與古劇》及《三言兩拍資料》對話本與古劇之出處，考證頗詳，
      宜參見。

〔註4〕胡士瑩已斥其誤，見《話本小說概論》，第239頁。

《夷堅志》爲後世小說所取材，較具體者有下列數則：

1. 〈西湖庵尼〉（《支景》卷三）

事記少年悅官婦，因庵尼而遂其志，終喜極而暴卒。《西湖二集》卷二八〈天台匠誤招樂趣〉、《情史》卷二〈阮華〉、《古今小說》卷四〈閒雲菴阮三償冤債〉、《金瓶梅詞話》第三四〈書畫兒固寵攬事〉、〈平安兒含恨截舌〉等，均衍其事。而清平山堂所刊《雨窗集》上之〈戒指兒記〉，事較詳，少年爲阮三，所慕者改爲官家閨女，兩情相悅，假尼庵成奸，後同。另《初刻拍案驚奇》卷六〈酒下酒趙尼媼迷花，機中機賈秀才報怨〉亦取其事，少年與庵尼所設計同，後半以報仇情節代替暴卒。

2. 《王武功妻》（《支景》卷三〈王武功妻〉）

3. 《義婦復仇》（《再補》——徐熥《榕陰新檢》卷十二引）

後一則各本均無，惟《榕陰新檢》引之——注出《夷堅志》，惟篇末謂「時理宗朝淳祐戊申年也」，洪邁死於寧宗嘉泰二年，非所能見聞。

其事記寺僧慕官婦色，使人致物於婦，以致爲其夫所疑，因而訟離，然後再設計取之，久之偶洩其事，婦憤而告官，僧伏其辜。王武功妻故事，僧所致物爲玉璽，[註5] 後婦爲僧所藏，未婚娶，而《義婦復仇》則爲「僞信」所誣，僧後還俗而娶之，且生二子，前者婦以死爲結局，後者則復合焉。今《古今小說》卷三五〈簡帖僧巧騙皇甫妻〉衍其事，然情節結構較近《義婦復仇》，男主角皇甫松之名，音近「王武功」，正衍其事，其事頗著名，《寶文堂書目》、《也是園書目》均有《簡帖和尚》，又有清平山堂刊本，此外明人《涇村雜記》所載金山寺惠明事，與此略同，所佈疑計爲僧鞋置床下，見《古今閨媛逸事》卷五〈淫僧狡計〉引，《情史》卷十四金山僧惠明、《國色天香》卷二戛玉奇音均有此事。又《龍圖公案》卷二偷鞋又稍異，其疑計爲偷鞋故置寺門外，《海公案》第三九回〈捉圓通伸蘭姬之冤〉情節亦相亦。

在戲劇上，用此事者亦多，宋官本雜劇《簡帖薄媚》（《武林舊事》）、金院本《錯寄書》、宋元戲文〈洪和尚錯下書〉（宦門子弟錯立身）皆其事也。

4. 〈徐信妻〉（《志補》卷十一）

《警世通言》卷十二〈范鰍兒雙鏡重圓〉入話，《情史》卷二徐信。

5. 〈孫知縣妻〉（《支戊》卷二）

《警世通言》卷二八〈白娘子永鎮雷峰塔〉。

〔註 5〕玉璽，《分類夷堅志》作「肉璽」，《情史》卷十四引此條，則作「肉繭」。

6. 〈吳小員外〉（《甲志》卷四）

此文爲明李濂《汴京勾異記》卷三〈鬼怪門〉、《情史》卷十〈金明池當
鑪女〉所引。並衍成《警世通言》卷三十〈金明池吳清逢愛愛〉。金院本有《金
明池》（《輟耕錄》），明傳奇則有范文若《金明池》。

7. 〈張客奇遇〉（《丁志》卷十五）

《警世通言》卷三四〈聖嬌鸞百年長恨〉入話，《情史》卷十六〈念二娘〉
引此，末云：「《耳談》亦有此事，但其婦爲穆少瓊。」

8. 〈太原意娘〉（《丁志》卷九）

其事記韓師厚妻意娘，爲虜所掠，死葬燕地，夫欲迎歸，以不再娶爲約，
後韓仍有所娶，而疏於妻墓，爲妻魄所殺，《鬼董》卷一補述其事，夫作張師
厚，妻作懿娘，別娶者爲劉氏，性妬且悍，張不忘妻墓，劉碎其祠，發其骨，
投之江，葉德均、胡士瑩以爲當即《醉翁談錄》之〈灰骨匣〉，〔註6〕《古今
小說》卷二四〈楊思溫燕山逢故人〉衍其事，《寶文堂書目》作《燕山逢故人
鄭意娘傳》，明陳耀文《花草粹編》錄鄭意娘、韓師厚詞四則，《詞林記事》
卷十九、《詞苑叢談》卷八亦載其事，前者作鄭意娘，後者作鄭義娘。

元雜劇有沈和《鄭玉娥燕山逢故人》（《錄鬼簿》）。

9. 〈楊戩二怪〉（《乙志》卷十九）

10. 〈楊戩館客〉（《支乙》卷五）

11. 〈玉女喜神術〉（《丁志》卷十九）

《醒世恆言》卷十三〈勘皮靴單證二郎神〉似取前事，道人夜入內侍楊
戩家，而附益以道人用玉女喜神術淫女事，惟小說中以犯姦者受剮結局，而
《夷堅志》中道人皆遁去，另〈楊戩館客〉載楊戩館客踰屋與其妾歡昵，爲
戩所悉，去其勢，可見楊戩妻妾多，當時必傳偷人事，去勢與受剮，皆已達
到譏刺之效也。《寶文堂書目》有《勘皮靴》當即其事，另有明傳奇《勘皮靴》
亦然。

《二拍》卷三四〈任君用恣樂深閨、楊太尉戲宮館客〉即衍〈楊戩館客〉
〔註7〕事。

12. 〈鄂州南市女〉（《支庚》卷一）

《情史》卷十〈草市吳女〉錄其文，洪邁自言其事與「《清尊錄》所書大

〔註6〕葉德均《小說瑣談》，第598頁。
〔註7〕馮夢龍《情史》卷十八引此文。

桶張家女微相類」，今《清尊錄》有其事，主角身份地位相顛倒，《醒世恆言》卷十四〈鬧樊樓多情周勝仙〉用前事，結局微不同。《龍圖公案》卷六〈紅牙珠〉衍其事，范文若亦據以爲《鬧樊樓》傳奇。

13. 〈海山異竹〉（《支丁》卷三）

與《初拍》卷一〈轉運漢遇巧洞庭紅、波斯胡指破鼉龍殼〉事近（亦收在《古今奇觀》卷九）。

14. 〈安仁佚獄〉（《志補》卷六）

《智囊補》卷二七雜智部〈鄒老人〉用其事，爲《初拍》卷十一〈惡船家計賺假屍銀、狠僕人誤投眞命狀〉入話部分。

15. 〈湖州薑客〉（《志補》卷五）

馮夢龍《智囊補》卷二七〈永嘉舟子〉據此事刪略而成，《初拍》卷十一〈惡船家計賺假屍錢、狠僕人誤投眞命狀〉衍其事。戲曲《賺青衫》即本小說改換事跡。〔註8〕

16. 〈任道元〉（《支戊》卷五）

《初拍》卷十七〈西山觀設籙度亡魂、開封府備棺追活命〉入話部分衍其事。

17. 〈桂生大丹〉（《丙志》卷十八）

《初拍》卷十八〈丹客半黍九還、富家千金一笑〉用其事。

18. 〈宋道人〉（《支甲》卷九）

19. 〈單志遠〉（《支丁》卷九）

20. 〈神乞簾〉（《丙志》卷一）

《初拍》卷二十〈李克讓竟達空函、劉元普雙生貴子〉。

21. 〈林積陰德〉（《甲志》卷十二）

李元綱《厚德錄》引此文，《汴京勾異記》卷八亦有此條，注出《夷堅志》。

《清平山堂話本》卷十三〈陰騭積善〉衍其事，《寶文堂書目》有之，《初拍》卷二一〈袁尙寶相術動名卿，鄭舍人陰功叨世爵〉亦用以爲入話。

22. 〈王七六僧伽〉（《支丁》卷八）

與《初拍》卷二四〈鹽官邑老魔魅色、會骸山大士誅邪〉入話部分略同。

23. 〈王從事妻〉（《丁志》卷十一）

〔註 8〕見胡士瑩《話本小說概論》，第十四章〈明代擬話本故事的來源和影響〉，第556頁。

　　《情史》卷二〈王從事妻〉錄此，《初拍》卷二七〈顧阿秀喜捨檀那物、崔俊臣巧會芙蓉屏〉入話部分衍之，《石點頭》卷十〈王孺人離合團魚夢〉亦衍其事。

　　24.〈吳雲郎〉（《支戊》卷四）

　　25.〈王蘭玉童〉（《志補》卷六）

　　《初拍》卷三十〈王大使威行部下、李參軍冤報生前〉入話部分衍其事。

　　26.〈劉堯舉〉（《丁志》卷十八）

　　事亦見《睽車志》卷一，情節微不同，《情史》卷三〈劉堯舉〉、《宋稗類鈔》卷七〈報應〉、《古今閨媛逸事》卷八〈榜人女〉皆自《睽車》來，《初拍》卷三二〈喬兌換胡子宣淫，顯報施臥師入定〉入話部分用此事。

　　27.〈黃池牛〉（《支戊》卷四）

　　《初拍》卷三七〈屈突仲任酷殺眾生、鄆州司馬冥全內侄〉入話部分同。

　　28.〈蔡州小道人〉（《志補》卷十九）

　　《二拍》卷二〈小道人一著饒天下、女棋堂兩局注終身〉衍其事。

　　29.〈眞珠族姬〉（《志補》卷八）

　　《情史》卷二〈王從事妻〉條附引此文，亦見《汴京勾異錄》卷七引，凌濛初衍其事，挿敘入《二拍》卷五〈襄敏公元宵失子、十三郎五歲朝天〉。

　　30.〈王八郎〉（《丙志》卷四）

　　《二拍》卷六〈李將軍錯認舅、劉氏女詭從夫〉衍其事，以爲入話部分。

　　31.〈董漢州孫女〉（《支戊》卷九）

　　《青泥蓮花記》卷八〈薛倩〉條引此文，首句作〈董賓卿字仲臣〉，實據分類本《夷堅志》者也。《二拍》卷七〈呂使君情媾宦家妻、吳太守義配儒門女〉衍其事。

　　32.〈丁湜科名〉（《支丁》卷七）

　　《二拍》卷八〈沈將仕三千買笑錢、王朝議一夜迷魂陣〉入話衍其事。

　　33.〈王朝議〉（《志補》卷八）

　　《汴京勾異記》卷七錄此，《二拍》卷八〈沈將仕三千買笑錢、王朝議一夜迷魂陣〉衍其事，雜劇《買笑局金》亦演此事。〔註9〕

　　34.〈葉司法妻〉（《志補》卷六）

　　《二拍》卷十〈趙五虎合計挑家釁、莫大郎立地散神奸〉衍其事。

_____

〔註9〕同前書，第566頁。

35. 〈陸氏負約〉（《甲志》卷二）

《二拍》卷一一〈滿少卿飢附飽颺、焦文姬生仇死報〉入話部分衍其事。

36. 〈滿少卿〉（《志補》卷十一）

《情史》卷十六引此，《二拍》卷一一〈滿少卿飢附飽颺、焦文姬生仇死報〉衍其事，明雜劇《死生冤報》亦演此事。〔註10〕

37. 〈吳淑姬嚴蕊〉（《支庚》卷十）

其事他書多所紀錄，《齊東野語》卷十七〈朱唐交奏始末〉、卷二十〈台妓嚴蕊〉均載其事，明梅禹金《青泥蓮花錄》卷三〈台妓嚴蕊〉條錄後者，而以前者雙行夾注，《宋稗類鈔》卷四〈閒情〉亦有此條，《二拍》卷十二〈硬勘案大儒爭閒氣，甘受刑俠女著芳名〉衍其事。

38. 〈鬼小娘〉（《志補》卷十六）

《二拍》卷十三〈鹿胎菴客人作寺主、剡溪里舊鬼借新屍〉入話部分衍其事。

39. 〈嵊縣山庵〉（《志補》卷十六）

40. 〈證果寺習業〉（《支丁》卷六）

《二拍》卷十三〈鹿胎菴客人作寺主、剡溪里舊鬼借新屍〉衍其事。

41. 〈臨安武將〉（《志補》卷八臨安武將）

《二拍》卷十四〈趙縣君喬送黃柑、吳宣教乾償白鏹〉入話部分衍其事。

42. 〈李將仕〉（《志補》卷八）

43. 〈吳約知縣〉（《志補》卷八）

《二拍》卷十四〈趙縣君喬送黃柑、吳宣教乾償白鏹〉衍其事。

44. 〈劉元八郎〉（《支戊》卷五）

45. 〈毛烈陰獄〉（《甲志》卷十九）

《二拍》卷十六〈遲取券毛烈賴原錢、失還魂牙僧索剩命〉衍其事，前者為入話，後者為正話。

46. 〈賈廉訪〉（《志補》卷二四）

《二拍》卷二十〈賈廉訪贋行府牒、商功父陰攝江巡〉衍其事。

47. 〈楚將亡金〉（《志補》卷五）

《二拍》卷二一〈許察院感夢擒僧、王氏子因風獲盜〉衍其事為入話。

48. 〈奢侈報〉

〔註10〕同前書，第 568 頁。

《二拍》卷二二〈癡公子狠使噪脾錢，賢丈人賺回頭壻〉衍其事爲入話。

49.〈西湖女子〉（《支甲》卷六）

王世貞《艷異編》卷三八、《情史》卷十引此，《二拍》卷二九〈贈芝麻識破假形，擷草藥巧諧眞偶〉衍此事以爲入話。

50.〈魏十二嫂〉（《志補》卷十）

51.〈朱天錫〉（《志補》卷十）

《二拍》卷三二〈張福娘一心貞守、朱天錫萬里符名〉衍其事，前者爲入話，後者爲正話，雜據〈義妾存孤〉亦演此事。〔註11〕

52.〈楊抽馬〉（《丙志》卷三）

《二拍》卷三三〈楊抽馬甘請杖、富家郎浪受驚〉衍其事。

53.〈豐樂樓〉（《志補》卷七）

54.〈嘉州江中鏡〉（《支戊》卷九）

《二拍》卷三七〈王漁翁捨鏡崇三寶、白水僧盜物喪雙生〉衍其事，前者爲入話，後者爲正話。

55.〈大庚疑訟〉（《丁志》卷七）

《二拍》卷三九〈兩錯認莫大姐私奔、再成交楊二郎正本〉衍其事以爲入話。

56.〈鹽城周氏女〉（《支丁》卷九）

《石點頭》卷六〈乞丐婦重配鸞儔〉衍其事。

57.〈三山陸蒼〉（《支景》卷三）

《石點頭》卷七〈感恩鬼三古傳題旨〉事近之。

58.〈張客浮漚〉（《志補》卷五）

亦見莊綽《雞肋編》，云：「出呂縉叔夏卿文集〈淮陰節婦傳〉」宋宮本雜劇有〈浮漚傳永成雙〉（《武林舊事》），元雜劇有〈硃砂擔滴水浮漚記〉（《元曲選》）、話本有《歡喜冤家》卷七〈陳之美巧計騙多嬌〉，亦收在《艷鏡》第七回。

59.〈杜默謁項王〉（《丁志》卷十五、《三辛》卷八）

沈自徵《霸亭秋》雜劇及尤侗《鈞天樂》傳奇〔註12〕演其事。

〔註11〕同前書，第 574 頁。
〔註12〕據蜨廬《曲談》，此劇本諸《霸亭秋》，又引《和州志》此文，然實出《夷堅志》。

60. 〈義倡傳〉

與京劇《賺文娟》故事雖有出入，然皆記長沙倡女與秦觀愛情事，兩者之間，亦略有關係也，是劇爲程硯秋據清李玉眉《山秀傳奇》所編，其後吳素秋《蘇小妹》劇又改編之。〔註13〕

此外《二拍》卷十九衍《春渚紀聞》萬延之事，然與《夷堅・丙志》卷十四〈錫盆冰花〉實近。

以上話本、擬話本及戲劇，或直接取資，或輾轉敷衍，大抵亦有下列諸特色：

（一）在宋元時已被敷衍者，主角姓名及情節，多所變更，情節較合理，藝術性較強烈。

（二）在明代敷衍者，尤其是凌濛初《兩拍》，姓名及情節，大多保持原貌，情節未予合理化，甚至夾以猥褻，其藝術性可知。

由於以上《夷堅志》諸條，均見於《分類夷堅志》，且多爲馮夢龍《情史》、《智囊補》及《古今譚概》所錄，孫楷第謂：「三書（《三言》）所演故事，往往見於《情史》。」（〈三言二拍源流考〉）《兩拍》取諸《情史》亦多，是知《分類夷堅志》、《情史》、《三言》、《兩拍》，有一脈相承之關係，至於《二拍》取用《夷堅志》過半，其藝術性雖予提高，然亦相去有間矣，今人研探之，豈能捨《夷堅志》而不顧哉？

第二節　輯詩文之遺佚

洪邁《夷堅志》原書多達四百二十卷，時人病其煩蕪，並歸咎於其急於成書，隨遇輒錄之寫作態度，胡應麟謂：「今閱此書記載，不僅止語怪一端，凡機祥夢卜，璅雜之譚，隨遇輒錄，以逮詩詞譫浪，稍供一笑，靡不成書。」（《少室山房類稿》卷百四）事實上，隨遇輒錄之寫作態度，至於剽掠成書，亦所不忌，陳振孫謂：「晚歲急於成書，妄人多取《廣記》中舊事，改竄首尾，別爲名字以投之，至有數卷者，亦不復刪潤，徑以入錄，雖敘事猥釀，屬辭鄙俚，不恤也。」（《書錄解題》卷十一）陳氏之言，雖過偏激，然洪邁之剽取，亦屬事實，祇是其書以錄怪爲意，實無可厚非，然亦以此，自有其輯佚詩文之價值在焉，茲述之如下：

〔註13〕見陶君起《平劇劇目初探》，第 245～246 頁。

一、可資輯錄舊藉之佚

1. 有書目著錄，今已亡佚，藉此以知其內容者

《夷堅志》中有轉錄當時所見之書籍者甚多，見第四章第三節，其中部分書籍今多佚去，吾人今祇能就《夷堅志》窺其原貌，如王山《筆匾錄》，《宋志》入小說類，見錄《三己》卷一〈吳女盈盈〉及〈長安李妹〉二則，均記女娼愛情故事，有唐傳奇之遺風。

此外王中行《潮州圖經》見錄《宋志》地理類、蔡條《國史後補》見錄《書錄解題》，今俱佚，惟能自《夷堅志‧支景》卷七〈劉方明〉、〈九月梅詩〉及《丙志》卷九〈宣和龍〉見其一、二，其中《潮州圖經》，《直齋書錄解題》作《廣州圖經》，今亦依《夷堅志》所載，知「廣州」者誤。

又王敏中《勸善錄》六卷，《宋志》著錄，〔註14〕今佚，從《丙志》卷二〈聶從志〉或亦可窺其內容，惟「敏中」作「敏仲」，當爲一人。

又如張（舜民）芸叟《南遷錄》二卷，《晁志》、《宋志》均著錄，今《學海類編》、《叢書集成》均有其書，一卷，題張師顏撰，實爲二書，蓋時代不相蒙，後者所記爲金主亮南侵事，而《支景》卷二〈牙兒魚〉引前書，謂過武昌見蘇子瞻云云者，可見非一書，前者已佚。《夷堅志》所引，是其佚文，價值匪淺。

另外，董穎《霜傑集》，《直齋書錄》作「三十卷」，今雖不傳，《乙志》卷十六記其生平及詩集刊刻始末，間及其與江西派詩人韓駒（子蒼）、徐俯（師川）、汪藻（彥章）交遊之事，由於曾慥《樂府雅詞》卷上有所作道宮薄媚十遍，爲近人研究大曲少數資料之一，〔註15〕得《夷堅志》以證其平生，亦彌足貴。

2. 各家書志未有著錄之書，據此而見其內容者

宋代印刷術發達，著述尤多，其散佚者更多，甚至有名不見書家著錄者，亦賴《夷堅志》以知其書，見其內容。如李泳《蘭澤野語》，各家書志均未見，《夷堅‧三己》卷八、九二卷錄其二十三事，知其亦志怪之書，吳良史《時軒居士筆記》，當時或未刊行，而《夷堅‧支庚》卷七至九三卷錄之；陳莘《松溪居士徑行錄》，《夷堅‧三辛》卷四錄其十五則；鞏庭筠《慈仁志》，《夷堅‧支甲》卷四錄其二則；劉君《夢兆錄》，《支乙》卷二錄其十則，多臨川事；《漢

〔註14〕《直齋書錄解題》有周寂明《勸善錄》，亦六卷。
〔註15〕見劉永傳《宋代歌舞劇曲錄要》第 5 頁。

東志》，《夷堅・丁志》卷十錄其一則；歸虛子說異，《夷堅》《三己》卷一錄其三則；蔣寶《冥司報應》，《夷堅・丙志》卷十三錄其四則，均賴以知其卷帙內容，並藉知作者生平；李氏《還魂錄》，《夷堅志補》卷七劉洞主言其所記同，足見其內容，甚至當時起居注，並未修成，亦可藉考其內容，見《乙志》卷三〈楊大明〉、《丁志》卷八〈亂漢道人〉。

又淄川姜子簡廉夫手抄《花月新聞》一編，其文亦在《支庚》卷四之中，前此之「新聞」爲書名者，惟《南楚新聞》及《綿里新聞》，可知皆爲筆記之別稱。

以上所見，均屬宋代子史書籍而今不可見，甚至併書名亦淹沒不聞，非特《夷堅》之記錄，則永無知之者，而其實際內容，亦惟有藉此以考證。

3. 有書今尚存，藉此以補其佚文

宋以後刻書業大盛，書今存者，鮮有佚文，然其斷爛脫落者，亦未嘗可免，今亦有可藉此補之者，如：《支乙》卷七〈岳陽呂翁〉條載呂洞賓《金丹秘訣》自序，爲各本所無，由於此書關係到原始呂洞賓信仰之面貌，惟能就《夷堅》而補之，可謂珍貴者也。〔註16〕

《三壬》卷七錄自王灼《頤堂先生文集》，凡十一篇，該集《宋志》著錄五十卷、《宋史新編》著錄五十七卷，今有《四庫叢刊三編》本，祇存五卷，且有闕頁，而《夷堅志》十一則中，僅〈郫縣銅馬〉、〈王道成先生〉二則，見於《文集》，卷二古詩〈銅馬歌〉、〈贈王先生并序〉，其餘九則，在《文集》中已不可見也。而《夷堅志》中〈清平樂六首〉條謂：「劉原甫於《清平樂》作詞詠木樨，其後陳去非、蘇養直、向伯共、朱希眞、韓叔夏亦續賦一闋，王晦叔并紀於《碧雞漫志》。」可見《文集》中原亦收《碧雞漫志》在焉，惟今本無此，恐亦併《文集》脫去，則欲復其舊觀，亦當本於《夷堅》也。

二、存留時文之遺

（一）散　文

古人詩文著述，雖期以必傳於後世，然撰作非一時，生前既罕有蒐集，死後門人弟子編次，不免亡佚，或有聲聞不彰於當時，畢生著述亦隨奄忽而

〔註16〕見拙作《南宋文學中之民間信仰》附錄一：第一節〈呂洞賓與金丹秘訣〉，第　　　183～184 頁。

俱化，則更無知其名者，由於《夷堅志》之作，隨遇而錄，亦往往得其所遺，可資採錄。

1. 無詩文集行世，而其文有可採

在《夷堅志》現存散文可資輯佚者，以當時不以文名於世者爲多，如《三辛》卷一載南城王補之〈祁酥兒傳〉，《支戊》卷一載福州士人池昱錄所見之事十六則，《乙志》卷一夢讀異書載沈潛所記之異夢，《三己》卷十〈周沅州神藥〉載周關記其所遇之事，《三辛》卷三〈知命先生〉載胡儔記天慶觀刊石事，《支丁》卷五〈李朝散〉錄俞淪刻石，《丙志》卷八〈黃十翁〉錄崇仁主簿秦絳所爲記，《甲志》卷十〈盤谷碑厄〉及〈孟溫舒〉實據郭三益所作〈孟溫舒墓誌〉，《丙志》卷十三〈郭端友〉則自記佛治其失明始末，《乙志》卷一〈更生佛〉載新寧丞陳璜記虞祺成佛事，《支戊》卷七〈黃教授後身〉則錄陳大猷之文，《丁志》卷八〈亂漢道人〉爲南康尉陳世材記陽大明事，《支戊》卷七〈蒼嶺二龍〉錄台州教授陸岐之廟記，《支丁》卷一爲陸藻所作〈南康神惠廟碑〉，《三補》卷十八爲程詢記其子爲祖昱後身事，《支景》卷五〈董性之母〉爲董性之所作，《乙志》卷二十〈祖寺丞〉爲趙霈所記，《甲志》卷二〈趙表之子報〉爲趙令衿自記，《志補》卷二二〈猴將軍〉爲赤城趙彥成〈飛猴傳〉，《丙志》卷八〈頂山回客〉爲常熟主簿趙彥清所記，《支戊》卷七〈信州營卒鄭超〉爲自記入冥勸善文，《甲志》卷十五〈羅浮仙人〉爲英州人鄭總所作〈藍喬傳〉，《丁志》卷十〈天門授士〉爲黎珣博濟廟記，《丁志》卷十四〈白崖神〉爲宇文虛中〈梓潼射洪顯惠廟記〉，《志補》卷三有鐘明所著〈義倡傳〉，《丙志》卷九實出聶昂所撰〈聶昌行狀〉文，《丙志》卷十〈黃法師醮〉則爲魏良臣所作，《乙志》卷十四〈南禪鍾神〉爲邊知常所記，以上諸人，或貴爲宰執（魏良臣、郭三益），或一般士庶走卒（郭端友、鄭超），雖不以文名世，然均賴此書，以見其遺文之略。

2. 有文集行世，今已脫落，甚至亡佚，無由知其詩文者

徽宗時，給事中上官均，有《廣陵文集》五十卷，其書今佚，〔註17〕《支乙》卷六摘其茅山君隱士之傳。

臨川吳可，有《藏海居士集》行世，今《四庫全書》有之，作二卷，所收皆爲詩作，《乙志》卷四錄其所作〈張文規傳〉，當爲其佚文。

〔註17〕今《四庫全書》有《廣陵文集》，爲王令撰，非一書，《宋志》著錄「《上官均文集》五十卷又《奏議》十卷」。

又《夷堅・支癸》卷七錄蘇轍〈夢仙記〉（分類本作〈遊仙記〉），今索《欒城集》中未見，亦當爲佚文。

《甲志》卷八載吳則禮記潘璟醫事，吳氏有《北湖集》行世，《宋志》、《直齋書錄》著錄十卷，今《四庫全書》僅存五卷，已佚其半，《夷堅》所載，亦當其佚文。

凡此，均可就《夷堅》所存，輯補其書，以廣其文。

3. 有文集不佚，惟其文不馴，刊行時刪落者

薛季宣爲永嘉學派之大儒，聲名頗著，《夷堅志》錄其〈志過〉乙文，載諸《丙志》卷一〈九聖奇鬼〉，爲通書篇幅最鉅者，雖云志過，然甚猥瑣，薛氏門弟子或以其不馴，刊其集時，乃刪落之，傳世《浪語集》中，固無此篇，然志過之作並無傷於艮齋之學行，反而今人欲考艮齋之思想歷程，寧可錯失於此乎！

（二）詩　詞

洪邁《夷堅志》刊行之初，即有陳曄摘其間之詩詞以分類別行，後人甚至謂其書足資採覽者在此，《四庫提要》謂：「然其中詩詞之類，往往可資採錄。」即其說者。

事實上，《夷堅志》中，本即有不少純粹藝文之作，據法人所編《宋代書錄》統計，其涉及詩詞者凡五十二篇，占全書內容達百分之一點二，如《甲志》卷二〈詩謎〉、卷六〈倡能詩〉、卷八〈南陽驛婦人詩〉、〈王彥楚夢中詩〉、卷九〈許氏詩讖〉、卷十〈廖用中詩戲〉、《乙志》卷三〈陳述古女詩〉、卷四〈許顗夢賦詩〉、卷八〈小郤題詩〉、卷十三〈食牛詩〉、〈慶老詩〉、卷十八〈張山人詩〉、《丙志》卷四〈廬州詩〉、卷九〈聶賁遠詩〉、卷十六〈華陽觀詩〉、〈國香詩〉、〈二鼈哦詩〉、《丁志》卷十八〈紫姑藍粥詩〉、卷十九〈英華詩詞〉、《支甲》卷七〈黃達眞詩〉、《支乙》卷二〈紫姑詠手〉、《支丁》卷十〈鍾離翁詩〉、卷十〈陳元紫姑詩〉、《支戊》卷五〈文惠公夢中詩〉、卷九〈胡邦衡詩讖〉、《支庚》卷七〈邵資深詩〉、《三己》卷七〈善謔詩詞〉、卷八〈富池廟詩詞〉、〈浪花詩〉、《三壬》卷一〈饒次魏后土詩〉、卷二〈胡原仲白鷳詩〉、卷五〈醉客賦詩〉、〈鄧氏紫姑詩〉、卷六〈馬逐良口占〉、《再補》〈對簿哦詩〉等均是。至於詞作，又有《甲志》卷四〈侯元功詞〉、卷七〈蔡眞人詞〉、《乙志》卷十四〈新淦驛中詞〉、《丙志》卷十〈雍熙婦人詞〉、《丁志》卷十〈張臺卿詞〉、卷十二〈西津亭詞〉、《支景》卷四〈完顏亮詞〉、卷八〈小樓燭花詞〉等是。

　　以上各篇，均以詩詞爲故事重點，至於其他鬼怪故事，藉詩以言事者，則更多矣，如《甲志》卷三〈李尙仁〉之鬼詩、卷六〈宗演去猴妖〉之詩偈、卷八〈安昌期〉之清遠峽山寺壁題，卷十四〈妙靖鍊師〉中柯庭堅贈詩《乙志》卷三〈陽大明〉之仙人題詩，其詩又見《丁志》卷八〈亂漢道人〉，《乙志》卷八〈吹燈鬼〉之夢中詩、卷九〈崔婆偈〉、《丙志》卷二〈聶從志〉所錄喻汝礪隱德詩長詠數百言，卷十一〈李鐵笛〉所錄道士李陶眞、李抱一壁詩各一首，《丙志》卷十三〈鐵冠道人〉記鄭俠夢東坡贈詩一首及自爲臨終詩一首，卷十六〈秦昌齡〉記魚肉道人二詩，後一詩又見《丁志》卷六〈茅山道人〉，云爲空中之語，《丙志》卷十八〈張風子〉所歌滿庭芳，《丁志》卷十二〈薛士隆〉中之詩偈，《丁志》卷十四〈慈感蚌珠〉有葉夢得、曾紆詩各一首，卷十八〈饒廷直〉記所作遇仙詩詞各一，《支乙》卷四〈三朵花〉有許安世贈詩，《支景》卷二〈潘仙人丹〉有朱子淵贈洪邁樹屛詩及洪邁和詩各一，卷三〈觀音二贊〉爲王瓘所作入定、水月二贊，《支景》卷四〈趙葫蘆〉載時人謔詩一首、卷六〈葉祖〉載其自嘲之詞，又〈西安紫姑〉以險韻賦瑞鶴仙，《支丁》卷六〈劉改之教授〉有劉過遇古琴精所賦水仙子，《支庚》卷一〈詹村狗〉有孝狗詩詠其哺母，〈夏氏燕〉亦有詩詠雌燕殉情，卷二有黠僧善祐〈天柱雉兒行〉，卷十〈韓世旺弓矢〉有謝過啓事一首，卷十〈吳淑姬嚴蕊〉各有詞一首，《三己》卷一〈石六山美女〉有仙詩一，卷六〈司空見慣〉有太學生嘲蔡京詞一首，《三辛》卷三〈宣城客〉以詩代意，亦有三章，卷三〈普照明顯〉有頌手影戲之詩，卷四〈觀音詩道人〉，〈邛州僧〉各有詩偈一，《志補》卷二〈義倡傳〉亦系詩於後，卷十二〈簑衣先生〉有詩十首，是皆以詩詞作爲情節之一部分，其或有摘抄不全者，然皆爲宋時作品，今不見於他書，其作爲詩詞輯佚之價值，依然存在。

　　其中如〈盧州詩〉凡千言，記酈瓊破盧州後，當地軍民殉國史事，爲歷陽張祁所作，爲罕見之戰爭史詩。

　　〈聶賁遠詩〉謂聶昌鬼魂所作，聶靖康元年奉命赴金議和，至絳爲當地愛國人士所鸞，死後之詩固假託，然亦可見當時人對此事件所表達之另一種看法。

　　〈國香詩〉爲山谷門人高荷所作，荷爲江西詩派詩人，詩詞已不見人世，〈國香詩〉記山谷自黔中還，少留荆南，見里巷女子幽閒姝麗，惜其適人，作〈水仙花詩〉寓意，屬荷和之，後山谷下世，荷再遇此女，已無昔日容貌，

特製此詩言其事，此詩不獨可爲山谷詩注，且可見高荷之文筆。

又侯蒙、張閣均爲北宋名臣，今惟就《夷堅志》見其文，閣雖以花石之役著惡聲，然其自詠不遇，亦有可觀。

〈完顏亮詞〉有二，〈昭君怨‧詠雪〉及〈鵲橋仙‧中秋不見月〉，今亦見《夷堅志》，不知是否僞作，然其詞意「凶威可掬」，不讓其他。

英華爲縉雪之鬼仙，宋時轟動一時，他書皆未記載，而《夷堅志》不但書其事，且傳其詩詞，《直齋書錄解題》《集部‧別集類》著錄《英華集》三卷，謂「李季蕚死後爲鬼仙，事見《夷堅志》，縉雲人傳其集，亦怪矣。」今〈英華詩詞〉有詩詞各一，可參考。

喻如礩〈厚德詩〉、鍾明〈義倡傳詩〉及善祐〈雉兒行〉均爲長句，雖引氣清濁有素，然皆表現人間美德，有可觀者，至於〈孝狗〉、〈燕燕〉二詩，亦表現動物至情，亦足提昇人類情操，故洪邁全詩錄之。

胡應麟譏洪邁「以逮詩詞謔浪，稍供一笑，靡不成書。」今觀其書〈趙葫蘆〉、〈葉義問〉等詩，或謔人，或自嘲，不無令人噴飯不已，〈司空見慣〉，至改坡公滿庭芳詞，〔註18〕幸災樂禍，雖乏文學價值，然亦可見時人冀幸蔡京之貶，至於〈善謔詩詞〉，實出陳曄所編，凡十四首，巧思妙心，亦復不少，或反映小官俸薄，或譏刺科舉，或嘲弄時政，亦有可採。

又宋士大夫好降乩作詩，自東坡以來，時有好事爲之，見第七章第二節，此固迷信，必屬假託之作，然其中有韻險者（〈西安紫姑〉），有僻典者（〈紫姑藍粥詩〉），亦呈現另一種風格，足爲習詩技巧者之參考。

神仙詩詞，荒唐有之，更屬假托，然大多透過詩詞，表達對人間世事，汲汲營營、紛紛攘攘之譏諷，更有藉由世人不識眞仙之嘲笑，表達士人之懷才不遇，至於經由神仙遊戲人生之態度，表現對自我之肯定者，亦大有詩在焉，是爲詩詞之變體，非假神仙之口，何由達意，類此作品，端賴《夷堅》存之。

事實上，洪邁詩文均已散佚，《夷堅》亦存其一二，《夷堅志》中詩詞，備受書家之興趣，當時胡仔《苕溪漁隱叢話》及阮閱《詩話總龜》等書。即行採錄，清徐釚《詞苑叢談》亦有收錄，及唐圭璋編《全宋詞》，輯之尤多，〔註19〕惜以體例故，採其詞而刪其事，必欲見其映帶之效，乃需就《夷堅》讀之。

〔註18〕原詞見《草堂詩餘》卷三。
〔註19〕《全宋詞》錄洪邁臨江仙、洪惠英減字木蘭花、趙縮手浪淘沙、張風子滿庭芳……等詞作，均注出《夷堅志》。

三、供詩文之校勘

《夷堅》所引詩詞，亦有見於他人著述者，可資校勘之用，蓋詩詞用字，本不輕易，洪邁轉錄，亦鮮有更動，或從而可勘出當時傳抄或手民之誤也。

《甲志》卷二〈詩謎〉載時人以韓絳、馮京、王珪、曾布等名公之姓名，以爲詩謎，是詩又見《苕溪漁隱叢話》卷四十引，字句微異，互有短長，可資校證。

《三壬》卷七〈王道成先生〉出自王灼〈古風贈王先生并序〉，首句「隴種健兒須如棘」，「隴種」語出《荀子》，爲「龍鍾」之意，隴種健兒語涉矛盾，應依《夷堅》作「龍種」較妥。

《丁志》卷十二〈西津亭詞〉，記葉夢得爲丹徒尉時，以詞名江表，眞州妓因太守私忌日，渡江來見，並請命詞，葉遂成賀新郎一詞，《夷堅》述其事而錄其詞，與今傳者有異：

> 睡起聞（啼）鶯語、點（掩）蒼苔、簾（房）櫳晝掩（向晚）、亂紅無數。吹盡殘花無人見，唯有垂楊自舞。漸暖靄，初回輕暑。寶扇重尋明月影，暗塵侵，尚有乘鸞女。驚舊恨，鎮（遶）如許。江南夢斷橫江渚，浪黏天，蒲陶（葡萄）漲淥（綠）、半空煙雨。無限樓前滄波意，誰采蘋花寄取？但悵望、蘭舟容與。萬里雲帆何時到？送孤鴻目斷千山阻。重（誰）爲我，唱金縷。

恬弧爲《全宋詞》所錄之石林詞異文，兩相對勘，《夷堅》所錄較切合情境，且附之有所記故事本末，通體圓融，此其校勘價值所在也。

此外，《夷堅志》更提供許多掌故，供人讀詩之參考，如《乙志》卷十四〈趙清憲〉條，記宰相趙挺之病痢，所善梁道人忽至，咒水使飲而愈，篇末謂《東坡集》有〈贈梁道人詩〉，「即此翁也」，是可取以補施注也。此外《支乙》卷四〈三朵花〉，言房州異人三朵花各種神異事跡，坡公亦有詩紀之，是亦可以補註蘇詩。又《支乙》卷五〈一年好處〉條，東坡詩「一年好處君須記，正是橙黃橘綠時。」吳中士大夫園圃多種橙橘者，采其詩句，名之曰「好處」，而陳彥存損魏塘所居之前一圃，獨標「一年好處」，此事可供好蘇詩者談助。

至於《乙志》卷七〈西內骨灰獄〉條中，孫覿嘗引「狐壻虎」故事，謂「狐有女，擇壻，得虎焉。成禮之夕，儐者祝之曰：『願早生五男二女。』狐拱立曰：『五男二女非敢望，但早放卻臊命爲幸耳。』」此當爲彼時有名寓言故事，亦有可採。

綜上所見，《夷堅志》在保存宋代詩文上，價值誠非小也，後人就此輯佚，往往亦有功在焉。

第三節　考當時俗語方言

洪邁以內翰見重於朝廷，文名甚盛，而所撰《夷堅》，在語言上，反爲人抨擊，胡應麟謂：「第野處（洪邁別號）之譽噪一時，《容齋隨筆》等，筆力錚錚，而《夷堅》猥薾彌甚。」（《類稿》一〇四）然則其所以猥薾，實以其故事雖以文言記敘，而對答之辭，間用口語，然此乃志怪體之主要特色，〔註20〕亦由此故，其中保存之方言俗語亦有之，蓋不避忌也。

一、方　言

方言問題，自古而然，漢揚雄嘗有《方言》之作，已多紛岐，至隋唐以下，則更形混淆，陸法言曾謂當時方言：「吳楚則時傷輕淺，燕趙則多傷重濁，秦隴則去聲爲入，梁益則平聲似去。」（〈切韻序〉）此衹就語言而言，實際上詞彙亦因地而異，《夷堅志》之作，當北人南渡之際，在書中往往存有各地方言，可供採錄。如：

休裏打：房人方言，猶云「莫要如此」也。（《支乙》卷四〈三朵花〉）

愷：北俗稱毆打爲愷。（《三己》卷六〈摩耶夫人〉）

禿奴：福州人要罵僧作禿奴。（《支戊》卷一〈雪峯異僧〉）

襴裙：閩俗指言抹胸。（《支戊》卷五〈任道元〉）

漢兒：京師謂內侍養子不閹者謂「漢兒」也。（《支乙》卷六〈單于問家世詞〉）

濮州鐘：京師人戲語有濮州鐘。（《乙志》卷四〈張文規〉）

桂枝香：四平語呼其侶共歸也。（《支乙》卷二〈羅春伯〉）

行頭梁：鄱陽之俗，師巫能事鬼者，謂之行頭梁。（《三辛》卷二，〈彭師鬼孽〉）

你得：吳人慍怒欲行打罵之詞，俗謂之受記。（《支景》卷十〈婆惜響人〉）

以上諸例，除四平語不知爲何外，其餘均爲宋時各地方言，洪氏自言之地，濮州鐘，亦見《老學庵筆記》，衹知爲戲語，不知何義，其餘對於後人方

〔註20〕王國良在《魏晉南北朝志怪小說研究》中亦言及此一特色，見第90頁。

言之研究，必有一定之功益。

《支乙》卷六〈真楊慧倡〉：

> 江、淮、閩、浙，土俗各有公諱，如杭之「佛兒」，蘇之「散子」，
> 常之「毆爺」之類，細民或相犯，至於鬥擊。……揚州諱「缺耳」，
> 真州諱「火柴頭」。

此所謂各地公諱，今亦有之，大多屬方言中侮人之語，真實意義如何，尚待旁證。

至於少數民族之語言，自有與內地異者，《丙志》卷十八〈契丹誦詩〉：

> 契丹小兒，初讀書，先以俗語顛倒其文句而習之，至有一字用兩三
> 字者，……如「鳥宿池中樹，僧敲月下門」兩句，其讀詩則曰：「月
> 明裏和尚門子打，水底裏樹上老鴉坐。」

今所見少數民族或外族之漢文童蒙書，大多亦類乎是，可資參考。

二、俗　語

語言之發展，大致多有律則可尋，而俚俗用語亦然，惟其約定俗成，未必在古書中能根尋依據，其或通行一時，久之亦雲散，洪邁在《夷堅志》中亦經常使用俚俗用語，然又惟恐人之不知，特予強調，如：

猺——里俗戲相標謔憨癡之類（《支乙》卷三〈猺十一郎〉）

乞頭——《乙志》卷一〈夏氏骰子〉：「同舍生或相聚博戲，則袖手旁觀，
　　　　時從勝者覓鎦銖，俗謂之乞頭是也。」

鉤司、盤術——俚語謂坐肆賣術為鉤司（「鉤」字嚴本缺字、據陸本補），
　　　　游市為盤術（《乙志》卷八〈華陽洞門〉）。《支甲》卷十〈蔣
　　　　堅食牛〉：「其初來鄱陽之歲，以布三幅，書『金陵蔣堅』四
　　　　字，盤術於市。」即是。

蛇鼠、牛——里俗指儉不中禮者為蛇鼠，牛者詬罵農畎之稱也。（《三壬》
　　　　卷五〈猴豹戲對〉）

窮鬼——俚諺鄙陋者為窮鬼。（《志補》卷十六〈南安窮神〉）

五尺——五尺者，土人稱挽畜產繩絆之名也。（《支景》卷一〈江陵村儈〉）

鴉鴉——俗間嘆聲。（《支丁》卷四〈楊九巡〉）

發洪——發洪者，俗指言洪水從山上逆出衝破成竅也（《支戊》卷二〈葉
　　　　丞相祖宅〉）。釋文瑩《玉壺清話》：「洪水飄蕩，吳人謂之發洪。」

（《說郛》卷八）

以上諸例，洪氏特別標明爲俚語，意義瞭然，然如猻、鉤司、五尺等語，今已不用，據此而存之。

　　對於常用之俗語，在古書中雖無所依據，然洪氏用之則習焉而不察，此類詞語，在《夷堅志》中尤多，均可錄而出，以見其語言之流變，其如謂雷爲「霍閃」，見《支癸》卷五〈神遊西湖〉，實本於唐詩，〔註21〕戲耍之「打筋斗」，見《志補》卷十一〈蘇顚僧〉，〔註22〕亦見於《教坊記》，是前代俗語，前人用之，邁亦用之，至今仍習用也，他如「交關」（《丁志》卷四〈王立爁鴨〉）、「卬耐」（《支丁》卷十〈櫻桃園法師〉）、「圓夢」（《三壬》卷二〈兩黃開登第〉）、「平章」（《志補》卷二十三〈侯將軍〉）等皆此類也。

　　至於宋代俚俗常用之語，雖前人所未用，然時形之口語，洪氏錄之，是則，尤具研究之價值，茲舉今仍習用者言之：

　　釣卷——今作「調卷」，《支乙》卷二〈黃五官人〉：「同院建昌教授包履常得其論卷，愛之，欲買之待補小榜，令釣（原作均）前後兩場草卷參讀。」俞樾《曲園雜纂》三六《小繁露》：「按今官府有所取視，謂之曰弔，弔字無義，當用此釣字。」

　　標飾——《支乙》卷六〈因揭尊者〉：「爲設標飾。」《支乙》卷八〈徐南陵請大仙〉：「喚工標飾。」《小繁露》謂：「今人以書畫付工裝潢，名曰裱，依此二條，當用標字也。」

　　開金井——《三壬》卷十〈韓羽建墓〉：「聞來日開金井，如見妾等，切不可怕，亦不可殺。」《小繁露》：「作墳開金坑，今尚有此名，亦或謂之開金井。」

　　凶身——《支癸》卷一〈薛湘潭〉：「歷數月不獲凶身。」《小繁露》：「今人以殺人者爲凶身，亦古語。」

　　打齋飯——《支丁》卷六〈阿徐入冥〉：「我做行者時，緣化施主錢修造鐘樓，隱瞞入己，又將打回齋飯歸家。」猶云乞得之齋飯，今俗僧徒沿門乞食爲打齋飯。

　　吵鬧——《支丁》卷四〈吳廿九〉：「我留汝必遭吵鬧。」董永變文：「暫

〔註21〕見《文苑英華》三四九唐顧雲〈天威行〉：「金蛇飛狀霍閃過。」翟灝《通俗編》有說，至清人俗語猶用之，見《曲園雜纂》卷三六。
〔註22〕在《夷堅志》似皆用以稱「法術」，又見《支丁》卷四〈張妖巫〉。

時吵鬧有何妨。」

閃避——《支景》卷六〈教義坊土地〉：「嘗聞人說癉有鬼，可以出他處閃避。」躲避。

包複——《三辛》卷六〈弋陽縣客子〉：「弋陽縣客子獨攬包複來宿。」即包袱。

劇術子——《支庚》卷九〈朱少卿家奴〉：「小官人看一個則劇術子。」謂戲耍也。

利市——《志補》卷三〈七星橋〉：「汝得再生，當以利市及功德酬我。」今仍以利市稱賞錢。

穩便——請便之義，《三壬》卷十：「我平昔不將一錢與乞道人，伏請穩便。」有離別請珍重或拒絕意味在焉。〔註23〕

做經紀——《三壬》卷十〈石門羊屠〉：「不尋一般做經紀。」經辦生意。

併疊——《支戊》卷三〈李興都監〉：「遣妻子出陸自臨安先行，興收拾併疊差晚。」收拾料理之意。

磕頭——《支戊》卷五〈任道元〉：「任深悼前非，磕頭謝罪。」跪拜叩頭之意。

窩停——《支癸》卷二〈李五郎〉：「為盜有求不愜，誣為窩停主人。」《小繁露》：「即今所謂窩家。」《志補》卷二四〈姚錫冥官〉：「所親告其停藏北人，欲謀叛。」

鞋幫——《支乙》卷三〈余尉二婦人〉：「一婢因為小兒烘鞋，火誤草幫帛。」〈小繁露〉：「鞋面而稱幫，今時猶然。」

甚處——見《支乙》卷三〈朱五十秀才〉條，《小繁露》：「俗語凡不知所在曰甚處，以至不知何人，則曰甚人，不知何物，則曰甚物，甚字至為無義，而宋語已如此矣。他書或作恁。」

以上諸例，今俚俗猶用之，或有音同字異者，古人作彼，今人作此，如「釣卷」、「弔卷」、「調卷」之類，然語言本依「約定俗成」而來，不必拘泥，列此，祇借觀其流變也。

在稱謂上，向為最常使用之語彙，所保留之俗語尤多，如：

媽媽——《三壬》卷九〈霍秀才歸土〉：「見去歲亡過所生媽媽在傍。」《三己》卷六〈趙氏馨奴〉：「須媽媽起來則可。」趙彥衛《雲麓漫

〔註23〕張相《詩詞曲語辭滙釋》卷六「穩便」條有考，略不同。

鈔》卷三：「今人則（稱母）曰媽媽。」

翁翁——《三辛》卷十湖口廟土地：「翁翁得非吾父乎？」指老翁或父親。

入舍女壻——《三壬》卷六〈隗伯山〉：「來濱州門王小三家作入舍弟子。」
《小繁露》：「今人稱贅壻曰入舍女壻。」〔註24〕

接腳壻——《志補》卷一〈都昌吳孝婦〉：「姑老且病目，憐吳孤貧，欲
爲招壻接腳。」張齊賢《洛陽縉紳舊聞記》卷五〈焦生見亡
妻〉：「欲納一人爲夫，俚俗謂之接腳。」

財主——財主原爲資財之主人，見《唐律疏證》卷十九強盜，而《三己》
卷二〈許家女郎〉：「遣詣市鋪，從財主爲役。」蓋即《小繁露》：
「有錢者謂之財主。」

姐姐——《三己》卷二〈許家女郎〉：「姐姐若是鬼，如何月下有影。」《志
補》卷一四〈賈廉訪〉：「當時遣僕白姐姐。」

小姐——《三己》卷四〈傅九林小姐〉有「散樂林小姐爲倡女」，《三己》
卷九〈建德茅屋女〉有「建康女娼楊小姐」，是倡女稱小姐。《陔
餘叢考》卷三八：「今南方縉紳家女多稱小姐，宋時則爲賤者之
稱。」

紅合子——謂棺材。見《丙志》卷六〈范子珉〉。

斑哥——謂虎也。見《甲志》卷十四〈鸛坑虎〉。

嬌子——《支乙》卷一〈翟八姐〉：「江、淮、閩、楚間商賈，涉歷遠道，
經月日久者，多挾婦人俱行，供炊爨薪水之役，夜則共榻而寢，
如妾然，謂之嬌子，大抵皆猥娼也。」

都頭——《支庚》卷六〈處州客店〉：「葉都頭接了紙。」都頭原爲武官
名，葉青爲弓手，供衙役，而有此尊稱，是當時習語也。

主管——主管原爲宮觀官名，《志補》卷七〈沈二八主管〉，爲豪家幹者，
即受僱於人，以管理錢租等事，《京本通俗小說》有志誠張主管
亦此類也。

承務——《支戊》卷六〈胡十承務〉：「揚州人胡十者，其家頗贍，故有
承務之稱。」《三辛》卷九〈蕭氏九姐〉：「弋陽稅戶易生，以門
族有仕者，故冒稱承務。」《支戊》卷三〈衛承務子〉：「寧國人
衛承務者，家素富。」

〔註24〕又見斲斲書，蔣禮鴻《敦煌變文字義通釋》，第 13 頁有考。

眼——公府偵辦凶盜案件，往往借用「能物色姦惡者」，俗謂之「眼」。(《支庚》卷二〈方大年星禽〉)

院長——大理寺隸，俗謂之院長(《志補》卷八〈臨安武將〉)。此蓋以當時監獄稱「獄院」，故美稱獄卒為院長(《志補》卷七〈劉洞主〉)。《水滸傳》第三十八：「湖南一路節級，都呼稱作院長。」與此說略不同。

郎中、大夫——醫者之謂郎中。《支甲》卷二〈杜郎中驢〉：「杜涇郎中，世為醫。」《三己》卷三〈劉師道醫〉：「劉郎中細審此病，不可醫也。」又稱大夫，《支乙》卷七〈張二大夫〉：「張二大夫者，京師醫家。」俞樾謂今南人稱郎中，北人稱大夫。〔註25〕

斗子——舊稱司倉者為斗子，《支丁》卷十〈鍾離翁詩〉：「溧陽倉斗子坐盜官米。」《小繁露》：「(今)學中設有門斗，即宋時斗子之遺。」門斗者，併司門之門子而言。

以上諸例，有至今仍習用之者，可知其有所本，間亦有隨時間而消失者，亦足觀其流變之狀，價值匪淺。

混號之來，久矣，市井小民而有混號，大抵宋時最盛，此在載記中特多，今《夷堅志》亦錄有之，觀之，可知其命名之由，與當時人運用俗語之情形。如：

蜇齒——徽州婺源武□王生者，富甲鄉里，為人頗恨可憎，眾目為王蜇齒，俗語指惱害邑落之稱。(《支甲》卷九〈宋道人〉)

攔街虎——為婦人亡賴健訟，為一邑之患，稱曰「攔街虎」，視笞撻如爬搔(《乙志》卷九〈攔街虎〉)。蓋當街撒撥，故為攔街。——以上二例以性格為混號。

楊抽馬——楊望才以術名，蜀人目為楊抽馬，「謂與人抽檢祿馬」(《丙志》卷三〈楊抽馬〉)。

曹布子——丹州郡人曹布子，少貧困，以紡績養父母，故里俗以布子呼之。(《支甲》卷二〈丹州石鏡鼓〉)——以上二例以職等為混號。

〔註25〕趙翼《陔餘叢考》卷三七〈博士郎中待詔大夫〉條，對此亦有所考證，可參見。

謝花六——吉州太和民謝六以盜成家，舉體雕青，故人目之花六（《丁志》卷三〈謝花六〉）。是知雕青者乃有花之名。

趙葫蘆——宗室公衡……素寡髮，俗目之為趙葫蘆。（《支景》卷四〈趙葫蘆〉）

烏喬——邵武黃敦立……邑人以其色黑而狡譎，目之曰「烏喬」。（《丙志》卷十四〈黃烏喬〉）——以上三例乃以身體特徵為混號。

此外獄吏之混號為「收命鬼」（《支甲》卷九〈蔡乙凶報〉），卜者之混號為「見鬼」（《支丁》卷五〈潘見鬼理冥〉、《志補》卷二四〈李見鬼〉），均不出以上原則，表現相當適切之情感。

三、諺　語

杜文瀾謂：「諺訓傳言，言者，直言之謂，直言即徑言，徑言即捷言，……捷言欲其顯明，故平易而捷速。」或謂：「諺為一人之機鋒，多人之智慧。」諺為民俗智慧之一種形式，自古以來，即與民謠共稱，為後人重視，在《夷堅志》，亦保留有當時謠諺，可供採擷，如：

淮人諺云：「揚州十里小紅橋。」（《支乙》卷四〈小紅琴〉）

鄱陽城隍廟下毛家巷有鬼怪出沒，土人有「毛家巷裏毛手鬼」之語。（《三辛》卷七〈毛家巷鬼〉）

長沙古語，嘗有「駱駝嘴斷狀元出」之謠（《支戊》卷八〈湘鄉祥兆〉）。駝嘴山在長沙州北。

泉州南安縣金溪渡，去縣數里，潤百許丈，湍險深浚，不可以為梁。舊相傳讖語云：「金溪通人行，狀元方始生。」

以上一則屬地理者，一則屬傳說者，後二則為預言者，均頗具趣味性，藉此亦可以知當時民風土俗也。

警世性之謠諺，往往為人一再引述，而為成語，沿用迄今，推源溯本，在《夷堅志》即有之矣。

殺人償命，欠債還錢——見（《支甲》卷三〈方禹冤〉）

自身照不亮——（《支戊》卷二〈胡仲徽丙薦〉：「自照一身猶未光，何暇推波及他人。」）

高來不可、低來不可——（《支丁》卷五〈李晉仁喏樣〉）。

見怪不怪、其怪自壞——(《三己》卷二〈姜七家豬〉)。又見郭彖《睽
車志》,「壞」字作「敗」。)

有米莫作粥、有錢莫作屋——(《丙志》卷九〈沈先生〉)。

有官便有妻、有妻便有錢、有錢便有田——(《支丁》卷八〈陳堯咨
夢〉)。

冤冤相報、寧有窮期——(《丙志》卷七〈安氏冤〉)。

以上諸例,語言清晰,說理處,往往一針見血,爲當時人所創,而藉《夷堅》
保存之,吾人可就觀其來源。

第四節　見當時社會生活

何卓點校《夷堅》時,嘗提及此書之價值,謂:「書中有一些篇章,除可
資考證外,還可以窺見宋代城市生活的某些側面。」並以此認爲《夷堅》「也
是研究宋代社會史的有用資料」,此語誠然,今代學者利用此書,絕大多數亦
在於是。茲略述:

一、農村經濟生活

土地制度關係到農村生活之命脈,宋代土地制度採取私有買賣之方式,
因此難免於土地兼併之弊端,透過買賣、侵占、強奪、賞賜以及開墾之過程,
集中於少數人之手,近人研究已多,此不待言,在《夷堅志》,對此兼併之現
象,亦提供不少個案,更有許多對兼併家之描寫,處在此一情況下,自然有
土地分配不均之現象,產生許多農業問題,然而處在此一現實情形下,農村
生活實際情形如何,實不容忽視。

(一)有關地主身分

宋代依據個人資財高下情形,將鄉村居民分爲主戶與客戶,主戶又分五等
戶,以作爲賦役之標準,一、二等戶爲鄉村上戶,三等戶爲中戶,四、五等爲
下戶,〔註26〕由於此純屬賦役制度之名詞,在《夷堅志》中,並未純然畫分,
然而與上戶相當之地主,則多所記載。

〔註26〕王曾瑜,〈宋朝劃分鄉村五等戶的財產標準〉,《宋史研究論文集》第 33～58
頁。

地主包括官僚地主及鄉村地主，此外工商業者，亦往往從事農業經營。

> 先公謫居英州，無祿粟以食，日糴於市，郡人或云：「去城七十里曰
> 東鄉，有良田。」於是空旅裝買百畝，令季弟景徐往驗校。（《支乙》
> 卷六〈英州野橋〉）

> 平江城北民周氏，本以貨麩麵爲生業，因置買沮洳陂澤，圍裹成良
> 田，遂致富贍，其子納貲售爵，得將仕郎。（《三己》卷七〈周麩麵〉）

> 溫州瑞安縣木匠王俊，自少爲藝，工製精巧如老成，年十七八時，
> 夢入（冥）府，（冥使）檢示之曰：「田不過六十畝，壽不過八十歲。」
> 俊時有田三十畝，自謂己技藝之精，既享上壽，何得不富，不以此
> 夢爲然，後數歲，田至六十畝。（《志補》卷十四〈田畝定限〉）

蓋自古以農立國，農業生產仍爲經濟之主流，士、農、工等均可有地主之身
分，在土地自由讓渡之情形下，農業生活並不限於農民，農民之農業資本固
有缺乏者，但就地主而言，應爲寬裕。

（二）有關視田、檢校

一般而言，地主所擁有之土地，由於讓渡頻繁，多呈畸零而分散，自力
經營不便，遂多啓兼併之心，乃有兼併之家。

> 德興齊村，皆齊氏雜居，武義君之子以豪彊擅鄉曲，凡他人田疇或
> 與接畛者，必以計傾奪。（《志補》卷七〈齊生冒占田〉）

> 建康城外二十里，鄉豪民操持中，貲業本不豐，而善諧結府縣胥徒，
> 以爲囂訟地，里人望而畏之，所居近處有田百畝，皆已爲己有，唯
> 甲氏一丘介其間，頗爲妨礙，屢欲得之而未獲。（《三辛》卷六〈操
> 持中〉）

而此一類地主，尙居住於鄉村，從事土地之取得與農田之經營，事實上，大
多數之地主，祇有田產置於鄉村，而本身居住於城市或市鎮，土地則招人佃
耕。

> 南城人劉生，別業在城南三十里，地名鯉湖，時往其所檢視錢穀。（《丁
> 志》卷十八〈劉狗麋〉）

> 王德華少卿玨，紹興十四年待行在糧料院闕，寓居平江橫金市，市
> 之西南曰魯都灣，有田數百畝。（《丁志》卷三〈寶華鍾〉）

> 士子某居城市，而田在廣嚴。（《支戊》卷六〈天台士子〉）

福唐梁緄居城市，曾往其鄉永福縣視田。(《志補》卷二十〈梁僕毛
公〉)

由於租課有貨幣地租與實物地租之別，以後者爲主要形式，又有分成租與定
額租之別，〔註27〕定額租不論豐歉，租額固定，對地主影響不大，而分成租
則不論對分租或四六租、三七租，〔註28〕其收成好壞，則關係到地主收入，
常需地主下鄉檢校。

（三）有關幹僕、攬戶

在地主有需要之下，其錢穀出納，亦有豢養幹人、幹僕代行之者。

吳興鄉俗，每租一斗爲百有十二合，由主取百有十，而幹僕得其二。

(《志補》卷七〈沈二八主管〉)

幹僕之職務，亦包括收掠地主所放債務。

湖州周司戶幹僕陶忠，掌收掠儌債之直。(《支景》卷四〈清塘石佛〉)

由於幹僕從中取巧，因此其收入亦「豐腴」，至於官賦，則亦有委由攬戶經手
出納者。

樂平南原富室劉氏，與邑馴葉三郎者，再世往來，劉兄弟二人，稅
畝甚廣，每歲所輸官賦，悉以委葉，於出納之間，頗獲贏潤，蓋市
井薄徒，俗目爲攬戶者是已。(《志補》卷七〈葉三郎〉)

以上諸色人等，實爲寄食於地主者，可見當時農村土地經營，並不在地主及
其家族而已。

（四）農村地主之角色

地主有大小之別，其大者雖未必可與將相官僚地主相比，然實爲可觀，
如《甲志》卷七〈查市道人〉：

常德府查市富戶余翁家，歲收穀十萬石。

當時國家營田，蜀口之歲入不過十二萬石，武昌之歲入不過八萬石，〔註29〕
而常德查市之富戶即能有此數，實可觀也。

米穀之入既多，居住在城鎮之富室，必然以之出糶，如前引查市余翁，

〔註27〕見蘇金源，〈論宋代客戶的人身依附關係〉，《宋史研究論文集》，第80頁。
〔註28〕《容齋隨筆》卷四〈牛米〉：「予觀今吾鄉之俗，募人耕田，十取其五，而用
　　　　主牛者取其六，謂之牛米。」是鄱俗佃戶用己牛耕，則對分租，用地主牛耕
　　　　則四六分租。
〔註29〕見《宋會要輯稿》刑法二。

常減價出糶，每糶一石，又以半升增給之，人則以其爲「處心仁廉」，蓋米價抑揚之際，能稍予高價收購，低價賣出，誠爲人所誦揚，而事實上，乘農民急須糶米而閉廩索價之情形仍多，爲害大矣。

> 黃州村民閭丘十五者，富於田畝，多積米穀，每幸凶年，即閉廩索價，細民苦之。（《志補》卷三〈閭丘十五〉）

一般而言，地主爲鄉村經濟之主導者，扮演極重要之角色，其「仁」與「不仁」，實關係到米價抑揚，而米價本身又關係到社會之安定。

> （臨江軍）乾道七年旱，米價騰踊，盜賊四發。（《志補》卷二四〈張二十四郎〉）

是地主在社會安定上，原亦承當重要之責任。

（五）關於「中人之家」

中戶即自耕農，自給自足，理應較下戶及佃戶富裕，然時人有「中戶最可憫憐」之語，〔註30〕最主要中戶僅有「入僅償出」之物力，卻需負擔與上戶同等之賦稅差科等繁重義務，因此破產者不少。以致於自殺就死。如：

> （南農）一農夫自縊而氣未絕，急呼傍近人共救解之，既得活，詢其故，曰：「負租坐繫，不能輸，雖幸責任給限，竟無以自脫，至於就死，豈予所欲哉？」（《丁志》卷二十〈朱承議〉）

在差役方面，中戶必須充當職役中之弓手，在熙寧變法之後，仍需充當里正、戶長等差役，在《夷堅志》中，不堪差役而自殺者，亦多有之（《志補》卷五〈張允蹈二獄〉、卷三〈高南壽捕盜〉），其中，不少爲中戶。

（六）關於佃戶、田僕

宋代佃戶，即所謂鄉村客戶，「不占田之民，借人之牛，受人之土，庸而耕者」……其原本即生活貧苦，故必須賴以求生，終身辛勤，亦僅自給。

> 撫民馮四，家貧不能活，逃於宜黃，攜妻及六子往投大姓。得田耕作，遂力農治園，經二十年，幼者亦娶婦，生涯僅給。（《三壬》卷一〈馮氏陰禍〉）

依據宋代法律，客戶之身分地位，較前提高，與主戶同爲齊民、良人，而且在收成後，有遷徒之自由，與地主之關係，往往止限於耕作及地租，在農隙之時，不必爲地主免費服役，此與前代莊園部曲制之最大不同處，因而使佃

〔註30〕見朱家源，〈談談宋代的鄉村中戶〉，《宋史研究論文集》，第68頁。

農在暇日可以從事其他工作以自給。

> 樂年新進鄉農民陳五，爲瞿氏田僕，每以暇日受他人庸雇，負擔遠
> 適。(《支癸》卷五〈神遊西湖〉)

由於耕牛爲生產工具，而多屬於地主，故凡有生產損耗，必須與地主商量。

> 田僕陳六來告曰：「宅主眾犬，屢齧殺羊。」(《丁志》卷五〈四眼狗〉)
> 田僕來報：「昨夕三更，白悖生犢。」(同上〈師逸來生債〉)

其不堪任使者，亦可使地主更易。

> 李彥威大夫置田上饒，春務正急，莊農來告，所得牛喜觝觸而不肯
> 耕，請鬻之，別市堪使者。(《志補》卷四〈李大夫莊牛〉)

因此，不論地主與佃戶之人身依附關係之強弱，地位上多處在相對契約關係
上。

不過，相對契約關係並非一成不變，佃戶對地主依賴愈高，則地位愈降，
佃戶又稱田僕，主要即其社會地位不高之故，其承佃之地往往遠離市鎮。

> 蘄春縣大同鄉人黃元功，富室也。佃僕張甲，受田於七十里外查梨
> 山下。(《支庚》卷一〈黃解元田僕〉)

除耕種之外，亦必須擔任其他職務。

> 濮州臨濮縣徐村農民鮑六，貧甚，爲富家傭耕，嘗遣往東阿，兩月
> 未返。(《三補》〈楊樹精〉)

此一額外工作是否有報酬，並不一定，然其與地主之人身依附關係，自然加
強，於是地主對人身之干涉，自然亦提高。如福州黃閣人劉四九秀才之妻鬼
小娘，其妾父爲田僕，嘗來而呼罵之：「汝去年負穀若干斛，何爲不償？」即
「令他僕執而撻之」，類似此種私刑，使田僕之地位，又回復到與唐代莊園部
曲相同之農奴地位。〔註31〕所不同者雖然有所干預，大多皆因逋負之故，而
且田僕亦未必全然接受干預。以下二例足爲代表：

> 樂平人向生，有陸圃在懷義鄉，戒其佃僕曰：「此地正好種菽豆。」
> 僕以爲不然，改植山禾。一日，向乘驢至彼按視，怒之，悉加芟蕩，
> 僕方冀收成而弗獲，大失望，即入室取利斧出，劃及已及向。(《支
> 庚》卷七〈向生驢〉)

> 南城鄧椿年，……少時甚畏蘿蔔，……長而益甚，……及歸老，田

〔註31〕宋代佃農終與農奴不同，見王曾瑜《宋代社會研究》，第 48 頁。此僅指撻奴
而言。

> 園亘阡陌，每出巡莊，好精意檢校。佃僕桀黠者，陽遺一二於地，
> 若打併不能盡者，才望見，怒罵而去，雖值陰晦暮夜，亦不肯留。
> 謂彼家多畜是物，慮再逢之爾。(《三壬》卷一〈鄧生畏蘿蔔〉)

前一例中，大概是由於實物地租之故，希望種菽豆，以便以此課之，佃僕不但不從，而且在地主橫蠻時，且以刀刃相向，不但說民佃戶之佃權，而且地位終究稍高於農奴。後一例更說明佃戶可以用狡計對付地主之干預，並非全無反抗之餘力也。

更重要者，佃戶在解決貧窮問題之後，更有能力轉業，甚至因而發迹變泰，完全擺脫對地主依賴，此則為前代所不許。

> 鄭四客，台州仙居人，為林通判家佃戶，後稍有儲羨，或出入販賣
> 紗帛海物。(《支景》卷五〈鄭四客〉)

總之，宋代佃戶、田僕地位較前提高，而且，其租課負責之對象在地主而非官吏，遭撲撻者有之，逋負送官者有之，但因無業可守，無產可鬻，祇需長期出賣勞力，負擔反較中下戶為輕，轉業亦較無所顧忌，[註32] 祇是傳統「恆產」觀念中，土地之擁有，不但代表地位，而且亦充滿希望。

> 溫州村落一山，去城市遠，無人買佃，但名為官山。乾道中，農民
> 陳、李兩叟，各劚地種粟。(《支丁》卷二〈顧百一〉)

> 會稽鏡湖，在唐日廣袤三百里。後來貧民盜占為田，今之視昔，不
> 及十分之一也。(《三己》卷八〈鏡湖大鏡〉)

類此非法占用而不納租課之情形，當時固多，可見農民對耕地之需求。

（七）有關農村勞力

以農村耕作而言，在稻米生長期間，是為農忙季節，其農業勞力需求量大，尤其在挿秧之際，婦女兒童皆有所參與。

> 鄱陽城下東塔寺與城北芝山禪院皆有田在崇德鄉，疇壤相接，耕農
> 散居，慶元三年五月一日，農人男女盡詣田挿稻秧。(《支癸》卷九
> 東塔寺莊風災)

在人力支應不及，則需以錢雇人夫助役。

> 紹熙二年春，金溪民吳廿九將種稻，從其母假所著皂綈袍，曰：「明

〔註32〕有關宋代客戶之人身依附關係，近人大多認為較前減輕，見蘇金源，〈論宋代客戶的人身依附關係〉及曾瓊碧〈宋代鄉村客戶的封建隸屬關係〉，由本文所舉諸例見之，誠然。

日挿秧，要典錢，與雇夫工食費。」(《支丁》卷四〈吳廿九〉)
農村人力主要來自鄉村。

> 湖州城外十八里曰大錢村，乾道十年春，農民朱七爲人傭耕。(《支
> 景》卷三〈大錢村〉)

> 吾鄉昔有小民，樸鈍無它技，唯與人傭力受直，族祖家日以三十錢
> 雇之舂穀，凡歲餘得錢十四千。(《丙志》卷十一〈錢爲鼠鳴〉)

前者或係暫時性者，後者則屬長期性者，如此則與一般家內服役者無異。

在農閒季節中，鄉村人力過剩，則往往外流，從事行販傭工，亦爲常見。

> 荊門軍長林縣民寨大，居郭北七八十里間。有一女，納同里鄒亞劉
> 爲贅壻。鄒愚陋不解事，薄有貲業，且常爲人傭，跋涉遠道，在家
> 之日少。寨據其屋，耕其田，又將致諸死地而掩取其產。……紹熙
> 四年秋，城人員一販牛往襄陽，鄒輔行。畢事南還，寨遙見員生跨
> 馬，鄒負擔在其後。(《支景》卷一〈員一郎馬〉)

> 浮梁民程發，爲人傭力，屢往江浙間。(《支丁》卷五〈黟縣道上婦
> 人〉)

此一情形，在當時頗爲常見，〔註33〕而傭力者亦不盡屬無產業者，可見長守
產業，自給渡日之生活，並非人所願也。

(八)關於農村副業

宋代中下戶及佃農一年收獲，在支應租課之後，所餘僅足自給，因此農
民往往從事農村副業，以增加收入，農村副業之內容甚多。

> 南城田夫周三，當農隙之時，專以捕魚鼈鰍鱔爲事，而殺蛙甚多，
> 至老不輟。(《支甲》卷五〈周三蛙〉)

尤其是依山傍水地區，取給於山林川澤之利者尤多，專業者有之，農暇兼業
者有之。

> 鹽城民周六，居射陽湖之陰，地名朦朧，左右前後皆沮洳藪澤，無
> 田可耕。且爲人闒茸，不自振拔，唯芟刈蘆葦，織席以生。(《支丁》
> 卷九〈鹽城周氏女〉)

> 福州羅源縣村墅名曰鶴坑，有樵夫，常以採薪至籌洋別村，往反屢

〔註33〕見梁庚堯，《南宋的農村經濟》，第三章，〈南宋的農家勞力與農業資本〉，第
163頁。

矣。(《支戊》卷一〈籌洋村鬼〉)

> 南劍州順昌縣石溪村民李甲，年四十不娶，……常伐木燒炭，鬻於
> 市，得錢，則日糴二升米以自給，有餘，則貯留以爲雨雪不可出之
> 用，此外未嘗妄費。(《支戊》卷一〈石溪李仙〉)

或直取於山川，或略以加工，均能維持生計，此外農村手工業，如紡織等，
亦往往爲農村婦女蠶桑之外之主要工作，因此農村人力，在維生需要上，往
往充分利用。

　　一般而言，農村作物及手工業產品，在市鎮流動，以供城市之需，因此
城市爲農產品市場所在。

> (張主簿墓僕壻)淳熙十三年八月，采菱於上湖，夜歸，冥行小
> 徑，……曰，：「要將菱角歸家，事持洗滌，赴絕早上市。」(《支庚》
> 卷一〈張主簿墓僕〉)

> 錢塘民沈全、施永，皆以捕蛙爲業，政和六年，往本邑靈芝鄉，投
> 里民李安家寓止。彼處固多蛙，前此無人采捕。沈、施既至，窮日
> 力取之，令兒曹挈入城販鬻，所獲視常時十倍。(《支甲》卷四〈錢
> 塘老僧〉)

隨得隨鬻，自產自銷，此爲近城農村副業之特色。

二、城市經濟生活

　　城市經濟生活以商業爲主，由於農村普遍貧困，其過剩人力都被都市吸
收，造成都市人口逐漸上升，但有部份地區，鄉村人口亦有下降之勢，顯示
人力外流，有偏多之趨勢，宋代都市普遍繁榮，爲最大特色，其中有關兩京
富盛之景象，見於載籍、地志記錄者特多，近人研究成果亦豐，可供考見，《夷
堅志》對此，亦提供大量資料，以互爲參佐，至於臨安以外之城廂市鎮生活，
亦可資補證。

(一)關於都市發展

　　都市之繁榮發展，主要依靠社會力量促成，在南渡之際，各地兵災禍連，
都市景象蕭條，各地皆然。

> 紹興初，江湖群盜不靖。鄱陽城內雖不罹兵戈，人煙亦蕭疏。(《支
> 癸》卷九〈申先生〉)

鄱陽爲洪邁鄉里所在，所言不虛，然以不罹兵戾，其恢復亦較快。

由於城市在體制規模上，不能容納太多人口，於是向城外、郊區發展，造成城郊之繁榮。

> （雲都）縣市舊集于南洲，而縣治外但曠野。吳（僧伽）過門，必
> 言曰：「錢將平腰矣。」及洲沒於水，市遂徒于邑門之陽。（《丁志》
> 卷八〈吳僧伽〉）

雩都爲小縣，其城郊發展亦可達到「錢將平腰」之地步，其餘地區可知也，其如鄂州地狹而人眾，竟至於少葬埋之所，近城隙地，積骸重疊，在《夷堅志》亦有記載，均有助於考見城市發展情形。

（二）關於墟市

傳統都市之繁榮，亦帶動其他附近鄉村定期市集——墟市——之發展，因而促進新興城市之產生，以下即爲一例。

> 寧越靈山縣外，六山相連，故名曰石六山，巖谷奇偉，山容秀絕。
> 舊爲墟市，居民益廣。商旅交會，至於成邑。（《三己》卷一〈石六
> 山美女〉）

墟市之盛，爲南宋市鎮發展之一大特色，今人研究者亦多，然多探其發展情況及散佈情形，在《夷堅志》中，則提供其社會情狀。

> 餘干古步，有墟市數百家，爲商賈往來通道，屠宰者甚眾。（《三壬》
> 卷九〈古步王屠〉）

> 黃池鎮隸太平州，其東即爲宣城縣境，十里間有聚落，皆亡賴惡子
> 及不逞宗室嘯集，屠牛殺狗，釀私酒，鑄毛錢，造楮幣，凡違禁害
> 人之事，靡所不有。（《支戊》卷四〈黃池牛〉）

墟市之受政府管制較少，雖不法活動各地皆有，然墟市之情形應較都市密集。

（三）關於都市消費供應

商業活動主要表現在消費上，而都市繁榮，則表現在其消費之項目上，爲滿足都市消費，城市行業亦逐漸多樣化，從《夢粱錄》、《武林舊事》等書之記載中，當時臨安城內所存在之各種行業，可謂一應俱全，由是足見其繁榮之景象，〔註34〕惟此一情形，並不限於臨安所獨有，部分亦見於其他都市。

> 信州五通樓前王氏，專售荷包爌肉，調芼勝於它鋪。（《三辛》卷六

〔註34〕見謝和耐著，馬德程譯，《南宋社會生活史》第27～34頁。

〈五色雞卵〉）

饒州市販細民魯四公，煮豬羊血爲羹售人，以養妻子，日所得不能
過二百錢，然安貧守分，未嘗與鄰里有一語致爭。（《支癸》卷八〈魯
四公〉）

平江屠者賈循，以貨靡爲業，常豢飼數十頭，每夕宰其一。迨旦，
持出鬻於市，吳地少此物，率一斤直錢一千，人皆爭買，移時而盡。
（《支庚》卷二〈賈屠宰靡〉）

（饒州）汪有之，居在雙巷，早間擔甕器出市變賣，還穿軍營欲歸，
買得油酥雪糕，準擬與娘喫。（《志補》卷二三〈紫極街怪〉）

以上均屬食物消費之類，惟豬羊血羹在臨安御街有售，[註35]然皆屬精饌，
其售於市，固非止於一飽而已。

湖州人陳小八，以商販縑帛致溫裕，……迨慶元三年正月，陳賣金
銀往邵陽，買隔下織。（《三辛》卷十〈陳小八子債〉）

樂平人白承節，淳熙初監蘄州蘄口鎮，市客金生抱販束帛，每出入
鎮宅甚熟，……白竊取其邵陽隔織兩匹。（《三辛》卷六〈金客隔織〉）

隔織、隔卜織均係緙絲，即《三己》卷二〈許家女郎〉條之「尅絲花綾木錦」，
爲珍貴織品，[註36]商人以之行販，表示市場需要，從尤溪縣市許七郎用爲
室女陪葬物觀之，亦可見市民之購買能力如何也。

以上從市民衣食日常消費情形，有助於瞭解當時一般消費能力。

（四）關於作坊

作坊爲手工業製造、加工之場所，在宋代特別發達，當時臨安城內，有
各式作坊，見《夢梁錄》卷十三團行條，下列諸作坊，均可作補充及說明。

賣爐鴨……買之（鴨）於市，日五雙，天未明，齎詣大作坊，就釜
竈燖治成熟，而償主人柴料之費，凡同販者亦如此。一日所贏自足
以餬口。（《丁志》卷四〈王立爐鴨〉）

臨安宰豬，但一大屠爲之長，每五鼓擊殺于作坊，須割裂既竟，然
後眾屠兒分挈以去。獨河東人鄭六十者，自置肆殺之。（《丁志》卷
九〈河東鄭屠〉）

〔註35〕《夢梁錄》卷十三天曉諸人出市。
〔註36〕見《中國紡織史話》，第 120 頁。

許大郎者，京師人。世以觕麵爲業，然僅能自贍。至此老頗留意營
理，增磨坊三處，買驢三四十頭，市麥於外邑，貪多務得，無時少
緩。如是十數年，家道日以昌盛，駸駸致富矣。(《支戊》卷七〈許
大郎〉)

臨安豐樂橋側，開機坊周五家。(《支丁》卷〈周氏買花〉)

(鄱陽毛家巷) 淳熙中，染坊余四與吳廿二者，鋪肆相望，而余之
力薄，遣一子投募染工役作，中夜始息。(《三辛》卷七〈毛家巷鬼〉)

鄒氏，世爲兗人，至於師孟，徙居徐州蕭縣北之白土鎮，爲白器窰
總首，凡三十餘窰，陶匠數百。(《三己》卷四〈蕭縣陶匠〉)

前二例爊鴨作坊及屠豬作坊，[註37] 帶有行會性質，主人當即「行老」，前者
祇提供場所，後者帶有實際服務，而取其柴料等費，其有任私屠者，可見組
織亦非絕對性質。後四例則私人作坊，均屬手工製造業，其規模及人、物力
容受與產量，隨個人資金多寡而異。

(五) 關於資金運用

自古商賈有大小之別，與其商業種類固有相關，最重要者，尚在財力方
面，泛海船東固富，店肆行販亦未必窮，商品較前豐富，經營方式更見開展，
在《夷堅志》中，對此亦提供不少資料，足以說明。

泉州人王元懋，少時祇役僧寺，其師教以南番諸國書，盡能曉習。嘗
隨海舶詣占城，國王嘉其兼通番漢書，延爲館客，仍嫁以女，留十年
而歸。所蓄奩具百萬緡，而貪利之心愈熾，遂主船舶貿易，其富不貲。
留丞相諸葛侍郎皆與其爲姻家。淳熙五年，使行錢吳大作綱首，凡火
長之屬一圖帳者三十八人，同舟泛洋，一去十載。以十五年七月還，
次惠州羅浮山南，獲息數十倍。(《三己》卷六〈王元懋巨惡〉)

對外貿易，向來皆「巨商爲綱首」(《萍州可談》)，間有海客數人附載，而此
則由船主雇人爲綱首，可見經營形式已有不同。

襄陽申師孟，以善商販著幹聲于江湖間。富室裴氏訪求得之，相與
驩甚，付以本錢十萬緡，聽其所爲，居三年，獲息一倍，往輸之主
家，又益三十萬緡。凡數歲，老裴死，歸臨安弔哭，仍還其貲。裴

〔註37〕據《夢粱錄》卷十六肉鋪條，謂「三更開行上市，至曉方罷去。」與此不同，
　　　　可參見。

－572－

子以十分之三與之，得銀二萬兩。(《三辛》卷八〈申師孟銀〉)

此由富室出本錢，而委人以經理之投資形式也。

> 平江人江仲謀，於府內飲馬橋南啓熟藥鋪。紹熙五年，又執一肆於
> 常熟梅里鎮，擇七月十二日開張。(《支庚》卷四〈伏虎司徒廟〉)

> 信州貴溪聞人氏有二子，長曰邦榮，次曰邦華，父在時預為區處生
> 理，在縣啓茶肆以與邦華，於州啓藥肆以與邦榮。(《志補》卷五〈聞
> 人邦華〉)

> 潁州富商武邦寧，啓大肆，貨縑帛，交易豪盛，為一郡之甲。(《支
> 庚》卷五〈武女異疾〉)

以上三例，存在不同之資金運用方式，第二例較屬傳統性，第一例和第三例
說明市場影響資金之運用，第一例擴大營銷範圍，第三例擴大其門市，以增
加交易量，類此之營運方式，實亦促進商業活動更趨活潑。

以下一例，更為特殊，可提供商業資金運用之參考。

> 撫州民陳泰，以販布起家。每歲輒出捐本錢，貸崇仁、樂安、金溪
> 諸債戶，達於吉之屬邑，各有駔主其事，至六月，自往斂索，率暮
> 秋乃歸，如是久矣。……(樂安駔曾小六)曰：「初用渠錢五百千，
> 為作屋停貨，今積布至數千匹。」(《支癸》卷五〈陳泰冤夢〉)

此一營運方式，較諸今日期貨買賣，實有過之無不及者，足資提供研究宋代
商業資本之發展。

（六）關於買撲

買撲即撲買，即民戶承包經營各地場務、津渡、坑冶之利，為宋代特有制
度，一如官田之承買，《夷堅志》亦有記載，臨安市民沈一撲買錢塘門外豐樂樓
庫（《志補》卷七〈豐樂樓庫〉)，而岳州附近河泊，宗室子某，亦撲買大半（《三
辛》卷八〈岳州河泊〉)，洪氏亦說明前者在戶等上稱為「酒拍戶」，而後者主要
收其魚鮪之利，依法仕宦之家，不得撲買，孝宗時則開放之，[註38]《夷堅志》
提供其佐證。

> 明州人夏主簿，與富民林氏共買撲官酒坊，它店從而沽拍，各隨數
> 多寡，償認其課。(《支戊》卷五〈劉元八郎〉)

[註38] 見王曾瑜，朱家源，〈宋朝的官戶〉《宋史研究論文集》，第 16 頁，《宋會要輯
稿》食貨二一。

此爲共本撲買,而夏主簿則具有官員之身分。

在《夷堅志》中,每一故事之主人翁,往往一二人而已,其中大多爲城鄉小民,重複出現,因而對其生活背景,往往交待更加詳盡,其所提供之資料,亦多而可貴,除以上所舉者外,他如屬於掮客或中間商人之各種駔儈,其大者如下蔡之吳五郎(《志補》卷七〈張本頭〉),小者如江陵之村儈(《支景》卷一〈江陵村儈〉),其實際情形,均有記載,而前者對邊境貿易,更提供寶貴資料。至於城鄉各種服務性行業,無店鋪肆、沿門求雇之個體手工業,或單純出賣勞力之人,在《夷堅志》中,亦常出現,其中洪州民杜三汲水販賣、賣蚊藥(《乙志》卷七〈杜三不孝〉),衡州陳道人行市磨鏡(《丁志》卷二十〈陳磨鏡〉)、黃元蕩民余三乙徙居臨安外沙「撲賣頭帬箆掠」〔註39〕(《志補》卷四〈余三乙〉)等,均屬所謂「小經紀」者,見《武林舊事》卷六,可互相參佐,惟周密強調此類經紀爲「他處所無」,事實上,在處州松陽以箍縛盤甑爲業之王六八,赴縉陽爲周氏葺甑(《支丁》卷八〈王甑工虱異〉),樂平白石村民負機軸爲人織紗於十里外(《乙志》卷八〈無頭鬼〉),石溪人楊四工造酒,亦常爲富室結竈就地蒸酒(《三壬》卷八〈楊四雞禍〉)等,對鄉鎮小經紀者亦提供資料說明。

三、遊藝活動

宋代都市空前繁榮,自然形成巨大之社會力量,對於文化娛樂生活需求,自然提高,我國游藝事業在此時得到極大之開展,近人研究已多,其中部分資料,多從《夷堅志》以見之,如王國維氏嘗就《支乙》卷四〈優伶箴戲〉條所載,考見當時雜劇,至於宋代之滑稽戲,〔註40〕吾人仍可就之窺見當時搬演情形,並溯其源流,成爲重要佐證。此類資料之可信度頗高,如《支丁》卷三〈班固入夢〉條,記乾道六年冬呂德卿及其友人同出嘉應門外茶肆中坐,見幅紙用緋帖,尾云:「今晚講說《漢書》。」此一資料,近人多用以說明說話人講說之場所、內容及事前招牌準備,此故事出於呂德卿本人提供,可謂當時第一手資料。

說話四家數中,是否包括合生,向來爭議久,其實際演出情形如何,亦多紛紜,惟《夷堅志》《支乙》卷六〈合生詩詞〉條所記,實已明白,所謂:「能

〔註39〕 明鈔本作「頭繡編掠」,當即《武林舊事》(卷六小經紀條)之「頭鬚編掠」。
〔註40〕 王國維《宋元戲曲考二》宋之滑稽戲。

於席上指物題詠，應命輒成者，謂之合生，其滑稽含玩諷者，謂之喬合生。」洪邁更舉兩例以言之，均能「指物」而且「輒成」，與題詠有關，其中後例且洪邁親身經歷，實無容置疑。〔註41〕

熙豐間以「說諢話」及「十七字詩」揚名京師之藝人——張山人，《夷堅‧乙志》卷十八〈張山人詩〉條，記其生平及歸老道死事，為此一代藝人晚年潦倒作一註腳，並可就輕薄子弟之擬作中，知十七字詩之形式。

《夷堅‧乙志》卷十三〈九華天仙〉條，錄惜奴嬌大曲一篇，凡九闋，王觀堂〈唐宋大曲考〉以其無散序、排遍、入破之名，疑「不知大曲者，依倣為之也」，然王氏又錄《高麗史‧樂志》惜奴嬌曲破，凡八遍，亦無曲遍名，而謂「大曲之遺聲」者，是所疑亦以意度之耳，劉永傳以其詞荒誕不經，並未錄之，然不以擬作視之，〔註42〕誠然，蓋此故事洪邁得之於岳父家，此篇則為邁妻之姊妹請大仙所降，其固非有仙人真能作此，然若出於箕生之手，誠亦可觀。

以上均為今人探研當時戲曲說話之重要資料，至於其他伎藝，在《夷堅志》中，尚提供可貴之文獻，諸如：

> 胡五者，宜黃細民，每鄉社聚戲作研鼓時則為道士，故目為胡道士。
> 以煮螺螄為業，必先揭其甲，然後烹之。（《丁志》卷八〈胡道士〉）

> （薛大圭）遇三四道人聚野店，各有息氣竹拍，從而求之，且脫巾換其所戴緇布，解衫以易布道袍服，……唱詞乞索。（《支癸》卷一〈薛湘潭〉）

此二條資料，說明當時道士亦以伎藝維生，使用工具為研鼓、息氣拍子等，《武林舊事》卷六記瓦市伎藝有「彈唱因緣」一目，下例伎藝十一人，其中道士佔七人，雖然表演方式及內容未必相同，然《夷堅志》顯示，胡四之為道士乃臨時性者，而薛大圭所遇則為沿門乞索時，相信在瓦市賣伎者，亦非真黃冠，以上資料是否足以說明彈唱文學之流變，尚待進一步考察。

> 華亭縣普照寺僧惠明，……嘗遇手影戲者，人請之占頌，即把筆書云：「三尺生消作戲臺，全憑十指逞詼諧。有時明月燈窗下，一笑還從掌握來。」

〔註41〕關於合生，李嘯倉《宋元伎藝雜考——合生考》，及任二北《唐戲弄》第二章第五節合生，考之甚詳，胡士瑩《話本小說概論》，第四章第五節合生與商謎所言較中肯。

〔註42〕見劉永傳，《宋代歌舞戲曲錄要》，第40頁。

由「三尺生綃作戲臺」一語，知當時有以此爲藝者，惟功夫全在雙手掌握間，別無道具。

> 成都雙流縣宇文氏，大族也。……家有姻禮，張樂命伎，優伶之戲甚盛。（《丙志》卷二〈魏秀才〉）

> 永嘉諸葛賁，……迨（淳熙）丁未赴省，偶展試日，當二月初，試畢東還。二十五日揭榜，後三日，其叔母戴氏生辰，相招慶會，門首內用優伶雜劇。（《三壬》卷九〈諸葛賁致語〉）

此則說明當時人家生辰姻禮，有用雜劇，演出地點即在門首內，二者發生地點均重要，前者在成都，後者在永嘉（溫州），或可爲南戲發生時間之旁證，至少證明「南戲始於宋光宗朝」（《南詞敍錄》）一語，有待商榷。

> 鄱陽……俄有推戶者，狀如倡女，服飾華麗，而遍體沾濕，攜一複來曰：「我乃路岐散樂子弟也，知市上李希聖宅親禮請客，要去打窠地。家眾既往，我獨避雨，趕趁不上。願容我寄宿。」（《支庚》卷七〈雙港富民子〉）

此與前二則同在人喜慶時演出，所不同者，在於「打窠地」，「打窠地」，他書未見，當即「打野呵」，衝州撞府，四處趕趁者，據此更可見其不請自來之演出方式。

> 「我家本微薄，亦當去從路岐爲踏索之技，所以習熟。」（《三壬》卷三〈張三店女子〉）

> 路岐散倡邊換師，遊涉嘉興，就邸於闤闠中。一日黃昏時，有少年登門，持錢置酒，……因留寢宿，……遂謝絕他客。其母責誚之曰：「汝執性若此，何以供衣食之資？」邊曰：「每夕少年郎至，必有所攜，豈得云無獲？」（《三己》卷七〈邊換師〉）

所謂「路岐不入勾欄」（《武林舊事》），近人或以「路岐」爲雜劇藝人之稱，〔註43〕然在此「路岐」可以是雜伎藝人，又可以爲倡妓，《甲志》卷二〈宗立本小兒〉條，其兒能把巨筆作一大闊字，篆隸草不學而成，見名賢古帖墨蹟，稍加摹臨，必曲盡其妙。然立本蓋市井小民，遽棄舊業（行商販縑帛），而攜此兒行游，使習「路岐賤態」，藉以自給，可見路岐之本義，即在字面

〔註43〕馮沅君〈古劇四考・路岐考〉即謂：「宋元時代的伶人叫做路岐。」在註語中謂其用法有廣義、狹義之分，廣義者指一般藝人，仍未得其指；錢南揚《戲文概論》民間藝人叫做路岐，間仍有稱散樂，顯然亦此說者。

上，取其「行游」「行涉」性而言，不在瓦市勾欄等特定地點者均屬之，優伶則爲職業之一種，優伶未必均在路岐，路岐亦未必皆能演唱。

> 傅七郎者，蘄春人，其第二子曰傅九，年二十九，好狎遊，常爲倡
> 家營辦生業，遂與散樂林小姐綢繆，約竊負而逃。（《三己》卷四〈傅
> 九林小姐〉）

散樂之名，近人亦認係路岐之同義字，在《夷堅志》中，散樂女子甚常見，或祇稱「散樂」（《三辛》卷十〈王節妻裴〉），或稱「散樂一伎」（《支乙》卷〈六合生詩詞〉）、「散樂倡女」（《志補》卷五〈婺州富家犬〉），多與倡伎有關，疑當爲有伎藝之伶女，如歌諸宮調之洪惠英是也，胡忌《宋金雜劇考》嘗就散樂予以闡論，其謂散樂與打野狐有關連，思過半矣。

總之，宋代「倡伎」、「優伶」、「路岐」、「散樂」，可以同時指稱一人，然即混用無別，亦不妥當也，從《夷堅志》所見，可知也。

從《夷堅志》考見當時生活，舉凡食、衣、住、行等日常生活，生、老、病、死等人生儀式，及「白衣社」、「廟會」等宗教活動，均有詳細之記載，尤其城鄉遊民、盜賊偷竊之徒，種種不法行爲，亦未有詳於此者，至於各地大小兵變、寇亂，其不見史籍者，往往見之於此，諸如此類，其價值尤爲著明也。

第五節　存當時軼事

遺文軼事乃相對於「正史」而言，《夷堅志》雖爲志怪，然其書未嘗無補於正史，《宋史》修纂於元末，其中亦間用《夷堅志》所載諸事。如：

《志補》卷一〈蕪湖孝女〉──《宋史》卷四六〇〈詹氏女傳〉

《甲志》卷十〈譚氏節操〉──《宋史》卷四六〇〈譚氏傳〉

《甲志》卷二十〈節夫義婦〉──《宋史》卷四六〇〈董氏傳附〉〔註44〕、
　　　　　　　　　　　　　　　《宋史》卷四四九〈范旺傳〉

《甲志》卷八〈海大魚〉──《宋史》卷六二〈五行志〉一下（下同）

《支戊》卷九〈海鹽巨鰍〉

《乙志》卷十五〈何衝水鬥〉

《丙志》卷九〈宣和龍〉

《支乙》卷九〈宜黃丞廳蛇〉

〔註44〕吳曾《能改齋漫錄》卷十八節婦與此略同。

《甲志》卷八〈海馬〉

《志補》卷二一〈鄱陽六臂兒〉

《甲志》卷九〈花果異〉──《宋史》卷六三〈五行志〉二上

《丁志》卷八〈瑞雲雀〉──《宋史》卷六四〈五行志〉二下（下同）

《三辛》卷四〈巴陵血光〉

《丁志》卷十三〈漢陽石榴〉──《宋史》卷六五〈五行志〉三（下同）

《甲志》卷十五〈陳尊者〉

《甲志》卷一〈冰龜〉

《甲志》卷四〈鼠災〉

《三己》卷三〈海州虎豕〉

《丁志》卷七〈朱勝私印〉──《宋史》卷六六〈五行志〉四（下同）

《三壬》卷七〈郫縣銅馬〉

《丁志》卷五〈荊山莊甕〉

《丁志》卷十〈潮州象〉

《甲志》卷一〈犬異〉

除此之外，《甲志》卷一〈熙州龍〉亦見引入《金史》卷二三〈五行志〉，以上皆為後世史家援入正史者也，蓋古人深信災異之說，修史之時，往往將志怪所書，攔入五行志中，久成體例，固無足怪，〔註45〕〈蕪湖孝女〉條篇末：「故備錄之，異日用補國史也。」後日果用之。當時詩人陸游謂此書「堪史補」者，即在乎是。

又《建炎以來繫年要錄》卷四十建炎四年十二月癸未載馬識遠事，註謂：「此以洪邁《夷堅志》所書修入。」今知其用《乙志》卷十九〈馬識遠〉條；又《丙志》卷十七〈劉夷叔〉條，則見在同書卷一八二，凡此皆說明其書之史料價值實非小也。

《夷堅志》對正史及其他較正式史籍有所裨益外，其中「遺聞軼事」亦未必別無可采，蓋軼事者，乃謂之當時傳聞也，其表現方式往往較正史為活潑，有助於後人對歷史人物作多方面之認識，其價值性又往往視其時代及人

〔註45〕沈約《宋書・五行志》即如此，其後《晉書》、《兩唐書》皆然，研究志怪者，可就稽索，以資校對，如《支戊》卷九〈海鹽巨鰍〉故事發生在「紹興二十年四月」，而《宋史》引作「二十四年□月」，據此則知為手民之誤。又《丙志》卷九〈宣和龍〉記「其首如□」嚴本缺字，葉本作「驢」，據《宋史》亦作「驢」，可就此定之。

物地位而定，《夷堅志》在創作時，雖「無意於纂述人事及稱人之惡」，然既以當世爲意，難免涉及，宋代名公大臣事蹟，所見不少，其餘歷史人物，哲學家、文學家等，更不一二見，歷來書家著錄此書，亦多著眼於此，阮元認爲：「書中神怪荒誕之談，居其大半，然而遺文軼事，可資考鏡者，亦往往雜出其間。」（《揅經室外集》卷三）即此之謂。

　　雖然如此，書中言及蘇東坡、王安石、蔡京、秦檜、岳飛、韓世忠著，均超過二十餘則，去其神怪荒誕者，亦有可觀，部分篇章，雖屬軼事，價值亦高。茲擇要述之。

1. 荊公門人

　　王安石文章氣節過人，此司馬光所稱也，然其用人，多取憸巧，多爲人詬病，《丙志》卷十九〈薛秀才〉：

> 王荊公居金陵半山，又建書堂於蔣山道上，多寢處其間。客至必留宿，寒士則假以衾裯，其去也，舉以遺之。臨安薛昂秀才來謁，公與之夜坐，遣取被於家。吳夫人厭其不時之須，應曰：「被盡矣。」公不懌，俄而曰：「吾自有計。」先有狨坐挂梁間，自持叉取之以授薛。明日，又留飯，與奕棋，約負者作梅花詩一章。公先輸一絕句，已而薛敗，不能如約，公口占代之云：「野水荒山寂寞濱，芳條弄色最關春。欲將明艷凌霜雪，未怕青腰玉女嗔。」薛後登第貴顯，爲門下侍郎，至祀公於家，言話動作率以爲法，每著和御製詩，亦用字說。其子入太學，誇語同舍曰：「家君對御作詩，固不偶然。頃在學時，舉學以暇日出游，獨閉門晝臥，夢金甲神人破屋而降，呼曰：『君可學吟詩，它日與聖人唱和去。』今而果驗。」客李驥者，素滑稽，應聲蹙頞連言曰：「果不偶然，果不偶然。」薛子詰之再三，驥曰：「天使是時已爲尊公煩惱了。」蓋以薛不能詩，故戲之也。韓子蒼爲著作郎，人或譖之薛云：「韓改王智興詩譏侮公，其詞曰：『三十年前一乞兒，荊公曾爲替梅詩。如今輸了無人替，莫向金陵更下棋。』」薛泣訴於榻前，韓坐罷知分寧縣。其實非韓作。

其事尾註云：「吳傅朋說。金甲事得之吳虎臣。」今考《能改齋漫錄》，亦記此事，惟較略耳，詩亦不同。此故事雖短，然荊公愛才之心，及不揀精麤之舉，躍然紙上，薛雖非荊公所舉，然大用之後，一意效公所爲，捨其牙唾，其情之鄙陋，亦明白可見。當時新黨用事，執政諸人，推揚荊公，而節氣文

章，終相去遠，姑不論其事之眞僞，然其所表露之人格氣度，實爲鮮明，足爲後世瞭解荊公門人之補充材料。

2. 蔡京去位

蔡京擅國，人多以爲北宋之敗徵，然其希寵，數去相位，仍四登大用，雖爲時人所惡，又無如之何，《夷堅・三己》卷六〈司空見慣〉：

> 蔡京爲左僕射日，官守司空，坐慧星竟天去位。太學生用坡公〈滿庭芳〉詞嘲之，今記其數語云：「光芒長萬丈，司空見慣，應謂尋常。」末句云：「仍傳儋崖父老，祇候蔡元長。」蔡命字正取元者善之長也。長音丁丈反，而其解易以爲長短之長，故因以爲戲。及再當國，密諭學官訪首唱者斥逐之。

蔡公以慧星去位爲史實，時徽宗寵信方伎郭天信，蔡京兩度罷相均以天變，故時人幸之，太學生所改易之滿庭芳詞，前句司空見慣，即在此也。而京之去位，始終亦未遠竄，故人以儋崖爲期，並嘲其解易之失，十分深刻，當時行三舍升貢法，用人取諸太學，太學生惡之若此之甚，可見時人對其痛恨，必過於此。

3. 雍孝聞事

雍孝聞，蜀人，崇寧初省試奏名第一，殿策力詆二蔡，帝怒，減死竄海外。宣和末，思其忠，授修武郎，而孝聞死矣，事見王明清《揮麈錄》，載於典籍，《夷堅・甲志》卷二十〈木先生〉條，記汪致遠紹興十八年時爲湖北總領，赴大將田師中宴集，遇道人木先生，揖汪而去，蓋此人在崇寧五年時，嘗遇之於宣州道店，汪遂憶當時之事，以語諸客：

> 某異其語，疑爲相師，問其姓名，徐對曰：「公知有雍孝聞者乎？吾是也。自崇寧之初，殿廷駁放，浪跡山林，偶有所遇爾。」扣之，不肯言，終夕相對論文而已。至曉而去，不復再見。適睹道人之貌，蓋雍君也，風采與四十年前不少異，眞得道者也。

又謂：

> 木生名廣莫，往來漢沔間，見人唯談文墨，殊不及他事，無有知其爲異人者，沈道原瀰亦識之，云政和中以道士入說法，徽宗謂其得林靈素之半，故以木爲姓。

此事《玉照新志》、《梁谿漫志》亦載，謂：「孝聞沒後，有和州道士，亡其姓名，冒爲孝聞，走江、淮間，其才亦不下孝聞。……至京師，遂得幸祐陵，謂其人可及林靈素之半，賜姓名木廣漢，至紹興猶在」，其或據於《夷堅》，

抑別有所依，然不論木先生是否眞爲雍孝聞，其人忠而敢言，以至遠竄，志節始終爲士夫所仰，可知也。

4. 蘄王晚年

韓世忠爲中興名將，晚年解兵權，逍遙湖山，關於其軼事甚多，洪邁與其少子彥直（子溫）善，得其事不少，言其遇事勇決者，如《乙志》卷三〈韓蘄王誅盜〉：

> 韓蘄王宣撫淮東，獲凶盜數十輩，引至金山，陳刀劍于廷下，以次斬之，皆股戰就誅。獨一盜躍而出揖，指一刀最大者曰：「願從相公乞此刀喫。」韓笑曰：「甚好。」時有中使來宣旨者在坐，爲言此人臨死不怯，似亦可用。韓曰：「彼用計欲脫耳。」竟殺之。

朝廷時以招安爲意，盜之堪用者，率以錄之，而韓別有見地，殊見其遇事之果斷。又《甲志》卷一〈韓郡王薦士〉：

> 紹興中，韓郡王既解樞柄，逍遙家居，常頂一字巾，跨駿騾，周游湖山之間，纔以私童史四五人自隨。時李如晦晦叔自楚州幕官來改秩，而失一舉將，憂撓無計。當春日，同邸諸人相率往天竺，李辭以意緒無聊賴，皆曰：「正宜適野散悶可也。」強挽之行，各假僦鞍馬。過九里松，值暴雨，眾悉迸避。李奔至冷泉亭，衣袽沾濕，愁坐良歎。遇韓王亦來，相顧揖，矜其憔悴可憐之狀，作秦音發問曰：「官人有何事縈心，而悒怏若此？」李雖不識韓，但是姿貌魁異，頗起敬，乃告以實。韓曰：「所欠文字，不是職司否？」答曰：「常員也。」「韓世忠卻有得一紙，明日當相贈。」命小史詳問姓名、階位，仍詢居止處。李巽謝感泣。明日，一吏持舉牘授之曰：「郡王送來，仍助以錢三百千。」李遂陞京秩，修牋詣韓府，欲展門生之禮，不復見。

宋制：選人改京秩需舉將五人，李如晦遠來臨安而失其一，其窘撓可知，然此時正當韓王歷經人世榮華之後，對此輾轉幕職，初入政壇之後輩，憐憫有之，雖不解其人堪用與否，然順水人情，授之者輕，得之者重，或傳韓王輕薄儒士，常目之爲「子曰」，[註46] 在此憫中又帶鄙薄，宜其後來不見，此亦其行事果絕之另一種表現。

〔註46〕見莊季裕《雞肋編》。

《志補》卷二五〈韓蘄王〉條，記韓王病篤，入冥，對冥官言其臨終之志，向主者貸一月之命，凡三事，謂：

> 正謂三事未了而之死地，是以不能忘。一者，世忠久叨將帥，殺人至多，雖王事當然，顧安得無枉濫！擬欲建黃籙大齋拔濟之，且解冤釋結。二者，侍妾頗多，未辨分付，欲令有父母歸之，無者嫁之。三者，外間舉債負錢，非慮身沒之後，子孫追索，不無擾人，欲悉焚契券，免爲後害。今皆不復可爲矣。

有關韓王生平之擅殺，此固然也，至於放債，未見有說，而侍妾頗多，則屢見於筆記，《茶香室續鈔》謂其嘗娶白氏、梁氏、茅氏、周氏等，除白氏外，餘均傳說出身倡家，至於姬妾之眾，更不待言。晚年韓王自號清涼居士，是否追悔前非，固未易知，然從故事中，亦提供韓王另一生活面也。

5. 朱唐交議

淳熙九年，朱子提舉浙東，七月，按劾台州，劾守臣唐仲友，其事在當時是爲大事，蓋朱子以理學大儒名世，而仲友亦以輕制之說，與永康、永嘉諸子相鄰壑，〔註47〕學術之爭遂形成政治之鬥，備受矚目，朱子按唐仲友諸狀，今見在《朱文公文集》中，有六，其中涉及行首嚴蕊事者，謂其公爲媒狎，私行落籍，及許多官司包庇事，牽涉甚廣，〔註48〕一時震動。時唐已擢江西提刑，未行，以是故罷新任，不久奉祠，朱子亦爲請而去，此事雖息，然後人議論頗多，或以唐仲友與丞相王淮爲姻家，故淮力爲之援，〔註49〕故謂唐氏與呂東萊交惡於前，朱子主之，或謂陳同甫與唐爭妓，挾私嗾朱子報之，〔註50〕更謂唐爲太學公試官，同甫爲所黜，後唐知台州，政頗有聲，同甫訪其過以告朱，以致朱唐交惡，〔註51〕凡此種種，原本朱唐交惡，反而牽入王淮、呂祖謙、陳亮等人，東萊以性命爲學，龍川以經世爲說，〔註52〕皆與考亭不同，政爭又成學爭，名儒大臣，反爲挑撥是非之小人，用心不亦謬乎？

〔註47〕見周學武《唐說齋研究》。
〔註48〕見《朱文公文集》卷十八〈按唐仲友第三狀〉第二十一款及卷十九〈按唐仲友第四狀〉第四款。
〔註49〕見葉紹翁《四朝聞見錄》乙集及王懋竑《朱子年譜》卷三上奏劾前知台州唐仲友不法。
〔註50〕周密《齊東野語》卷十七〈朱唐交奏始末〉。
〔註51〕《林下偶談》卷三〈晦翁按唐與正〉。
〔註52〕見《宋元學案》卷五四〈說齋學案〉。

《夷堅・支庚》卷十〈吳淑姬嚴蕊〉條：

> 台州官奴嚴蕊，尤有才思而通書，究達今古。唐與正爲守，頗屬目。朱元晦提舉浙東，按部發其事，捕蕊下獄，杖其背，猶以爲伍伯行杖輕，復押至會稽，再論決。蕊墮酷刑，而係樂籍如故。岳商卿霖提點刑獄，因疎決至台，蕊陳狀乞自便。岳令作詞，應聲口占云：「不是愛風塵，似被前身誤。花落花開自有時，練是東君主，去也終須去，住也如何住，若得山花挿滿頭，莫問奴歸處。」岳即判從良。

此事爲邁弟景裴所提供，對朱唐諸人並無中傷，故事重點在嚴蕊，其被酷刑，正顯出朱子爲政之嚴厲，其墮樂籍不能脫，益見政治之無情，以弱女爲犧牲也。所歌卜算子詞，據朱子按唐第四狀，當爲仲友親戚高宣教所撰，中句作「去又如何去，住又如何住」，蓋藉以達來奔之意也，《夷堅志》益以「不是愛風塵」四句，以爲嚴行首應岳霖之命而歌，適足表現落難女子之才情，令人憫於其墮落，更顯示朱唐之釁，無所歸仁也，對吾人瞭解朱唐乙案，提供又一層之體貌也。《齊東野語》卷二十台妓嚴蕊用此事，謂「《夷堅志》亦嘗略載其事而不能詳，余蓋得之天台故家云。」觀其內容，實亦無所增於是。

以上諸例，僅舉其要，至於其他有價值者尚多，如《甲志》卷六〈張謙中篆〉記《復古編》作者張有之生平及書法，此小學家所不及，同書卷十六〈蒲大韶墨〉記墨工蒲舜美不遇於徽宗事，其事亦見《墨史》，可以印證當時造墨工業之精，以上屬於藝術家；至於理學家，如《丁志》卷十二〈薛士隆〉記永嘉學者薛季宣以痔病死，《支乙》卷七〈陸荊門〉，洪邁侄孫伋言象山先生之死，《三壬》卷三〈沈承務紫姑〉記陳同父以殺人繫獄事，《支乙》卷四〈葉氏庖婢〉及《支庚》卷十〈葉妾廿八〉記葉氏婢妾生泥子事，後一事係王順伯、黃唐得諸陸九淵，而唐且審之於水心也，《支乙》卷二〈羅春伯〉、《支丁》卷四〈繆夫人〉記象山學侶羅點登科執柩諸兆，至於象山高第傅夢泉，《三己》卷九〈傅夢泉〉頗以異端視之，然亦可見其爲學方法，《三辛》卷八〈傅子淵虎夢〉，則近謗矣，此多史書所不及，而有參考價值者；至於大將如岳飛，《甲志》卷十五〈辛中丞〉記岳飛以凶夢向辛次膺乞命，同卷〈豬精轉世〉，雖涉神怪，然爲研究岳飛之絕好材料，蓋謂其「微時居相臺」，嘗「爲市游徼」云云，此他書未見記載，對岳飛早年生活，提供寶貴資料，至於勸其得志早退之說，亦代表當時某一層面之意見，至於淮海健兒魏勝，身死國事，《三己》卷三〈大伊山神〉謂其「據」海州，挾私殺人，雖未必眞，亦代表時人另一

看法；此外，《甲志》卷二十〈鄧安民獄〉記康節先生之孫博爲眉州守，與人有隙，以致繫獄，其事與《齊東野語》所記者同，然牽涉人物，姓名絕異，不知孰是孰非，博父伯溫有《聞見前錄》，博作《後錄》，其人其事，實有考證之必要，在此亦提供絕好材料，如此之類，實不勝枚舉，尚待進一步搜羅。

關於修史，唐人所修《晉書》，多取材於《語林》、《世說》、《搜神》、《幽明》等志怪筆記之作，有鑑於此，劉知幾提出駁義，反對以小說傳記爲材料（《史通・雜說中》），後人主其說者頗多，與洪邁同時之晁公武即其一也，至於洪邁雖嘗謂野史不可信，在《容齋隨筆》中，反覆致其意，然其撰《夷堅》，則每以史筆自期，雖自知其體裁不稱，則家帚自珍，未嘗不以此書有堪於「史補」，以今日觀之，傳記史料之有裨於史纂者，前人所論已多，〔註53〕固不待辯矣，《夷堅志》者，其內容雖多蕪雜而荒唐，然遺聞逸事，亦有莫比珍貴如前所言者，固待史家所搜集考證也。

第六節　其　他

由於《夷堅志》內容龐雜，其價值性亦多方面，吾人往往可從古人利用此書之情形觀之。其具體可見者如下：

一、補地志之遺

洪邁之撰《夷堅》，固未必有意於史補，然積久終亦有所感，以爲此書之有裨於地志，〈三志景序〉謂：

> 郡邑必有圖志，鄱陽獨無，而《夷堅》自甲施于三景，所稡州里異
> 聞，乃至五百有五十，它時有好事君子，采以爲志，斯過半矣。（趙
> 與峕《賓退錄》卷八引）

由於甲至三景之間，今已佚去百五十卷，固無確知是否眞存五百五十事，然邁自言灼灼如此，當非虛也，若是以三百三十卷計，每卷當有一點六六則之數，今據張馥蕊《夷堅志通檢》中，有關《夷堅志》地名統計，故事發生在饒州一治六縣者，凡四百四十五則，〔註54〕以現存二百零五卷計，每卷二點

〔註53〕見梁啓超《中國歷史研究法》及趙鐵寒〈由《宋史》之取材論私家傳記的史料價值〉，《宋史研究集》第六輯。

〔註54〕《夷堅志》故事發生在饒州者有七十一處，在其治內雙港者一、雙碑一、雙店一、番江一、和眾坊二、閣山一、南鄉一、南岸二、冰平監一、澹津湖二、

一七則，非不多也，其有裨於郡志，固在乎是！

由於正史之取材於志怪，袛要運用得當，往往有襯映之妙，至於地方傳說軼聞，於修方志時，特具價值，後人有鑑於此，多所取焉。宋元地志今存者不多，其取用《夷堅》者，有下列諸書：

潛說友《咸淳臨安志》取用最多，其卷九二、九三兩卷，取諸《夷堅志》者凡三十四則，卷九二紀事錄《甲志》卷十二〈汪彥章跋啓〉、卷十六〈車四道人〉、卷十九〈玉帶夢〉、卷二十〈鹽官孝婦〉、《乙志》卷三〈蛙乞命〉、卷十一〈湧金門白鼠〉、卷十六〈劉供奉犬〉、卷十七〈馴鳩〉，《丙志》卷九〈上竺觀音〉，《丁志》卷十〈張台卿詞〉、卷十八〈李芡遇仙〉、卷九〈龍澤陳永年〉、〈錢塘潮〉，《支甲》卷八〈錢塘縣尉〉，《支景》卷五〈臨安吏高生〉，《支丁》卷三〈班固入夢〉，《支庚》卷四〈吳山新宅〉；卷九三紀事錄《支癸》卷一〈餘杭何押錄〉、卷三〈寶叔塔影〉，《志補》卷二一〈二十夜月圓〉，《三己》卷一〈韓郡王薦士〉、《三辛》卷二〈佑聖觀音〉、《三壬》卷三〈洞霄龍供乳〉、卷四〈皮場護葉生〉，以上有可知其所出者凡二四條，由於《咸淳臨安志》之錄《夷堅》，雖未註明出於何志，然其明顯依照原書之次序，故〈韓郡王薦士〉條雖又見《甲志》卷一，知其為元人重刊此書時，取《三

東湖二、紫極觀一。

在鄱陽者共有一百二一處、在轄內各鄉村者，有石門鎮七、石陂村一、石頭鎮二、千秋鄉二、和鳳鄉一、懷仁鄉一、麗池村二、蓮河村一、鳴山一、彭岡一、蠙州二、席坊一、新安鄉一、松子源一、大塘湖一、太陽步一、棠陰寨一、柴步一、昌田一、清塘村一、北關外一、義仁鄉一、永和鎮一、永寧一、元生村一。

在樂平縣者有四十九處，在轄內之石潭者一、石村二、夏陽二、孝誠鄉一、何衡村三、洪源里三、湖圍一、懷義鄉一、九墩市一、金山鄉一、廣衡一、劉村一、螺坑市一、梅林一、梅浦三、明口一、南衝一、南原二、八間橋一、白石村四、白鹿岡一、半山一、北村一、西龍漩窩一、新陂村一、新進鄉一、大梅嶺一、檀源一、周原一、桐林市一、秋州灣一、萬金鄉一、永豐鄉一、魚坡畈一。

在德興縣者有二十五處，在轄內之石田村者一、古城村一、新建村一、新營一、桃源塢一、詹村一、常豐村一、朱家街一、土坑一、齊村一。

在浮梁縣者有十七處，在轄內壽安村者一、橫路一、景德鎮八、冷水村一、西鄉一、西村一、桃樹村一、臧灣一。

在安仁縣者有六處，在轄內之崇德鄉者三、崇義鄉一。

在餘干縣者有十八處，在轄內之何婆壠村者一、洪崖鄉一、潤陂二、古步二、晃山一、東湖一、桐口社一、團湖一、萬春鄉一、明湖一。

志己》補之也。〔註55〕此外卷九二〈臨安海商李省〉、〈龍神據井〉、〈靈隱寺大蕈〉，卷九三〈靈石寺六言詩〉、〈葛道人〉、〈錢塘長老重喜〉、〈臨安土地神〉、〈臨安通判廳〉及卷九八寺院之〈無垢院仙人詩〉，爲《夷堅》逸文，日人愛宕松勇嘗輯之，由於潛氏之錄《夷堅》，除甲乙爲次外，甲、乙、丁各取四則，餘志均取一則，以佚文所在位置，「臨安海商李省」，〔註56〕當取自戊至癸志之間，「龍神據井」當在支辛，「靈隱寺大蕈」支壬、「靈石寺六言詩」三甲、「葛道人」三乙、「錢塘長老重喜」在三景，「臨安土地神」在三丁、「二十夜月圓」在三戊、「臨安通判廳」在三癸，當可推而知也。

此外，宋人盧憲《嘉定鎮江志》用其一則、周應合《景定建康志》用其六則，元盧鎮《至正琴川志》用其一則、張淏《寶慶會稽志》用其六則、盧熊《洪武蘇州府志》亦用其六則，其中屬於《夷堅》佚文頗多，日人愛宕松男亦嘗輯之，價值頗高，如《景定建康志》卷五十拾遺所錄〈觀音靈驗〉條，亦見引於焦竑《焦氏筆乘》卷五，張元濟輯後者入《夷堅志》再補中，然其文字較略，刪落觀音救度一段情，依周書原文照錄《支丁》卷十「鍾離翁詩」之體例觀之，「觀音靈驗」當係《夷堅》原文，標題本亦如是。固然其間亦有仍見在現存《夷堅志》者，則其於校勘，不無爲功，如曹學佺《蜀中廣記》用其六則，其中卷七六所錄，係《志補》卷十二〈保和眞人〉條，原作「潼州王藻」，曹則作「梓州王杞」，另《洪武蘇州府志》卷四五異聞〈天津橋丐者〉，實即《甲志》卷十八〈天津丐者〉，其事爲丞相朱倬所提供，且故事主角爲邵武人王樓，據謂嘗爲會稽倅，語此事於朱，然府志所錄，文字幾無更動，而主角則爲邊公式，爲其筮仕之初所遇，邊爲吳人，以此事入蘇州府志較爲合理，王樓則全與姑蘇無關，府志尾注云：「出《夷堅支己志》。」豈此篇原即甲志所書，而洪邁於撰支己時，別有所聞，糾誤於後，纂修府志時，據後說以改前文耶？若是，後人取用《夷堅》，亦未必無所考察也。

宋元方志現在不多，其資於此書已復不少，其後明清地志圖經蜂出，此書之價值，當亦受重視，而其影響更深一層，如杜默謁項王事，收入《和州志》，而尤侗取以爲《鈞天樂》傳奇，正是一例。

雖志怪並無法提供人、面積、經濟生產等正確數據資料，然以現所見《夷

〔註55〕見本文第三章第三節。

〔註56〕逸文題目據愛宕松男〈洪邁《夷堅志》逸文拾遺〉，此文分上下，所輯固多珍貴，然亦有原本不佚而輯之者，更有輯入《夷堅續志》，宜加考證。

堅》有關鄱陽之記載，當時轄內各鄉村里巷概略位置、寺廟之經濟行為、宮觀之分佈、歲俗宗教活動、以及日常生活瑣事、奇聞異事等，無不見記載，不嫌瑣屑，至於州縣守臣之在任、檀場之主持者，更難得而在焉，其書之成距今已八百年矣，各地情狀，由於當時失於專書記錄，如欲探其沿革興廢於南宋之初，則又非此書不可，尤其彼時正當政經重心南移之際也。

二、為宗教傳說所本

宗教為人類文化之重要活動，在我國儒、釋、道三教並馳，由於民性趨向於現實利益，因而在其競爭之情形下，神話傳說往往扮演主導之作用，其形成及傳播，實彙多數人之智慧。

在《夷堅志》中所保存者，並不少見，然其出於傳聞之記錄或文士之捏造，已難分辨，以後者言，其所取擷者，亦未必非前人之傳說，因此轉相附益，實為神話傳說之特色，為明其衍變之迹，每一環節，均應予重視，此固民俗學者所應抱持之基本認識，事實上，古來宗教人士，對種種仙蹟異聞之珍惜，又不下於史館諸臣，自《山海經》以下神怪之作，其稍有可觀者，往往為仙傳所採擷，《夷堅志》何獨不然，而其對民間信仰之影響，實匪淺矣。如《支戊》卷一〈浮曦妃祠〉條，實媽祖信仰早期傳說之一，正展現其在泛海波濤及海寇橫行之救護性格，對於媽祖信仰之深化及普遍化，有積極之作用，〔註 57〕此《夷堅志》之所可能呈現之影響力也，事實上，較直接影響，仍在仙傳所擷者。

仙傳在文學及宗教上，有提升精神生活及生命情感之價值，故有以之為志怪之一體者，其或單獨立傳或列仙合傳，如《穆天子傳》、《漢武外傳》、《列仙傳》、《洞仙傳》之類，古今所傳者，備矣。《夷堅志》部分篇章之敘述方式，有神仙別傳之形式與性質，後人纂述仙傳，莫或之遺，茲舉之於下：

元道士趙抱一《歷世真仙體道通鑑》五十三卷、續集五卷、後編六卷，收在洞真部記傳類，此書之纂，蓋以「儒家有《資治通鑑》、釋門有《釋氏通鑑》，惟吾（道）教斯文獨缺」（趙序），在體例上，實為歷代仙傳之總集，名「通鑑」者，以其書年代「始自上古三皇，下逮宋末」（編例）也，非取其紀

〔註57〕在媽祖信仰中，逐海寇之神蹟，屢被提及，見丁伯桂〈順濟聖妃廟記〉（潛說友《咸淳臨安志》卷七十三），其謂「海寇憑陵，效靈空中，風掃而去。」正與此事同，惟年代異耳，此神話傳話一再搬演，固無先後之分也。

年之體，其書滙萃諸家傳記，考訂詳核，誠爲道教仙史重要典籍，鄧光薦謂其「仙之董狐」，固多溢美，然其能「搜之群書、考之經史、訂之仙傳」且加以「芟繁撮要」，雖「不敢私加一言」，亦得撰史之體要也。故陳國符謂：「諸家傳記，以此最爲詳贍。書雖晚出，而語均有所本。」〔註58〕其重要可知。

此書取《夷堅志》者甚多，其可考出者，計有：

《甲志》卷八〈安昌期〉——卷四九〈安昌期〉

《志補》卷十二〈囘道人〉——卷五十〈胡用琮〉

《甲志》卷十五〈羅浮仙人〉——卷五一〈藍喬〉

《甲志》卷十六〈車四道人〉——同卷〈車四〉

《甲志》卷六〈周史卿〉——同卷〈周史卿〉

《丁志》卷四〈司命府丞〉——卷五〈二王筌〉

《甲志》卷三〈祝大伯〉——同卷〈祝大伯〉

《乙志》卷十〈王先生〉——同卷〈王老志〉

《甲志》卷二十〈木先生〉——同卷〈雍廣莫〉

《丙志》卷十五〈種茴香道人〉——同卷〈茴香道人〉

《丁志》卷十〈洞天先生〉——同卷〈沈若濟〉

《乙志》卷十八〈張淡道人〉——同卷〈張淡〉

《丙志》卷十八〈張拱遇仙〉——同卷〈張拱〉

《丁志》卷十八〈李芨遇仙〉——同卷〈李芨〉

《丙志》卷二〈羅赤腳〉——續編卷三〈羅晏〉

《乙志》卷十三〈嵩山三異〉——同書卷四〈劉居中〉

《乙志》卷七〈虞并甫奏章〉——同卷〈劉浩然〉（浩，《夷堅志》作泠）

《丙志》卷十九〈帝召段璵〉——同卷〈段璵〉

《丁志》卷十八〈饒廷直〉——同卷〈饒廷直〉

《丙志》卷十九〈無町畦道人〉——同卷〈馮觀國〉

《丙志》卷二〈趙縮手〉——同卷〈趙縮手〉

《丙志》卷四〈麻姑洞婦人〉——同卷〈寇子隆〉

《甲志》卷七〈蔡眞人詞〉——後集卷五〈無名氏〉

《甲志》卷十四〈妙靖鍊師〉——同書卷六〈陳瓊玉〉

《丁志》卷十四〈武眞人〉——同卷〈武元照〉

　　以上凡二十五則，文字大多未有所更動，其中「囘道人」、「王先生（老志）」及「蔡眞人詞」三則，內容微異，「囘道人」記胡用宗《仙鑑》作琮遇呂洞賓事，遣詞用字同，而情節前後互相更動，甚怪誕也，《仙鑑》或另有所據，王老志事，《仙鑑》所錄較詳，洪氏謂：「其他事多見於蔡條《國史後補》。」蔡書今佚，否則當可證明《夷堅》、《仙鑑》同出於彼也；至於「蔡眞人詞」，二書內容相同，惟《夷堅志》謂其事爲陳東所遇，而《仙鑑》則漫云太學諸生，另「無町畦道人」，《仙鑑》亦多李宣卿父子事，爲《夷堅》所無，或從另書補入也。

　　劉師培嘗指出《仙鑑》「有裨于校勘」〔註59〕之價值，其書既有本於《夷堅》，亦足校其訛誤，如《夷堅》「天帝召段璵」，今本奪去十字，《仙鑑》正可補其脫字。

　　由前所列者觀之，《仙鑑》所錄《夷堅》諸志，惟甲乙丙丁四志，而支志、三志及《志補》之現存者，一無所取，可見趙所見者，袛此四志而已。從趙之編例言，其書雖多據前人傳記，然亦並非漫無所止，以北宋崇道之情形觀之，文人所撰仙傳亦不少，豈無「眞仙」之可錄？蓋其書續編兼及全眞七子，而正集則殿《夷堅》於南宗五祖之後，是以其能貫串仙史者也，以此觀之，其重要性誠可知也。

　　此外，在宋代鼎盛之呂洞賓信仰，在《夷堅志》中有關其傳說亦多，及全眞教團逐漸道教化後，奉之爲祖師，使其地位至於崇高，在教義上之開拓，自有其體系在焉，而於其教化世人之種種事蹟，亦仿《太上老君混元聖紀》之例，成輔教仙紀也，其中元苗善時《純陽帝君神化妙通紀》及無名氏《呂祖志》最有名。《通紀》凡七卷，收在《道藏》洞眞部記傳類，自序謂有一百二十化，今第十九化及二十四化已佚，餘百零八化；呂志收在《續藏》，其中事蹟志載其事甚多，二書取自《夷堅》者亦復不少，茲列於下：

《志補》卷一二〈文思親事官〉——《通紀》救趙監院第六二化、《呂志》紙中方竅及文思院醫療

《志補》卷二四〈呂元圭〉——《通紀》警提揚州第七七化、《呂志》呂元圭

《甲志》卷一〈石氏女〉——《通紀》石肆求茶第十一化、呂志汴京茶肆

〔註59〕見劉師培〈讀《道藏》記〉，第十七葉。

《丙志》卷四〈餅店道人〉——《通紀》青城道鶴第八六化、呂志青城鶴會及餅店洗木

《志補》卷十二〈傅道人〉——《通紀》藥救傅道人第八九化、呂志江陵眼醫

《丁志》卷十八〈張珍奴〉——《通紀》度張珍奴第八十化

《丙志》卷十二〈成都鑷工〉——《通紀》度七子第六七化

《志補》卷十二〈眞仙堂小兒〉——《呂志》小兒化鶴

《志補》卷十二〈仙居牧兒〉——《呂志》置錢兒手

《志補》卷十二〈華亭道人——《呂志》華亭附舟

《支甲》卷六〈遠安老兵〉——《呂志》醉繪仙像

《志補》卷十二〈杜家園道人〉——《呂志》杜家園會飲

《志補》卷十二〈囘道人〉——《呂志》囘道人

《支庚》卷八〈茅山道人〉——《呂志》茅山度老兵

以上十四則，除茅山道人外，均在《分類夷堅志》中，蓋其書元明之際通行之故，成都鑷工實鍾離權事，此附會也。

《通紀》、《呂祖志》爲呂洞賓神蹟變化之總集，對呂洞賓信仰之傳播，具有重要之功能，其中《通紀》爲全眞東祖庭永樂宮壁畫所取材，〔註60〕對於教徒發揮教化之作用，而其中亦多來自《夷堅》者，其價值如何可知也。

此外釋書僧志磐《佛祖統紀》錄《夷堅》之文，凡四則，〔註61〕其中卷四十八喫茶事魔爲逸文，乃研究宋代明教教義內容之重要資料，近人頗援用之，惟在《夷堅志》中，佛教高僧大德潛心佛理，神蹟甚尠，更重要者，由於教義關係，此類高僧大德之神蹟，在缺乏教團力量推動下，並不常見，而佛菩薩之種種靈驗，南北朝以來，即多所敷述，原不待乎《夷堅》。

三、存中醫藥方

後人對於《夷堅志》之價值，頗在於其中所保存之中醫藥方，事實上，洪邁亦認爲其藥方爲有效，蓋書中庸醫誤人遭報之故事不少，陰譴極重，洪邁豈敢以身試「法」？故洪邁書之《夷堅》，亦有其審愼之態度，《夷堅・支甲》卷六〈西湖女子〉條，記某官與女鬼周旋甚久，女鬼求云，告以：「陰氣

〔註60〕 王暢安〈永樂宮壁畫題記錄文〉。
〔註61〕 詳見愛宕松男前引書。

侵君已深，勢當暴瀉，惟宜服用平胃散以補安精血。」士聞語驚惋良久，乃謂曾看《夷堅志》，見孫九鼎遇鬼亦服此藥，而疑其藥效，於是洪邁藉女鬼之口以言其可信，其中用蒼尤去邪爲上品。孫九鼎事見《甲志》卷一孫九鼎條，雖未載其方，然邁自信平胃散可驅邪者，事雖甚謬，正見其自視之重。

再者，由於洪邁兄弟粗通藥理，仲兄遵且嘗刊其集驗方以行世，故時人對《夷堅》所存方藥，亦多信之，陳曄類編《夷堅志》時，特設「藥餌」一目，蓋重其事也。

後世醫家編類方藥，資於此者亦多，如江瓘《名醫類案》及李時珍《本草綱目》，多用其方，至於二三十之數，〔註62〕所以然者，亦以其不謬也。

從以上數點觀之，《夷堅志》之價值，當屬多面性者，雖然其書非嚴肅性之內容甚多，吾人固借以談助可矣，然學者若能自其龐雜之內容之中，擷其所需，自有其他著作所不能取代之價值在焉。

〔註62〕同前書。

第九章 結 論

　　小說之有志怪一體，《夷堅志》無寧爲篇幅最大之一部，洪邁以此而享說家之盛名。

　　志怪爲魏晉南北朝文學之代表之一，其性質爲志異，其體裁爲雜記，《隋志》不列於子部小說，而廁諸史部雜傳者，蓋時人視之爲「眞實」，非但置諸乙部而不疑，史家且採錄以入正史，志怪之家，第願容虛錯而與前賢分謗，孰嘗謂荒誕以致詰，中唐以後，觀念逐漸轉變，志怪錄異，遂與虞初周說同流，洪邁當「稗官小說家言不必信」之時，創此《夷堅》四百二十卷之重，一時謂其有補世教者有之，謂其謬用其心者亦有之，豈非不逢時歟？

　　洪邁生於南渡之際，歷高、孝、光、寧四朝，先以父使金之恩蔭，與伯适仲遵同時有官，後試博學宏詞，與兄連袂告捷，三洪之名，震於一時，或謂其父仗節不辱，諸子紹述，咸歷清貴，是乃忠義之報。然其初抑於權臣，其後辱於金廷，兩兄先後大用，其心亦不免進取，論其處事，尚稱敏給，急於有成。時承南宋之初，庶務草創，秦檜擅國，朝儀典章，頗多廢弛，祖宗法度，至於不講，邁以博學多聞，官方史治，無不精曉，興廢沿革，皆能通貫，立朝行事，多所講求，發爲奏議，表表有據，屢洽聖聽，多能致用。當時國史，殘缺尤甚，裕陵以下四朝，久修而無功，洪邁既兼史職，慨然當之，前後年餘，《列傳》告成，百三五卷，蔚爲大觀，自設局以來，首尾卅載，成於一旦，修史之速，媲美前人。

　　洪邁以文學受知於孝宗，時值符離方敗，上意雖沮，猶志恢復，廷議則在戰守之間，邁之列朝，無預於此，祇以文學供奉，備顧問而已，惟其詳於典禮，亦堪謂稱職，至於建明方策，仍付闕如。孝宗初登大寶，伯仲繼相用

事，然皆不旋踵而去，時人遂矚目於洪邁，邁終孝宗之世，雖每膺重任，非但不及拜相，且遭放罷者四，蓋忌之者亦不少也。揆諸當時，詞科起家，曾經館職，用爲宰輔者甚多，對此邁亦不免有憾，然亦無如之何，其成就終在著述也。

洪邁著述甚富，除《夷堅志》外，文集久佚，無從窺見，其《萬首唐人絕句》、《史記法語》、《南北朝精語》之類，皆抄錄以備遣用，本非著述，以其名重，遂存於世。其最知名者，厥在《容齋隨筆》，考證之詳，固見其讀書之精，典禮之熟，亦見其用世之意，然其隨手漫錄之性質，並不多於《夷堅》。

《容齋隨筆》見重於後世，《夷堅志》則毀譽參半，然兩書所以作，類同也，前者爲讀書所得，後者則聽聞所接，皆出洪邁著述態度也，凡耳目能及，概筆之於書，片語隻字，亦拱璧而珍惜，得於容易，書之滿帙，《隨筆》至於五，《夷堅志》於三十二，皆其然也。

《夷堅》之所由作，其受時代環境影響固多，然其生性好奇，亦是主因，其中亦包含家族親友因素在焉，而所以一續再續者，初則以屢經刊行，家有其書，備受歡迎，繼則以得於容易，欲追前人，以終晚年。至於桑榆有限，急於成帙，有期月而成一書者，雖詫其速，然較其修史，猶有不及者也。

夫人稟氣不同，巧拙有素，洪邁以七八十之高齡，歸隱而成此四百二十卷之作，固無不可之處，然其顓以鳩異崇怪爲志，唱鬼神禍福前定之說，以至於浩瀚者，是譏謗之所以至；雖然如此，此書亦非漫無準則，大體過情不錄，事蹟有考，不論人過，力避褒貶，事有雷同，兼容並蓄，雖至剽取，亦無所諱，是其撰述特色也。

《夷堅志》凡三十二志，以天干爲次，甲刊於閩蜀婺杭，乙刊於會稽章貢建安，癸志刊於麻沙，此外尚傳有建學、古杭之初志合刊本，惟其全刊者，似未嘗有，當時既非一次刊之，又非刊於一地，故時人所能見其全者，除陳曄、陳振孫、趙與峕外，恐亦不多也。葉祖榮《分類夷堅志》，祇取初志、支志，潛說友摘其書以入《咸淳臨安志》，已闕戊至癸志，趙抱一編撰《仙鑑》，僅用甲至丁志，《永樂大典》編纂諸臣，三甲以後似未得見，江瓘之輯醫案，惟初志而已。

今所見者，清平山堂本《分類夷堅志》，一也，元沈天佑補刊建學甲乙丙丁四志八十卷本，二也，舊抄「支志亡其三，三志亡其七」之百卷本，三也。明人所用多屬分類本，然其書未重刊，清人所見惟屬百卷之巾箱本，至陸心

源得元修宋刊而重雕之，八十卷本乃行世，前此人多以其書殘闕已甚，遂甲乙不分，卷帙不明也，自張元濟《新校輯補夷堅志》出，合諸本爲一，並輯補其佚，學者便之，近人何卓又自永樂大典輯出一卷爲三補，今併日人愛宕松勇所補，現在共計二百七卷，尚不及半，然僅此二七六一條，置之說部，仍屬冠軍。

從《夷堅志》之故事來源觀之，在酒間茶後，得諸交遊親友及賓客者爲多，上至宰執樞輔，下至祝卜嫗卒，莫不有之，早期中高級官僚爲多，歸里之後較雜；此外從他人著述抄錄者亦不少，其中有已刊行之名公詩文集，及諸家詩話、隨筆雜記，亦有未經刊行之散詩、雜文，其中頗有遊戲之作，至於夢書廟記及勸善文字，亦不忌諱。而其抄錄方式，有全抄者、有略作更動者、有刪節者，更有取人詩序者，甚而削落原文寓意主旨，使成怪說者，無一不有，至於原不怪而使成怪者，極矣。

雖然如此，洪邁祇是愛奇，其鳩異崇怪，亦止於備極幽明而已，本無意於捏合造作。其有不情，雖曲爲之解，究其原委，祇是口耳之過，其間容有洪邁言其親身經歷，然終非藉以嚇人，因此《夷堅志》之成書，實與干寶之《搜神》不異，有承於前載者，有採訪近事者，是兼口承筆錄而有之，至於欲成其微說者，實不一二見。

《夷堅志》之所以爲志怪，主要在記錄者本身之態度，蓋向洪邁提供故事者信其事否，或邁所摘錄文章作者本身別有寓否，多不可知，洪邁固亦嘗致疑其間，然多疑其人其時或其地，至於其事，尚視之爲眞實不虛也。

洪邁自幼，家傳先世種德之說，世奉眞武，兩兄起家有松毬之瑞，本身應試亦有花燭之異，秀州司錄廳父兄遇鬼在前，虔州城樓洪邁亦有所見，每逢旱澇，無不精潔致禱，當時術士，皆過而迎致問命焉，其餘親友浸潤，所信彌篤，觀其文意，無不皆然，至於爲人利用，亦不自知。

凡人著述，作者表達意見之機會最多，《夷堅志》得之於聽聞者衆，洪邁除稍事去取，略作潤色之外，在表達意見時，往往迴避，故欲明其思想性質，仍當求諸社會大眾，此書故事提供者屬士大夫爲多，在此固可謂其所表達者爲士大夫意識及其價值觀，但由於宋代士大夫多來自民間，其所呈現之思想層次，在《夷堅志》中，並未凌駕於庶民階層之上，事實上，鬼神定命果報之說，一如當時社會階層，在互動之情況下，交相成長，是其社會性高於階層性也。

　　《夷堅志》之內容，以鬼神精怪爲大宗，精怪說源自爲上古，經逐漸發展而成宋時樣相，除少部分仍具先兆迷信之意義外，主要則以好色妖精及惡作劇之形式出現，好色精怪有性別之異，好色女妖爲男性個體陰性特質之投射，好色男妖爲女性個體陽性特質之投射，徵諸其它民族神話傳說皆然，至其危險層面，六朝志怪所表現者並不明顯，而《夷堅志》則結合以性之禁忌，配合以道德規範及人際關係之救贖，所以然者，在於社會對性之壓抑增強之故，至於男妖掠奪性之增強，亦與社會發展有密不可分之關係，而各形各式之惡作劇妖精，實乃社會人情百態之反映，由此，可見社會競爭日烈，隨小市民意識抬頭，而日趨複雜也，《夷堅志》中精怪特多，均不出個體潛意識在深層運作，而社會意識使其呈現表層差異。

　　《夷堅》言鬼，千端萬態，實皆出於原始魂魄之說，其所以繽紛多樣，正表現我國多民族所形成之文化特色，自六朝以來，鬼神逐漸有人間化之傾向，尤其在門閥世族制度崩潰之後，個人對家庭之責任與依賴均有所提高，因而《夷堅》包含人鬼戀愛在內之靈鬼世界，往往藉以表達其對薦奠祭祀之意見，而另一部分之游魂滯魄，更以生動之形式，表現社會人際關係互動之形態。

　　短篇小說之主題，原即不易掌握，筆記雜俎，尤爲困難，《夷堅》之所以志怪，搜奇爲其主旨，洪邁之於此書，祇求窮極神奇詭異，使其事莫有相同，至於累千萬百，亦所不怠，然其去古終遠，民智亦開，就其內容言，雖構築在幽渺虛無之上，然如不力求其有據，實亦難逞其縣縣之想，以達於矜奇誇異之目的，雖則如此，其包羅實已廣泛，舉凡靈禽怪獸、奇芳異卉、寶器珍玩，凶徵瑞應、夢兆讖語、占卜術數、正神淫祠、風俗禁忌、巫覡方術、仙道高眞、劍俠異人、法術醮儀經咒之靈驗，海島仙境冥界之遊行，靡不有包，而以定命鬼神報應之說，貫穿其間，每類主題，所包含之內容，多則數百，少則數十，可謂豐富。而於此大量內容之中，又多在相類之母題下構築，其間固亦有趣味之一再陳襲，令人久讀而生厭，然由其母題一再之搬演，亦可使其現實意義更加明顯。

　　由《夷堅志》題材內容觀之，其殊方異物，遠不過松漠三佛齊，其珍寶古玩，未必不可貨以取；其禍福徵兆，何嘗不得卜而知；祠廟神話，原本流傳於方隅；宗教靈驗，實僧道所習言；至於異界傳說，更喧騰而日久，此今日視之爲荒謬，當時則未嘗非知識分子之樂爲傳播也，況其中藥方，頗著靈

效，滑稽詩詞，尙博一笑，是其所具之知識性，亦非淺矣。

　　幽明之情，陰陽之理，天人之說，爲我國學術文化之精粹。在《夷堅志》中，雖未予討論，然以大量之篇章，窮極其變，非無哲理在焉，所謂一啄一飲，無不素定，前人探索天命之結果，成爲宋人對命運之關照，使人在夙賦之中，明其分量之有限，是亦《夷堅》之思想性也。

　　果報之說，在宋代開展尤多，佛敎東來，原有「報」之觀念，爲其宣傳三世鋪路，日後本土性增强，但仍祗在殺生惡報及欠債墮畜而已，隨現實客觀環境之改變，土地兼倂加劇，商場爭相逐利，社會普遍趨侈崇奢，胥吏貪瀆成風，個人主義擡頭，道德漸次倫喪，凡動有律法所不容，概施之以惡報，行道合德，則獎之以善果，天道不爽，乃於方寸暗室之間，其雖略於易見之人治，表於難明之天威，然未嘗不具有敎育之作用在焉。

　　洪邁出身仕宦之家，少年得志，歷履淸貴，平生處事，尙稱和易，閱歷極多。其言事以寬，論人以恕，是其性情所在，《夷堅志》多成於晚年，尤持此態度。鬼神報應雖威赫怖人，然對社會整體性之批評，並不明顯；其獎善懲惡，亦就事不就人，而言天命份數也，則就人不就事；天理公義自在，貧賤富貴自分；所要求於富而貴者固多，獎其善也不緩假；憫其貧而賤者不少，懲其惡也無寬貸。肯定現有一切政治社會制度，而不專意於其他世界，凡此皆出於當時人心之反映，非以洪邁宅心寬恕，亦不能見存。

　　《夷堅志》之性質，與干寶《搜神》較近，然其間文體轉變，在所難免。在篇幅上，《夷堅志》已無簡短至三言兩語者；在體製上，亦非僅交待故事而已，其最主要之不同，在於每一故事均交待其故事來源，並注意其故事年代、人物、籍貫之準確性，故事容有捏造，然人物之背景資料，大多斑斑可考，其可信度，古來鮮有其匹。由於洪邁敍述故事時，並無意於鋪陳，因此，尙能保持結構之單純，但其複雜者，亦有不少，在比例上，仍較六朝志怪爲多；又由於洪邁一意求眞，在技巧上多未講求，至有無法烘托其主題者，此歷朝志怪所罕見；在內容取材方面，神話傳說明顯缺少，但年代力求近世可考，其宣傳宗敎靈驗者固有，然絕非爲宗敎敎義而鼓吹，對社會現實之反映，雖欠深切，然亦較六朝爲全面，在思想性質上，《夷堅志》較爲複雜，前人志怪雖零碎，但大多能表現當時士大夫個別性之意見，《夷堅志》則需求諸於社會大眾；在主旨意趣上，洪邁雖仍承襲博學炫奇之精神，祗求有益於談助，然受時代影響，偶亦寓其勸戒之目的在焉，凡此，六朝志怪幾不可見，在風格

情韻方面，六朝志怪之古質，唐人小說之穠麗，均非洪邁所能及，然於其平實，則又較前人爲多矣。

筆記式之文體，書寫固然方便，缺憾亦往往不可避免，諸如欲書即書，欲止即止，首尾不貫，故事不全，所在皆是；洪邁之撰《夷堅》；其文學興趣本不濃厚，兼以急於滿帙，對故事之人物及其所遭遇，往往不能投之以熱烈之生命情感，對於宇宙奧秘之探索，尤其不能持之以嚴肅之態度，在志怪體逐漸下降之當時，已不免猥薾鄙俚之譏，今日視之，可取者尤少，然亦不能就此貶仰其價值。就文學發展而言，歷來說家雖多，除唐人別立傳奇之門戶者外，其餘志怪書均各有專注，求其爲典型者，六朝以後，不可多得，《夷堅志》以卷帙之繁，內容之富，在兩宋之際，可謂集其大成，上承六朝，下啓明清，發揮其承繼性之效益。何況就歷史發展而言，宋代社會生活型態，實爲近世之發皇，從《夷堅志》所呈現出之民眾意識觀之，實與今日無異，因而此書對於我國社會文化之考察，更有不可移易之地位。

此外，《夷堅志》之價值，在詩文輯佚、社會考察及宗教醫藥者甚多，於各部門中，發揮其影響力，其故事爲後世話本戲劇所衍者亦不少，此爲其在文學史上最顯而易見之影響。

總之，洪邁之生平經歷，影響其《夷堅志》力避主觀之述作態度，是故本書所展現之客觀性價值，自有異於其他志怪書者，此可得而言也。

附錄：洪邁生平及著述篇表

時　　間	生　　平	著　　述	時　　事
徽宗宣和五年癸卯（1123）	生於秀州司錄事官舍		
高宗建炎元年丁未（1127）			徽欽北狩，北宋亡。康王構即位，南宋始。
建炎三年己酉（1129）	5.10.父洪晧奉命使金		10月金兵大舉南侵
建炎四年庚戌（1130）	2月，金人破秀州，隨家歸饒避亂。		5月金人焚建康而去，高宗自海上還至明州。
紹興二年壬子（1132）	自饒州返秀州。		
紹興八年戊午（1138）	11.23 丁母憂 12 奉母喪歸無錫依舅氏沈松年。		
紹興十二年壬戌（1142）	2. 27.與二兄赴臨安應詞科試，邁獨見黜。	始作《夷堅志》	
紹興十三年癸亥（1143）	8.13.父洪晧自金還，以直觸秦檜，降知饒州。 冬，父洪晧到饒州。	代作〈知饒州謝上表〉。	
紹興十四年甲子（1144）	6.16.父洪晧被劾罷饒州，提舉江州太平觀。 秋，遭祖母之喪。		
紹興十五年乙丑（1145）	正月，赴臨安應詞科試。 3月，中博學先詞科，名列第三，賜同進士出身。 4月除左承務郎敕令所刪定官。 閏11月，為福州州學教授，以待次侍親在里。	時以父恩稱銜為右承務郎新兩浙轉運司幹辦公事。	

紹興十六年 丙辰（1146）			
紹興十七年 丁未（1147）	5.7.父洪晧責授濠州團練使，英州安置。 侍親經虔州，抵英州。		
紹興十八年 戊辰（1148）	11.9.到福州教授任。		
紹興十九年 己巳（1149）	春，補試諸生，白于府主，邀友人葉黯同考校，鎖宿貢院兩旬。	正月，撰〈福州教授壁記〉。冬，代府主作〈謝賜日曆表〉。	
紹興廿三年 癸酉（1153）	解福州教授任，居家臥病，過英州省父。		
紹興廿四年 甲戌（1154）		編《野處類稿》成。	
紹興廿五年 乙亥（1155）	通判袁州。 10.20.父洪晧卒於南雄州。		秦檜卒。
紹興廿六年 丙子（1156）	11 月，葬父於故縣之原		
紹興廿七年 丁丑（1157）	9 月還自衡岳，至宣春，買舟東下永嘉。		
紹興廿八年 戊寅（1158）	3.19.秘書省校書郎。		
紹興廿九年 己卯（1159）	4.6.兼國史院編修官。 8 月除吏部員外郎。		
紹興卅年 庚辰（1160）	1.9.以吏部員外郎充禮貢舉省試參試官。 3.7 改禮部員外郎。 7.6.再兼國史院編修官。 11.2.兼樞密院檢詳諸房文字。	7.8 撰〈禮部郎官題名記〉。 9.21.撰〈禮部長貳題名記〉。	
紹興卅一年 辛巳（1161）	3.7.真除樞密院檢詳諸房文字。 10.19.詔知樞密院事葉義問督視江淮荊襄軍馬，邁主管機宜文字，旋改參議軍事。	10.4.起草〈親征詔〉，並〈檄告契丹及中原等路〉。	5 月，金人來索地，使者王全見高宗，厲聲詆責，並以欽宗崩聞報。 6 月金主亮遷都於汴，爲南侵之計。 18 日金人叛盟來犯。金兵敗於采石。金主亮被弒於廣陵，金兵悉退。

紹興卅二年 壬午（1162）	1.11.守尚書左司員外郎兼權行在檢詳。 1.22.詔充金使接伴使，張掄副之。 3.11.除起居舍人，兼職如故。 3.14.朝廷錄接伴之勞，轉一官。 3.21.詔以左朝奉郎守起舍人假翰林學士左朝議大夫知制誥侍讀充金朝登位國信使，張掄副之。 4.21.出使朝辭，5.21.過北界，6.10.抵燕山，6.15.見金皇帝，7月，使回，過鎮江，7.29.抵國門。 8.7.太常寺具奉上太上皇冊寶差官，邁爲奉解嚴禮部郎中。 8.23.坐奉使無狀與張掄俱罷，歸里。	3. 6.與副使合奏接伴變更舊例事件。	1.22.金遣使左監軍高忠建禮部侍郎張景仁來告即位。 3.15.金使謁高宗於紫宸殿。 6.13.高宗內禪，太子眘即位。
孝宗隆興元年 癸未（1163）	除知泉州，未赴任。		
乾道元年 乙酉（1165）	與王十朋、王秬相唱和，成《楚東酬唱集》。		12.9.洪适由參政拜相。
乾道二年 丙戌（1166）	6月，除知吉州，召對，委以郡事，畢又還家。 9.20除起居舍人。 10月，兼權直學士。 12月，以魏杞兼修實錄提舉官，邁兼同修撰。	閏9月29日，進《三朝正史帝紀》表。 10.4 奏請減饒州貢金。 11.13 奏請另立《祥曦記注》。 11.27 奏《欽宗日曆》成，請付國史院修纂《實錄》。 12.14 奏修《欽宗實錄》申請事項。 草〈葉顒左相制〉。 12.18《夷堅乙志》成。 12.28 奏請樞密院被旨文書，並關中書門下依三省式畫黃書讀。	3.3 洪适罷相。 12.15 葉顒拜左相。

乾道三年 丁亥（1167）	1.27 召對選德殿。 4 月，除起居郎。 6 月，以起居郎兼權中書舍人兼國史院修國史。 7 月除中書舍人兼直學士院。 8 月以中書舍人兼侍講。 12.3 詔令直前奏事。	2.1 撰〈選德殿記〉。 2.13 奏請中書之務。 3.25 進呈《同符貞觀錄》。 3 月奏《哲宗寶訓》已成，請與《玉牒》同時進呈。 撰〈中書門下後省題名記〉。 奏請孫覿以所見開條列送史院。 批答執政辭經修哲宗寶訓轉官。 6.11 奏請諸路州縣巡尉，今後遇監司知通初到，許量帶兵及出一程防護，若凡值出巡經歷而在置司五十里內者，許其迎送，過此以外，皆不得出。 11.2 草〈南郊赦文〉。 12.11 請修《欽錄》展限一年。	11.9 葉顒罷相
乾道四年 戊子（1168）	6.8 除集英殿修撰，提舉江州太平興國宮。 秋，返里。	1 月〈論三衙軍制不當劄子〉。 3.24 請合修《四朝國史》。 4.24 進呈《欽錄》四十卷並《帝紀》一卷。	
乾道六年 庚寅（1170）	起知贛州。		11.6 南郊赦。
乾道七年 辛卯（1171）		5.18《丙志》成。	
乾道八年壬辰 （1172）		5 月，以會稽本《夷堅乙志》別刻於贛州。	
淳熙三年 丙申（1176）		1. 4.16 撰〈江淮諸道都大提點司興造記〉。 2.作〈唐元和郡縣志後序〉。	

淳熙四年 丁酉（1177）	移知建寧。		
淳熙七年 庚子（1180）	5.21 罷知建寧府，以求瓊花事故也。 秋，解印歸里。	3.21 撰〈蕪湖縣令廳壁記〉。 七月刻《夷堅乙志》於建安。 《容齋隨筆》成。	
淳熙八年 辛丑（1181）	春，有南昌之行。	作稼軒記。	
淳熙十年 癸卯（1183）	秋冬間，以集英殿修撰出知婺州。		
淳熙十一年 甲辰（1184）	2.7 敷文閣侍制。 11.3 請蠲放欠米。	為婁機序《班馬字類》於金華松齋。 夏，奏賞江士龍興水利功。	
淳熙十二年 乙巳（1185）	季春，自婺州召赴臨安。 除提舉佑神觀兼侍講。 6月，以侍講兼同修國史。	7.9 奏修《列傳》事宜。 10.8 請行課績之法。	
淳熙十三年 丙午（1186）	1.5 轉通奉大夫。 9月，除翰林學士。 兼修國史。	4.12 奏景靈宮國忌陪位行香及四孟親饗在列之臣，除憲執使相外，其百官從人不得踰閾。 5.1 與同僚奏進〈讀陸贄奏議終篇〉。 8.19 請通修《九朝國史》。 10.2 進《欽宗宸翰石刻》於史館。 10.21 上《四朝國史列傳》一百三十五卷，凡列傳八百七十。 草〈王淮魯公制〉。	1.5 太上皇壽八十。

淳熙十四年 丁未（1187）	1.20 以翰林學士知制誥兼侍講兼修國史知貢舉。 10.11 任光堯山陵橋頭頓遞使。	2.30 奏〈舉子程文流弊〉。 5.1 撰〈平江府學御書閣記〉。 9.12 作〈城南堂記〉。 草太上皇遺詔。 11.1 擬太子參決詔。 11.11 撰諡議。	10 日太上皇崩。 10.2 詔太子參決庶務。
淳熙十五年 戊申（1188）	4.7 詔予郡。 4.27 以正奉大夫知鎮江府。 9.17 知太平州，28 到任。	3.11 奏乞國史院開館修撰《高宗實錄》。 又奏大行太上皇帝配享文武各二臣，乞令侍從議。 3.24 楊萬里奏配享不當。	
淳熙十六年 己酉（1189）		庚《夷堅志》。	2 月，孝宗內禪。
光宗紹熙元年 庚戌（1190）	2 月，進煥章閣學士移知紹興府，兩浙東路安撫使。 12 月，除提舉隆興府玉隆萬壽宮，歸里。	11 月刻《唐人絕句》百卷於蓬萊閣。	
紹熙二年 辛亥（1191）		3.16 為張綱序《華陽文集》。 11 月繼刻《唐人萬首絕句》成，上之重華宮。	
紹熙三年 壬子（1192）		3.10《容齋續筆》成。 《萬首唐人絕句》投入，壽皇賜茶、香、金、銀等。	
紹熙四年 癸丑（1193）		《夷堅壬志》、《癸志成》。	
紹熙五年 甲寅（1194）		6.1《夷堅支甲》成。 為徐夢莘序《三朝北盟會編》。	7.5 寧宗即位。
寧宗慶元元年 乙卯（1195）		2.28《夷堅支乙》成。 10.13《夷堅支景》成。	
慶元二年 丙辰（1196）		2.19《夷堅支丁》成。 5 月《容齋三筆》成。 7.5《夷堅支戊》成。 10 月序黃師憲《知稼翁集》 12.8《夷堅支庚》成。	

慶元三年 丁巳（1197）		4.9 序朱翌《猗覺寮雜記》。 4.14《夷堅支壬》成。 5.14《夷堅支癸》成。 9.24《容齋四筆》成。 12.1 序婁機《漢隸字源》。	
慶元四年 戊午（1198）		《夷堅三甲》至《三戊》陸續成書。 4.1《夷堅三己》成。 6.8《夷堅三辛》成。 9.6《夷堅三壬》成。	
嘉泰二年 壬戌（1202）	洪邁卒，年八十，諡文敏。葬於鄱陽縣西北三十里龍吼山。		

參考書目

一、古籍之部

（一）經　部

1. 《新校輯補夷堅志》，民國‧張元濟編，涵芬樓本。
2. 《夷堅志》，近人何卓點校，明文書局。
3. 《新刻夷堅志》，明萬曆年間，姚江呂胤昌校刊本。
4. 《夷堅支志》，文淵閣《四庫全書》本。
5. 《夷堅志》，清乾隆戊戌年，涇縣洪氏修補本。
6. 《夷堅志》，《筆記小說大觀》本。
7. 《夷堅志》，中央圖書館藏舊抄本。
8. 《夷堅志》，《宛委別藏》。
9. 《新編分類夷堅志》，嘉靖二十五年，明葉祖榮編，洪氏清平山堂刊本。
10. 《夷堅志陰德》，《說郛》，商務印書館。
11. 《夷堅志補遺》，江陰繆氏雲自在龕鈔本。
12. 《續夷堅志》，金‧元好問，《得月簃叢書》本。
13. 《湖海新聞夷堅續志》，□□，《適園叢書》本（以上《夷堅志》之部）。
14. 《詩集傳》，宋‧朱熹，華正書局。
15. 《禮記正義》，漢‧鄭玄注，唐‧孔穎達正義，藝文印書館。
16. 《周禮注疏》，漢‧鄭玄注，唐‧賈公彥疏，藝文印書館。
17. 《春秋左傳正義》，晉‧杜預集解，唐‧孔穎達疏，藝文印書館。
18. 《春秋左氏傳注》，近人楊伯峻，源流出版社。

19. 《通俗編》，清・翟灝，大化書局。

20. 《小繁露》，清・俞樾，《曲園雜纂》，《春在堂全書》。

（二）史　部

1. 《晉書》，唐・房玄齡（等），鼎文書局。

2. 《宋書》，梁・沈約，鼎文書局。

3. 《唐書》，五代・劉昫，鼎文書局。

4. 《新唐書》，宋・歐陽修，鼎文書局。

5. 《宋史》，元・脫脫（等），鼎文書局。

6. 《金史》，元・脫脫（等），鼎文書局。

7. 《宋史翼》，清・陸心源（輯），《潛園總集》。

8. 《續資治通鑑長編》，宋・李燾，世界書局。

9. 《續資治通鑑》，清・畢沅，西南書局。

10. 《靖康要錄》，宋・佚名，《叢書集成初編》。

11. 《建炎以來繫年要錄》二百卷，宋・李心傳，中文出版社。

12. 《宋史紀事本末》，明・馮琦（陳邦瞻增訂），鼎文書局。

13. 《三朝北盟會編》，宋・徐夢莘，大化書局。

14. 《國語》，吳・韋昭（注），里仁書局。

15. 《青溪寇軌》，宋・方勺，《古今說海》本，廣文書局。

16. 《青溪弄兵錄》，宋・王彌大（輯），《函海》本，宏業書局。

17. 《松漠紀聞》，宋・洪晧，《古今逸史》本，商務印書館。

18. 《北夢瑣言》，宋・孫光憲，源流出版社。

19. 《洛陽縉紳舊聞記》，宋・張齊賢，《叢書集成初編》。

20. 《東齋記事》，宋・范鎮，《守山閣叢書》。

21. 《涑水紀聞》，宋・司馬光，《學海類編》。

22. 《錢氏私誌》，宋・錢愐，《歷代小史》。

23. 《湘山野錄》，宋・釋文瑩，《津津秘書》。

24. 《玉壺清話》，宋・釋文瑩，《知不足齋叢書》。

25. 《龍川別志》，宋・蘇轍，《叢書集成初編》。

26. 《澠水燕談錄》，宋・王闢之，源流出版社。

27. 《東軒筆錄》，宋・魏泰，《叢書集成初編》。

28. 《孫公談圃》，宋・劉延世（錄），《歷代小史》。

29. 《道山清話》，宋・王□，《叢書集成初編》。

30. 《河南邵氏聞見前錄》，宋・邵伯溫，《津逮秘書》。

31. 《河南邵氏聞見後錄》，宋・邵博，《津逮秘書》。

32. 《曲洧舊聞》，宋・朱弁，《知不足齋叢書》。

33. 《鐵圍山叢談》，宋・蔡絛，《學海類編》。

34. 《國老談苑》，宋・王君玉，《歷代小史》。

35. 《卻掃編》，宋・徐度，《叢書集成初編》。

36. 《楓窗小牘》，宋・袁褧，《說庫》。

37. 《默記》，宋・王銍，木鐸出版社。

38. 《揮麈錄》，宋・王明清，《津逮秘書》。

39. 《玉照新志》，宋・王明清，《說庫》。

40. 《四朝聞見錄》，宋・葉紹翁，《叢書集成》簡編。

41. 《南唐書》，宋・馬令，《四部叢刊》。

42. 《南宋制撫年表》，近人吳廷燮，《二十五史補編》，開明書局。

43. 《史通通釋》，清・浦起龍釋，華正書局。

44. 《廿二史箚記》，清・趙翼，世界書局。

45. 《南宋雜事詩》，清・沈嘉轍，藝文印書館。

46. 《淳熙薦士錄》，宋・楊萬里，《函海》。

47. 《家世舊聞》，宋・陸游，《陸放翁全集》，世界書局。

48. 《侍兒小名錄拾遺》，宋・張邦基，《香艷叢書》，古亭書屋。

49. 《洪文敏公年譜》，清・錢大昕編，《潛研堂全書》。

50. 《洪文敏公年譜》，清・錢大昕編（洪汝奎增訂），四洪年譜。

51. 《宋元學案》，清・黃宗羲，《四部備要》。

52. 《朱子年譜》，清・王懋竑，《叢書集成初編》。

53. 《文獻通考》，元・馬端臨，新興書局。

54. 《續文獻通考》，明・王圻，文海出版社。

55. 《建炎以來朝野雜記》（甲乙集），宋・李心傳，《函海》。

56. 《宋會要輯稿》，清・徐松（輯），新文豐出版公司。

57. 《紹興十八年同年小錄》，文淵閣《四庫全書》。

58. 《翰苑遺事》，宋・洪遵，《學海類編》。

59. 《宋中興學士院題名》，宋・何異，《武林掌故叢編》，華文書局。

60. 《南宋館閣錄》，宋・陳騤，《武林掌故叢編》，華文書局。

61. 《宋刑統》，宋・竇儀（等），仁愛書局。

62. 《春明退朝錄》，宋・宋敏求，《學海類編》。

63. 《文昌雜錄》，宋・龐元英，《學海類編》。

64. 《石林燕語》，宋・葉夢得，《叢書集成初編》。

65. 《燕翼詒謀錄》，宋・王栐，木鐸出版社。

66. 《京口耆舊傳》，宋・佚名，廣文書局。

67. 《太平寰宇記》，宋・樂史，文海出版社。

68. 《東京夢華錄》，宋・孟元老（鄧之誠注），漢京文化公司。

69. 《西湖老人繁勝錄》，宋・西湖老人，大立出版社。

70. 《都城紀勝》，宋・灌園耐德翁，大立出版社。

71. 《夢梁錄》，宋・吳自牧，大立出版社。

72. 《武林舊事》，宋・周密，大立出版社。

73. 《西湖游覽志》，明・田汝成，木鐸出版社。

74. 《西湖游覽志餘》，明・田汝成，木鐸出版社。

75. 《岳陽風土記》，宋・范致明・《叢書集成初編》。

76. 《咸淳臨安志》，宋・潛說友，《宋元方志叢書》，大化書局。

77. 《景定建康志》，宋・周應合，同上。

78. 《寶慶會稽志》，宋・張淏，同上。

79. 《嘉定鎮江志》，宋・盧憲，同上。

80. 《中吳紀聞》，宋・龔明之，《學海類編》。

81. 《嶺表錄異》，唐・劉恂，《說庫》。

82. 《嶺外代答》，宋・周去非，《叢書集成簡編》。

83. 《桂林風土記》，宋・莫休符，《學海類編》。

84. 《桂海虞衡志》，宋・范成大，《學海類編》。

85. 《茅亭客話》，宋・黃休復，《津逮秘書》。

86. 《宋史藝文志廣編》，元，脫脫（等），世界書局。

87. 《遼金元・藝文志》，元，脫脫（等），世界書局。

88. 《遂初堂書目》，宋・尤袤，廣文書局。

89. 《文淵閣書目》，明・楊士奇，廣文書局。

90. 《世善堂藏書目錄》，明・陳第，廣文書局。

91. 《國史經籍志》，明・焦竑，廣文書局。

92. 《季滄葦書目》，清・季振宜，廣文書局。

93. 《千頃堂書目》，清・黃虞稷，廣文書局。

94. 《絳雲樓書目》，清・錢謙益，廣文書局。
95. 《述古堂藏書目》，清・錢曾，廣文書局。
96. 《蕘圃藏書題識》，清・黃丕烈，廣文書局。
97. 《藝芸書舍宋元本書目》，清・汪士鐘，《叢書集成初編》。
98. 《文瑞樓藏書目錄》，清・金檀，廣文書局。
99. 《藝風藏書記》、《續記》，清・繆荃孫，廣文書局。
100. 《皕宋樓藏書志》、《續記》，清・陸心源，廣文書局。
101. 《儀顧堂題跋》，清・陸心源，廣文書局。
102. 《結一盧書目》，清・朱學勤，《觀古堂書目叢刻》，廣文書局。
103. 《善本書室讀書志》，清・丁丙，廣文書局。
104. 《鐵琴銅劍樓藏書目錄》，清・瞿鏞，廣文書局。
105. 《孝慈堂書目》，清・王聞遠，《觀古堂書目叢刻》，廣文書局。
106. 《欽定四庫全書總目》，清・紀昀（等）藝文印書館。
107. 《增訂四庫簡明目錄標注》，清・邵懿辰（邵章續錄），世界書局。
108. 《四庫全書總目提要補正》，近人胡玉縉，木鐸出版社。
109. 《衢本郡齋讀書志》，宋・晁公武，《宛委別藏》。
110. 《昭德先生郡齋讀書志》，宋・晁公武，《四部叢刊》三編。
111. 《直齋書錄解題》，宋・陳振孫，人人文庫，商務印書館。
112. 《鄭堂讀書記》，清・周中孚，世界書局。
113. 《士居禮藏書題跋記》，清・黃丕烈，《叢書集成初編》。
114. 《中國善本書提要》，近人王重民，明文書局。

（三）子 部

1. 《老學庵筆記》，宋・陸游，木鐸出版社。
2. 《梁谿漫志》，宋・費袞，廣文書局。
3. 《東齋記事》，宋・許觀，《叢書集成初編》。
4. 《猗覺寮雜記》，宋・朱翌，《學海類編》。
5. 《雲麓漫鈔》，宋・趙彥衛，世界書局。
6. 《貴耳集》，宋・張端義，木鐸出版社。
7. 《賓退錄》，宋・趙與峕，廣文書局。
8. 《齊東野語》，宋・周密，廣文書局。
9. 《志雅堂雜鈔》，宋・周密，廣文書局。
10. 《勤有堂隨錄》，元，陳櫟，《學海類編》。

11. 《七修類稿》，明・郎瑛，世界書局。
12. 《焦氏筆乘》，明・焦竑，廣文書局。
13. 《五雜俎》，明・謝肇淛，偉文圖書出版社。
14. 《湧幢小品》，明・朱國楨，《筆記小說大觀》。
15. 《堅瓠集》，清・褚人獲，《筆記小說大觀》。
16. 《茶香室叢鈔》、《續鈔》、《三鈔》，清・俞樾。
17. 《夢溪筆談》，宋・沈括，世界書局。
18. 《能改齋漫錄》，宋・吳曾，木鐸出版社。
19. 《西溪叢話》，宋・姚寬，《稗海》。
20. 《少室山房筆叢》，明・胡應麟，世界書局。
21. 《十駕齋養新錄》，清・錢大昕，商務印書館。
22. 《癸巳存稿》，清・俞正燮，世界書局。
23. 《陔餘叢考》，清・趙翼，華世出版社。
24. 《莊子集釋》，清・郭慶藩，世界書局。
25. 《列子集釋》，近人楊伯峻，明倫出版社。
26. 《墨子閒詁》，清・孫詒讓，河洛圖書出版社。
27. 《呂氏春秋集解》，近人許維遹，漢京文化公司。
28. 《朱子語類》，宋・黎靖德（編），大化書局。
29. 《顏氏家訓集解》，近人王利器，明文書局。
30. 《家範》，宋・司馬光，文淵閣《四庫全書》。
31. 《名醫類案》，明・江瓘（王應宿增補），文淵閣《四庫全書》。
32. 《本草綱目》，明・李時珍，文化圖書公司。
33. 《焦氏易林》，漢，焦贛，《津逮祕書》。
34. 《容齋題跋》，宋・洪邁，廣文書局。
35. 《論衡集解》，近人劉盼遂，世界書局。
36. 《風俗通校注》，近人王利器，明文書局。
37. 《金樓子》，梁・蕭繹，世界書局。
38. 《青箱雜記》，宋・吳處厚，《稗海》。
39. 《東坡志林》，宋・蘇軾，木鐸出版社。
40. 《塵史》，宋・王得臣，《知不足齋叢書》。
41. 《泊宅編》，宋・方勺，《稗海》。
42. 《嬾眞子》，宋・馬永卿，《稗海》。

43. 《容齋隨筆》，宋・洪邁，大立出版社。

44. 《樂善錄》，宋・李昌齡，《四部善本叢刊》。

45. 《厚德錄》，宋・李元綱，《稗海》。

46. 《宋朝事實類苑》，宋・江少虞，源流出版社。

47. 《事文類聚》，宋・祝穆（等），大化書局。

48. 《玉海》，宋・王應麟，大化書局。

49. 《荊川稗編》，明・唐順之，文淵閣《四庫全書》。

50. 《宋稗類鈔》，清・潘永因，廣文書局。

51. 《搜神記》，晉，干寶，里仁書局。

52. 《搜神後記》，晉，陶潛，木鐸出版社。

53. 《拾遺記》，晉，王嘉，木鐸出版社。

54. 《異苑》，劉宋・劉敬叔，《津逮秘書》。

55. 《還冤志》，北齊，顏之推，《寶顏堂秘笈》。

56. 《辨疑志》，唐・陸長源，《叢書集成簡編》。

57. 《集異記》，唐・薛用弱，《古今逸史》。

58. 《乾𦠆子》，唐・溫庭筠，《龍威秘書》。

59. 《宣室志》，唐・張讀，《稗海》。

60. 《幽怪錄》，唐・牛僧儒，《龍威秘書》。

61. 《續幽怪錄》，唐・李復言，《琳琅秘室叢書》。

62. 《前定錄》，唐・鍾輅，《百川學海》。

63. 《瀟湘錄》，唐・李隱，《古今說海》。

64. 《南部煙花記》，唐・馮贄，《唐代叢書》。

65. 《西陽雜俎》，唐・段成式，源流出版社。

66. 《杜陽雜編》，唐・蘇鶚，木鐸出版社。

67. 《杜苑叢談》，唐・馮翊，木鐸出版社。

68. 《三水小牘》，唐・皇甫枚，木鐸出版社。

69. 《松窗雜錄》，唐・李濬，木鐸出版社。

70. 《冥報記》，唐・唐臨，《涵芬樓秘笈》。

71. 《龍城錄》，唐・柳宗元，《稗海》。

72. 《稽神錄》，宋・徐鉉，《學律討原》。

73. 《江淮異人錄》，宋・吳淑，《函海》。

74. 《洞微志》，宋・錢易，《說郛》（宛委山堂本）。

75. 《括異志》，宋·張師正，《四部叢刊續編》。

76. 《太平廣記》，宋·李昉（等），明倫出版社。

77. 《雲齋廣錄》，宋·李獻民，《龍威秘書》。

78. 《乘異記》，宋·張君房，《龍威秘書》。

79. 《吉凶影響錄》，宋·岑象求，《龍威秘書》。

80. 《遯齋閒覽》，宋·范正敏，《說郛》（宛委山堂本）。

81. 《清尊錄》，宋·廉布，《古今說海》。

82. 《搜神秘覽》，宋·章炳文，《龍威秘書》。

83. 《睽車志》，宋·郭彖，《稗海》。

84. 《軒渠錄》，宋·呂本中，《說郛》（宛委山堂本）。

85. 《游宦紀聞》，宋·張世南，木鐸出版社。

86. 《萍州可談》，宋·朱彧，《守山閣叢書》。

87. 《秀水柔居錄》，宋·朱勝非，《說郛》（宛委山堂本）。

88. 《雞肋編》，宋·莊綽，《叢書集成初編》。

89. 《春渚紀聞》，宋·何薳滿《津逮秘書》。

90. 《墨莊漫錄》，宋·張邦基，《四部叢刊三編》。

91. 《蓼花洲閒錄》，宋·高文虎，《古今說海》。

92. 《摭青雜說》，宋·王明清·《說郛》（宛委山堂本），新興書局。

93. 《清波雜志》，宋·周煇，《知不足齋叢書》，大化書局。

94. 《桯史》，宋·岳珂，《人人文庫》，商務印書館。

95. 《醉翁談錄》，宋·羅燁，世界書局。

96. 《綠窗新話》，宋·皇都風月主人（周夷校補），世界書局。

97. 《涇林續記》，明·周玄暐，《叢書集成初編》。

98. 《增廣智囊補》，明·馮夢龍，新文豐出版社。

99. 《汴京勾異記》，明·李濂，《叢書集成初編》。

100. 《清平山堂話本》，明·洪楩（編），世界書局。

101. 《古今小說》，明·馮夢龍（編），世界書局。

102. 《警世通言》，明·馮夢龍（編），世界書局。

103. 《醒世恒言》，明·馮夢龍（編），世界書局。

104. 《初刻拍案驚奇》，明·凌濛初（李田意校）。

105. 《二刻拍案驚奇》，明·凌濛初（李田意校），正中書局。

106. 《古小說鈎沈》，近人魯迅，盤庚出版社。

107. 《一切經意義》，唐·釋慧琳，大通書局。

108. 《法苑珠林》，唐·釋道世，新文豐公司。

109. 《歷世眞仙體道通鑑》，元，趙抱一，《道藏》（鹹──羽）。

110. 《純陽帝君神化妙通記》，苗善時，《道藏》（帝）。

111. 《道法會法》，《道藏》（移──盤）。

112. 《上清靈寶大法》，《道藏》（鬱──禽）。

113. 《呂祖誌》，《續道藏》（輦）。

（四）集　部

1. 《全宋詞》，近人唐圭璋（輯），宏業書局。

2. 《東坡集》，宋·蘇軾，《四部備要》。

3. 《濟北晁先生雞肋集》，宋·晁補之，《四部叢刊》。

4. 《張右史文集》，宋·張耒，《四部叢刊》。

5. 《淮海集》，宋·秦觀，《四部叢刊》。

6. 《畫墁集》，宋·張舜民，《知不足齋叢書》。

7. 《竹隱畸士集》，宋·趙鼎臣，文淵閣《四庫全書》。

8. 《韋齋集》，宋·朱松，同上。

9. 《朱文公文集》，宋·朱熹，《四部叢刊》。

10. 《斐然集》，宋·胡寅，文淵閣《四庫全書》。

11. 《海陵集》，宋·周麟之，同上。

12. 《梅溪集》，宋·王十朋，《四部叢刊》。

13. 《攻媿集》，宋·樓鑰，同上。

14. 《盤洲文集》，宋·洪适，同上。

15. 《誠齋集》，宋·楊萬里，同上。

16. 《范石湖集》，宋·范成大，河洛圖書出版社。

17. 《陸放翁全集》，宋·陸游，世界書局。

18. 《浪語集》，宋·薛季宣，文淵閣《四庫全書》。

19. 《北溪大全集》，宋·陳淳，同上。

20. 《魏山大全集》，宋·魏了翁，《四部叢刊》。

21. 《後村大全集》，宋·劉克莊，同上。

22. 《碧梧玩芳集》，宋·馬廷鸞，文淵閣《四庫全書》。

23. 《施注蘇詞》，宋·蘇軾（施元之注），廣文書局。

24. 《宋詩紀事》，清·厲鶚（輯），鼎文書局。

25. 《詩話總龜》，宋・阮閱，廣文書局。

26. 《宋詩話輯佚》，近人郭紹虞，漢京文化公司。

二、近人專著

1. 《文化論》，馬凌諾斯基（費孝通譯），商務印書館。

2. 《文化人類學》，林惠祥，商務印書館。

3. 《文化人類學》，陳國鈞，三民書局。

4. 《中國人的性格》，李亦園、楊國樞（編），全國出版社。

5. 《信仰與文化》，李亦園，巨流圖書公司。

6. 《中國古代社會史》，李宗桐，華岡出版社。

7. 《中國社會史料叢刊》，瞿兌之，商務印書館。

8. 《中國古代宗教初探》，朱天順，谷風出版社。

9. 《中國原始社會》，宋兆麟、黎家芳、杜耀西，文物出版社。

10. 《扶箕迷信底研究》，許地山，商務印書館。

11. 《中國古代旅行之研究》，江紹原，商務印書館。

12. 《中國民間信仰論集》，劉枝萬，民族學研究所。

13. 《台灣民間宗教信仰》，董芳苑，長青文化事業公司。

14. 《宋人的果報觀念》，劉靜貞，台大歷史碩士論文。

15. 《宋元道教之發展》，孫克寬，東海大學。

16. 《追求靈魂的現代人》，榮格（黃奇銘譯），志文出版社。

17. 《人類及其象徵》，榮格等（黎惟東譯），好時光出版社。

18. 《道藏源流考》（增訂版），陳國符，古亭書屋。

19. 《中國佛教發展史》，中村元，天華出版公司。

20. 《中國佛教總論》（二）〈人物與儀軌〉，木鐸出版社。

21. 《宋代社會研究》，朱瑞熙，弘文館出版社。

22. 《南宋社會生活史》，謝和耐（馬德程譯），華岡出版社。

23. 《宋代新聞史》，朱傳譽，商務印書館。

24. 《魏晉南北朝道教與文士關係之研究》，李豐楙，政大博士論文。

25. 《談小說妖》，葉慶炳，洪範書局。

26. 《中國思想與制度論集》，段昌國（等）譯，聯經出版公司。

27. 《中國思想傳統的現代詮釋》，余英時，聯經出版公司。

28. 《管錐篇》，錢鍾書，中華書局。

29. 《中國文學研究》，鄭振鐸，文光出版社。

30. 《宋歌舞戲曲考》，劉永濟，世界書局。

31. 《宋元戲曲史》，王國維，繩俔出版社。

32. 《古劇說彙》，馮沅君，商務印書館。

33. 《宋元伎藝雜考》，李嘯倉，上雜出版社。

34. 《話本小說概論》，胡士瑩，木鐸出版社。

35. 《論中國短篇白話小說》，孫楷第，棠棣出版社。

36. 《宋金雜劇考》，胡忌，譚正璧，古典文學出版社。

38. 《魏晉南北朝志怪小說研究》，王國良，文史哲出版社。

39. 《六朝志怪小說研究》，周次吉，文津出版社。

40. 《宋人話本研究》，樂蘅軍，台大碩士論文。

41. 《三言兩拍資料》，譚正璧，里仁書局。

42. 《宋詩話考》，郭紹虞，華正書局。

三、近人專論

1. 〈洪邁《夷堅志》逸文拾遺〉（正續），愛宕松男，《文化》二七：四、二九：三 1964～66。

2. 〈宋人的冥報觀——《夷堅志》試探〉，劉靜貞，《食貨》復刊九：一，1980。

3. 〈《夷堅志》研究〉，郭立誠，《民俗擷趣》，1978。

4. 〈《夷堅志》にぉける蘇生說話について〉，莊司格一，《東洋文化》，復刊第四四、四五合刊。

5. 〈《夷堅志》の神咒信仰——《夷堅志》の說話を中心として〉，澤田瑞穗，《東方宗教》，1980。

6. 〈洪容齋先生年譜〉，王德毅，《宋史研究集》第二輯，1964。

7. 〈佛教故實與中國小說〉，臺靜農，《東方文化》十三：一。

8. 〈六朝鬼神小說與時代背景的關係〉，吳宏一，《現代文學》四四。

9. 〈魏晉南北朝的鬼小說與小說鬼〉，葉慶炳，《中國古典文學論叢》三。

10. 〈楊林故事系列的原型結構〉，張漢良，同上。

11. 〈泰山信仰研究〉，酒井忠夫，《中和月刊》三：一○。

12. 〈政治倫理性祠祀的構成與發展〉，楊慶堃，《中國學誌》七，1973。

13. 〈冥界遊行〉，前野直彬（前田一惠譯），《中國古典小說研究專集》四。